Die Flora schlägt zurück

Carsten Wunn

Die Flora schlägt zurück

Roman

Ventura Verlag
Werne
2024

Bibliographische Information der Deutschen Nationalbibliothek
Die Deutsche Nationalbibliothek verzeichnet diese Publikation in der Deutschen Nationalbibliographie; detaillierte bibliographische Daten sind im Internet über http://dnb.ddb.de abrufbar.

1. Auflage 2024

Ventura Verlag Magnus See
Carl-von-Ossietzky-Str.1 | 59368 Werne
Tel.: +49–(0)2389–6896
www.ventura-verlag.de | mail@venturaverlag.de
https://www.facebook.com/VenturaVerlag2.0
https://www.instagram.com/ventura.verlag

Herstellungsleitung und Lektorat: Magnus See, M.A.
Druck: PRESSEL Digitaler Produktionsdruck
Olgastraße 14-16 | 73630 Remshalden-Grunbach
ISBN: 978-3-940853-96-7
Printed in Germany

1 Ein Anruf mit Folgen

Das laute Klingeln des Telefons reißt mich abrupt aus dem Schlaf. Ich reibe mir die Augen und schaue auf den Wecker. 14 Uhr 23. Nach einer solchen Nacht eigentlich zu früh. Die Jahreshauptversammlung des örtlichen Bahnengolfclubs ist gestern derart ausgeufert, dass ich mich frühzeitig verabschiedet und ›Bei Erwin‹, meiner Stammkneipe, einen kleinen Umtrunk mit mir selbst veranstaltet habe. Dunkel erinnere ich mich an Erwins Fußtritt zur Sperrstunde und noch dunkler daran, auf dem Heimweg fast von einem Holunderstrauch erschlagen worden zu sein. Oder ist es Brombeere gewesen?

Ich reibe mir erneut die Augen, gähne kurz und hebe den Hörer ab.

»Carsten Wunn.« Ich stütze mich auf die Bettkante. Puh, ist mir schwindelig!

»Mein Name ist Boll«, ertönt eine hohe Stimme aus dem Telefon. Eine sehr hohe Stimme. Vielleicht eine Spur zu hoch für meinen geplagten Schädel. »Dr. Piwiane Boll.«

»Kenne ich nicht.«

»Ich weiß. Aber Sie kennen Sammy Kater. Das ist doch richtig, oder?«

Ich nicke, bemerke meinen Fauxpas gerade noch und grunze zustimmend.

»Ich muss Sie dringend sprechen! Ich habe eine Nachricht für Sie! Eine wichtige!«

Ich grunze erneut, diesmal ablehnend. »Muss das sein? Es passt gerade nicht so gut.«

»Ja, es muss sein!«

Das ist deutlich. Ich habe zwar überhaupt keine Lust zu telefonieren, weder mit ihr, noch mit irgendjemand anderem, aber bevor diese Hysterikerin noch zwölfmal anruft …

Ich stelle das Telefon auf laut, gieße mir ein Glas Wasser ein und greife nach der Aspirin-Schachtel. Sieben Tabletten müssten reichen.

»Was ist mit Sammy?«

Die Stimme am Telefon klingt aufgeregt. »Er kommt gleich!«, piepst sie in den Hörer.

»Wie, er kommt gleich? Wer kommt gleich?«

»Sammy. Er ist auf dem Weg zu Ihnen!«

Ich stöhne und greife mir an den Bauch. Seit Mittwoch schlage ich mich mit einer schmerzhaften Wurmfortsatzprellung herum. Ergebnis eines Arbeitsunfalls beim Schreibtischneusortieren. Ich hatte das Fenster kaum geöffnet, da warf ein Windstoß sämtliche Notizen wild durcheinander. Beim Versuch, der Blätter habhaft zu werden, rammte ich mit Karacho gegen die Tischkante. Das Übliche halt …

»Ich kann jetzt nicht!«

Es klingelt. Diesmal an der Tür. Ich stelle mich tot. Bewege mich nicht, sage nichts. Versuche, nicht zu atmen. Es klingelt erneut.

»Jetzt gehen Sie schon ran.«

Die Stimme am Telefon überschlägt sich, erreicht ungeahnte Höhen. »Es geht um Leben und Tod!«

Das ist ein Argument. Es klingelt wieder, mehrfach hintereinander und in schnellen Intervallen.

Ich schlurfe zur Tür und frage mich, was mir gerade die größten Schmerzen bereitet: der Kopf, mein Bauch oder die unvermeidliche Aussicht, wieder aus meinem geregelten Leben gerissen zu werden.

Ich öffne. Tatsächlich: Das ist Sammy Kater. Unverkennbar. Klein, grau-getigert, europäisch Kurzhaar und mit schwarzer Hannover-96-Mütze auf dem bepelzten Schädel.

»Darf ich reinkommen?«

Er lächelt. Ich schnaufe zustimmend. Im Telefon piepst die Doktorin. »Ist er schon da?«

Ich nicke wieder, erkenne erneut meinen Fehler und stöhne ein gequältes »Ja« in Richtung Hörermuschel.

»Gut. Dann lege ich jetzt auf. Er wird Ihnen alles Nötige erzählen. Vor Ort kann er das besser als ich. Außerdem kennt ihr euch schon!«

In der Zwischenzeit ist Sammy an mir vorbei ins Wohnzimmer gehuscht. Schlurfend folge ich ihm und schaue mich um. Er hat es sich in meinem Ohrensessel bequem gemacht. Aus der Telefonanlage tönt penetrant das Besetztzeichen. Ich drücke den Aus-Knopf. In meinem Ohrensessel hat der Kater schon damals gerne gesessen. Vor Jahren, als er mir die Geschichte von der Befreiung der Schwanzlurche aus der Atta-Höhle erzählt hat. Ich habe sie nach seinen Berichten in Romanform gefasst, später ist sie unter dem Titel ›Unter Olmen‹

erschienen. Eine intensive, aber weiß Gott keine einfache Zeit. Wahrscheinlich wird er wieder irgendetwas in dieser Richtung wollen und hat diese Piwiane Boll vorgeschickt, um mich schon im Vorfeld unter Druck zu setzen. Das sieht ihm ähnlich. Geduld oder Rücksichtnahme sind noch nie sein Ding gewesen. Ich presse meine rechte Hand gegen den Bauch und nehme dem Kater gegenüber Platz. Ist mein Blinddarm nicht längst entfernt worden? Ich meine, mich an eine Operation in der Kindheit zu erinnern. Woher sollte die Narbe im Bauchbereich auch sonst stammen? Ich beschließe, es mit dem Nachdenken morgen noch einmal zu versuchen, setze ein Lächeln auf, schaue Sammy so freundlich an, wie es mir in meinem Zustand möglich ist und sage: »Schieß los!«

Schließlich brauche ich das Geld.

2 Sammys Mission

Sammy schießt los. Er sitzt aufrecht in meinem – wohlgemerkt: meinem – Lieblingsmöbelstück und schaut mich an.

»Carsten«, beginnt er.

»Sammy«, antworte ich.

Er schraubt seinen Oberkörper noch etwas in die Höhe, macht den Rücken gerader. Ich hätte nicht gedacht, dass das überhaupt möglich wäre.

»Die Lage ist ernst.«

Sammy holt tief Luft. Jetzt könnte er aber wirklich langsam zur Sache kommen!

»Habe ich dir jemals erzählt, dass ich seit einem, na ja, sagen wir mal, gesellschaftlichen Nahtoderlebnis die Sprache der Bäume verstehen kann? Und nicht nur das: auch die Angehörigen anderer Pflanzenarten, zum Beispiel Ginster. Aber vor allem Bäume.«

»Und was sagt man so als Baum, wenn der Tag lang ist?« Ich glaube ihm kein Wort und bemerke, dass es mir nicht gelingt, ein Grinsen zu unterdrücken. Schnell fahre ich fort. »Was, bitte schön, ist denn ein gesellschaftliches Nahtoderlebnis? Physisch kann ich mir das ja noch vorstellen, aber …« Ich werde ernst. »Ich kenne Leute, die klinisch tot waren und hinterher Fähigkeiten hatten, die sich keiner erklären kann. Spirituelle Fähigkeiten. Aber gesellschaftlich tot … Wie meinst du das?«

Mein Gegenüber bewegt seine Pfote in hohem Tempo von rechts nach links, als wolle er den Gedanken daran wegwischen.

»Das ist jetzt nicht wichtig! Wenn wir die Sache mit dem Nahtoderlebnis einfach mal weglassen und uns auf die Inhalte der von mir gehörten Gespräche konzentrieren, dann ist das, was ich erfahren habe, äußerst alarmierend! Das wollte ich sagen!«

Ich nicke bedächtig und frage nicht nach. Ich will ihn nicht verletzen.

»Normalerweise«, fährt Sammy fort, »normalerweise redet zumindest der gemeine Stadtbaum hauptsächlich wirres oder belangloses Zeug. Albernen Klatsch, Lästereien über andere Pflanzenarten und so weiter. Der Mythos von der Weisheit der Bäume hat sich mir nicht erschlossen. Ich will nicht ausschließen, dass da etwas dran sein könnte, aber ich selbst habe anderes erlebt. Vor allem Eiben sind einfacher gestrickt, als du dir vorstellen kannst. Einfach strukturiert, aber nicht bösartig. Doch letzte Woche ging ich in einem Park spazieren und die Stimmung war anders. Aggressiver, zynischer. Dieselben Bäume, die sich noch wenige Tage zuvor über die neueste Birkenrindenmode und unattraktive Borkenkäfer mit kaum gepflegten Fühlern lustig gemacht hatten, schwiegen plötzlich auf eine diffus bedrohliche Art, die ich kaum beschreiben kann. Nur ein paar wenige machten Scherze. Über mich! Mein grau-getigertes Fell, meinen Gang, meine Augenfarbe. Ein Spießrutenlaufen erster Güte. Ich kann mich nicht erinnern, mich in der Umgebung unserer Flora jemals derart unwohl gefühlt zu haben. Kurz darauf bekam ich erste Informationen von Übergriffen auf Menschen und Tiere der verschiedensten Nationalitäten und Arten. Vorgestern gab es die ersten Verletzten. In Nordkalifornien hat ein hochaggressiver Mammutbaum ein Eichhörnchen böse am Hinterlauf getroffen. Hier bei uns wurde ein hessischer Landesbeamter von einer Fichte attackiert und durch siebenhundert Nadelstiche erheblich verletzt. Und das ist nur eine Auswahl der Informationen, die ich unter anderem von Piwi habe. Sie ist Wissenschaftlerin im Bereich Krötenkunde und Angewandte Reptilienwissenschaften. Die Beschwerden aus diesem Sektor mehren sich. Bisher noch nicht ganz so dramatisch, aber auffällig in ihrer Häufung. Mehrere Unken wurden übelst beleidigt. Hier stammten die Täter hauptsächlich aus dem Birkenmilieu. Ein Frosch erlitt Platzwunden, als ihn eine Seeanemone angriff und mich selbst hat auf dem Weg zu dir ein Schilfrohr gegen meinen Willen nassgespritzt.« Er hält kurz inne und schaut in Richtung meines Bonsais. »Aber die letzten Vorfälle können wir erstmal vernachlässigen. Die anderen Ereignisse sind natürlich gravierender.«

Ich nicke und denke an den Strauch, der mich gestern fast erschlagen hat. Ist dieses Erlebnis vielleicht gar kein Zufall gewesen, sondern ein gezieltes Attentat? Durchaus möglich. Ganz ungefährlich war die Situation jedenfalls nicht.

»Die Flora ist außer Rand und Band«, fährt Sammy fort, »das sind nur erste Anzeichen für einen Angriff auf uns alle. Auf unsere menschliche und animalische Zivilisation! Wir müssen etwas tun und dazu brauche ich dich!«

Ich lege meine Stirn in Falten. Das mache ich immer, wenn ich nachdenke. »Inwiefern?«

»Ganz einfach. Da ich die Sprache unserer Flora verstehe, habe ich brisante Dinge erfahren und kann nicht sehenden Auges meine Pfoten in den Schoß legen, während die Pflanzenwelt unseren Untergang vorbereitet. Es ist meine Mission, etwas dagegen zu tun, und ich möchte, dass du mich unterstützt. Die Leute sagen, dass dich deine Freundin vor die Tür gesetzt hat. Es war nicht einfach, dich ausfindig zu machen, Carsten! Aber jetzt bin ich hier. Wenn meine Informationen stimmen, wärst du frei für neue Aufgaben!«

Er zeigt auf die sich stapelnden Kisten im Wohnzimmer. »Es sieht so aus, als läge ich richtig.«

Ich schlucke. Mein erneutes Beziehungsdesaster hat sich also bereits bis in die örtliche Tierwelt herumgesprochen. Großartig!

»Was soll ich machen?« Ich weiß, dass meine Stimme unwirsch klingen muss. »Eine Kampfschrift gegen die Flora-Invasion verfassen?«

Der Kater lächelt milde. »Nein«, sagt er, »diesmal reicht schreiben nicht aus. Du musst mich begleiten!«

Er zieht ein hellblaues Schnuffeltuch aus den unergründlichen Tiefen seines Fells. Nach wenigen Augenblicken ist die Luft mit dem Geruch von Baldrian erfüllt.

»Horst scheidet diesmal aus. Wir haben schon lange keinen Kontakt mehr. Meine letzten Informationen waren wenig schmeichelhaft! Nach allem, was ich weiß, hat er seinen Zenit längst überschritten. Ich brauche aber Unterstützung. Also habe ich mit Piwi gesprochen. Sie hat ›Unter Olmen‹ gelesen und kommt auch selbst darin vor. Piwi serviert in der Hundertwasserhöhle. Erinnerst du dich noch?«

Jetzt fällt bei mir der Groschen. Die Kellnerinnenkatze aus dem unterirdischen Wiener Caféhaus hat zu Ende studiert und Karriere gemacht. Piwi ist jetzt Frau Doktor Piwiane Boll!

»Wir meinen, dass du der Einzige bist, der als Begleitung infrage kommt«, fährt Sammy fort.

Ich lege meine Stirn erneut in Falten und zeige auf sein Schnuffeltuch. »Muss das sein?«

»Ja, absolut! Ich bin auf Baldrianentzug. Die stationäre Behandlung habe ich gestern abgebrochen. Besondere Situationen erfordern besondere Maßnahmen!«

Sammys Baldriansucht ist mir neu. Gleichzeitig erwacht der Autor in mir. Wenn ich seine Mission annehme, zu unserer gemeinsamen mache und die Erlebnisse dokumentiere, dann wäre ein baldrianabhängiger Sammy Kater ein Broken Hero in Reinkultur. Vor meinem geistigen Auge sehe ich mich den Pulitzer-Preis entgegennehmen und gleich zu Beginn meiner Dankesrede gönnerhaft mit Worten wie »Ohne meinen Freund Sammy Kater stünde ich jetzt nicht hier« auf ihn hinweisen, um anschließend mein Bedauern auszudrücken, dass er nicht vor Ort sein kann, weil er sich zum wiederholten Male in einer Reha-Klinik aufhält. Ich spüre den zweifellos folgenden warmen Applaus des Publikums förmlich, bis mich der in meinen Träumen so Gelobte himself aus denselben reißt.

»Was ist los mit dir? Ich habe noch eine wichtige Vorabinformation für dich!«

Ich sammle mich wieder. »Nichts. Alles gut! Was muss ich noch wissen?«

»Hast du von der Sache mit Penny gehört?«

»Nein. Treibt dieses Monster etwa immer noch irgendwo sein Unwesen?«

»Je nachdem, wie man es sieht. Sie ist vom Obersten Göttergericht zu ewigem Leben auf Widerruf, inklusive Hausarrest in ihrer Farm, verurteilt worden.«

Das ist eine gute Nachricht: Die Puffotter Penny ist das böseste und selbstsüchtigste Lebewesen, von dem ich je gehört habe. Gut, dass ihre Bestrebungen, autokratisch regierende Königin von Nordrhein-Westfalen zu werden, endlich beendet wurden, und gut, dass die Olme aus der Atta-Höhle von ihrer zeitweiligen Schreckensherrschaft befreit werden konnten. Beides durchaus ein Verdienst meines Gegenübers, der maßgeblich an der Höhlenbefreiung und Festsetzung des Untiers beteiligt war. Seine Geschichte und die des Grottenolms Horst haben mich dank des Romans über ihre Abenteuer überregional erfolgreich gemacht.

»Woher weißt du das?«

»Von Nihil! Er war als göttliches Oberhaupt aller Nihilisten an dem Prozess beteiligt. Er sagt, man habe Angst, dass Penny im Himmel alles durcheinanderbringen würde.« Er lacht. »Das Gericht wird selten so richtig gelegen haben wie in dieser Angelegenheit!«

Wie wahr. Der gemeine Grottenolm ist ohne Ausnahme Angehöriger der nihilistischen Religion. Auch ihr tatsächlich vereinzelt in Fleisch und Blut erscheinender Gott Nihil selbst hatte Anteil an der Befreiung der Atta-Höhle. Genau wie sein Assistent Eberhard. Aber ich schweife ab, liebe Leser! Wenn Sie die ganze Geschichte lesen wollen, kaufen Sie ›Unter Olmen – Ein Schwanzlurch erobert die Welt‹. Gerne auch mehrfach. Ein ideales Geschenk für ihre Freunde und Bekannten. Anspruchsvolle Lektüre für die Person von heute hat noch keinem geschadet. Das Buch ist im Ubooks-Verlag erschienen, Autor bin ich. Sie sollen wissen: Schleichwerbung liegt mir fern, aber manchmal hat auch die Ferne ihren Reiz.

»Dann ist ja zumindest in dieser Angelegenheit alles im Lot!« Ich lehne mich langsam zurück, um meinen Oberkörper dann doch wieder aufzurichten. »Was sagt eigentlich Monique zu deiner Drogensucht?«

Monique ist Sammys Partnerin und auch unter den Namen Moniquedesiree Klosterkemper oder gar Monika Dorothea Klosterfraumelissengeistkemper-Khizaneischwili bekannt. Eine schillernde Aussteigerpersönlichkeit mit Hauptwohnsitz in der Nähe der slowenischen Stadt Postojna. Dort lebt sie in einem ausrangierten Campingwagen, wenn sie nicht bei Sammy in Hagen weilt.

»Na ja, ganz so toll findet sie das auch nicht, aber ihr war schon länger klar, dass etwas passieren musste. Sie steht voll hinter mir.«

»Das ist gut. Und was sagt sie dazu, dass du die Therapie abgebrochen hast?«

Sammys Gesichtsausdruck verändert sich. Nervös nestelt er an seinem Fell herum. »Ich sage es ihr morgen.«

Ich zucke mit den Schultern. »Okay. Das ist deine Sache.«

Sammy blickt mich aus dem Ohrensessel heraus an. »Was ist? Bist du dabei?«

»Kommt darauf an. Was genau hast du vor?«

»Gute Frage, nächste Frage!«

Er lacht. »So ganz sicher bin ich da auch noch nicht. Vieles hängt von deiner Zusage ab. Ich will dich nicht unter Druck setzen, aber wenn du dich mit mir auf den Weg machst – zuallererst nach Hannover, wo Piwi jetzt lebt –, dann hat unsere Zivilisation noch eine Chance; wenn nicht, sieht es schlecht aus.«

Das sieht Sammy ähnlich. Er will angeblich keinen Druck ausüben, doch bei dieser Argumentation habe ich keine realistische Chance, im Falle einer Absage ohne extreme Gewissensbisse davonzukommen. Brachialpsychologie vom Feinsten. Eine von Sammys leichtesten Übungen. Ich entscheide mich, ihn noch ein wenig zappeln zu lassen. Er weiß nicht, dass sich sein Vorhaben durchaus mit meinen schriftstellerischen Ambitionen deckt, und ich werde meine Karten nicht auf den Tisch legen. Jedenfalls jetzt noch nicht. Ich lächle in mich hinein. Der Begriff ›Alter Taktikfuchs‹ visualisiert sich in meinen Gedanken. Natürlich werde ich ihn begleiten! Mir ist kein Autor bekannt, dem es je gelungen ist, an einer animalischen Rettungsaktion zugunsten unserer weltweiten Zivilisation teilzunehmen. Von Schreiben und Veröffentlichen ganz zu schweigen. Ich wäre der erste. Vor meinem inneren Auge formieren sich Bilder einer finanziell unabhängigen Preisträgerzukunft. Gerade bin ich gedanklich bei meiner neuen Motoryacht auf dem Lago Maggiore angekommen, als ich einen Stupser am rechten Oberarm spüre. Ich öffne die Augen. Sammy sitzt neben mir.

»Du willst es doch auch!«, sagt er. »Denk an deine Zukunft als Schriftsteller. Du könntest unsere Geschichte zu einem Roman verarbeiten. Das halte ich für noch erfolgversprechender als diese Pulitzer-Sache!«

Ich schrecke auf.

»Und gewöhn dir dieses Gebrabbel während irgendwelcher Tagträume ab. Mir macht das nichts aus, aber Fremde könnten daran Anstoß nehmen. Intelligent wirkt so ein Verhalten jedenfalls nicht!«

Sammy lächelt. »Den Preis kann ich dir nicht versprechen, aber es soll zu deinem Schaden nicht sein. Das garantiere ich dir!«

Ich spüre das Blut in meinen Kopf aufsteigen. Ich vergaß, dass Sammy überhaupt kein Dummkopf ist. Im Gegenteil, wenn man ein Tier ernstnehmen sollte, dann ihn! In vielen Dingen ist er mir weit voraus. Ich konzentriere mich auf meine Antwort. Jetzt nur nicht stottern.

»Gebongt«, sage ich und achte darauf, besonders ruhig und abgeklärt zu klingen, »wann brechen wir auf?«

3 Aufbruch

Der Tag ist gekommen. Nicht der große Tag. Einfach nur der Tag. Das reicht, um meine Gefühle zu beschreiben, die eher gemischt sind.

Sammy wartet vor der Tür, läuft im Kreis und auch mal im Zickzack auf dem Gang umher. Tut er das gerade nicht, stellt er sich vor den Eingang und trommelt rhythmisch gegen den Holzrahmen der Tür. ›Tack, tack, tack, tack‹. Er macht mich wahnsinnig, doch ich entscheide mich gegen körperliche Gewalt. Dafür gibt es Gründe:

Erstens: Wir müssen auf unserer Tour noch längere Zeit miteinander auskommen.

Zweitens: Sammy ist wendiger und kampferprobter als ich.

Drittens: Ich bin sehr, sehr müde – ach ja, und Pazifist bin ich auch noch … Das hätte ich bei dem ganzen Theater fast vergessen.

Ich schaue mich ein weiteres Mal in meiner Wohnung um. Drei Tage hätten eigentlich gereicht, um das Gröbste aufzuräumen oder wenigstens im Wohnzimmer zu saugen. Zum guten Schluss bleibt mein Heim unberührt, fast jungfräulich zurück. Die Hausstaubmilben werden rauschende Partys feiern, während der Holzwurm seine endlich freie Bahn sicherlich effektiv zu nutzen gedenkt.

Nur den Bonsai habe ich bei meinem Nachbarn in Sicherheit gebracht. Laut Sammy spricht er lediglich Japanisch und ein bisschen Kroatisch. Warum, erfahre ich nicht. Die ihm weniger geläufigen deutschen Vokabeln vernuschelt er. Diesen Effekt kenne ich. Er tritt bei mir auf, wenn ich Englisch sprechen muss. Aber Sammy sagt auch, der Bonsai sei freundlicher und guten Willens. Er könne halt nur kein Deutsch. Gefahr gehe keine von ihm aus.

Zum Abschied greife ich in des Baumes Krönchen und tätschle vorsichtig seine Blätter.

»Tschüss, Bonsai«, sage ich leise, »wir sehen uns, in alter Frische!«, und schäme mich, als ich bemerke, dass mein Nachbar ungläubig mit dem Kopf schüttelt und der kleinwüchsige Baum gar nicht reagiert. Er versteht ja fast nur Japanisch.

Sammy hat zwei Fahrkarten für den ›Pelztier-Express‹ nach Hannover organisiert. Das ist nach seinen Angaben nicht einfach gewesen. Als Pelztier gehe ich selbst bei größter Anstrengung einfach nicht durch. Allein schon wegen der Größe, vom Fell ganz zu schweigen. Doch es gibt Ausnahmegenehmigungen. Das hatte der Kater bereits im Vorfeld in Erfahrung gebracht. Als er mit dem Vorschlag, ausschließlich faunistische Verbindungen zu nutzen, um die Ecke kam, hatte ich ihn erst für verrückt erklärt. Ist er aber nicht. Er ist einfach besser informiert. Außerdem ergibt dieses Vorgehen Sinn. Wir zahlen mit Kronkorken, wie überall in freier Wildbahn. Gut, dass ich so wenig aufräume. Ich liebe es, abends ein paar Bierchen zu trinken. Also habe ich möglichst viele Verschlüsse zusammengesucht und die gefüllte Tüte mit ihnen im Rucksack verstaut. Kronkorken zu organisieren ist eine meiner leichtesten Übungen. Ich bin multicollecting-fähig, das heißt, in der Lage, Produkte verschiedenster Marken parallel und doch erfolgreich zu sammeln. Heute empfinde ich mein Talent als Gabe Gottes.

Der Hasper Pelztierbahnhof liegt zwar mitten im Wald, ist aber von meiner Wohnung aus fußläufig erreichbar. Wir sind kaum losgegangen, da bleibt mein Begleiter stehen, öffnet seinen Rucksack und kramt ›Kleintierohropax‹ hervor.

»Ich kann das Gelaber der Bäume kaum ertragen«, sagt er, »normalerweise kann ich sowas ausblenden, aber hier im Wald gibt es keine Nebengeräusche.«

Ich schaue mich um. »Was sagen sie?«

Sammy antwortet nicht. Er hat seine Ohren bereits verstöpselt. Mir wird mulmig.

Nach einer knappen Viertelstunde haben wir den Pelztierbahnhof erreicht. Als der Zug einfährt, bin ich überrascht. Einer roten Lok folgen sieben, acht kleine Waggons, zum Schluss ein deutlich größerer.

»Den haben sie nur deinetwegen angehängt«, nuschelt Sammy und knabbert an einem Forellenstick, »Menschen fahren hier eigentlich nie mit.«

Nachdem wir eingestiegen sind, packt er ansatzlos eine Portion Leberwursthäppchen aus und macht es sich mir gegenüber bequem. Ich rümpfe die Nase.

»Muss das sein?«, ruft eine unbegleitete Pudeldame aus der Nachbarsitzgruppe.

»Ja«, murmelt Sammy und wirft das erste Häppchen demonstrativ in hohem Bogen in seine geöffnete Schnauze. Das zweite landet bereits auf dem Plüschsessel und das dritte verschwindet in den unergründlichen Tiefen unserer Vierer-Sitzgruppe. Obwohl die Pudelin nichts mehr sagt und längst zufrieden schmatzend an ihrem Schweineohr knabbert, steckt Sammy seine übelriechende Zwischenmahlzeit wieder ein. Ich atme auf. In den nächsten Minuten wird mein Begleiter sichtlich unruhiger.

Ich lege meine Hand auf seine Pfote. »Na, hol schon dein Schnuffeltuch!«

Mein Gegenüber nickt, greift in die Tasche seiner roten Pelztierjeans der Marke ›Power-Puma‹ und fördert das Objekt seiner Begierde zutage. Hektisch führt er das Tuch zur Nase und atmet tief ein. Vier, fünf Mal hintereinander. Danach seufzt er und lehnt sich zurück. Unsere Fahrt kann beginnen.

Wir dösen eine ganze Zeit vor uns hin und alles scheint störungsfrei abzulaufen. Bis zu diesem unsagbar unglücklichen Moment. Anders kann man das nicht sagen. Ich bin gerade leicht eingenickt, da spüre ich, wie eine Kralle über meinen rechten Unterarm streicht. Zu meinem Entsetzen schaue ich direkt in Sammys weit geöffnete Katzenaugen.

»Wir sind erst kurz hinter Bad Oeynhausen«, flüstert er. »Wir hätten also noch Zeit.«

»Wofür?«, gähne ich.

Sammy holt ein Stück Papier aus der Tasche. »Hör zu!«, sagt er und entfaltet es ganz.

Ich lehne mich zurück. Was jetzt wohl kommen mag?

Sammy steht auf, atmet ein. Plötzlich holen mich alte Erinnerungen ein, unschöne Erinnerungen. Ich richte mich auf und rechne mit dem Schlimmsten.

Der Kater erhebt die Stimme. Sie knarzt ein wenig stärker als sonst.

»Wer frisst
ist.
Ich fresse,
also bin ich.
Du nicht,
du bist
wahn-
sinnig«

Ich schaue mich um. Die Pudeldame kaut versonnen an einem Knochen. Sie scheint uns zu meiner Erleichterung nicht zu hören. Der Rest des Wagens ist leer.

»Morgen gibt es Dill«, fährt Sammy fort,
»so Gott will.
Und will er morgen nicht,
ein andres Hauptgericht.«

Ich trotze meinen sich auf der Stelle einstellenden Fluchttendenzen und klatsche sogar ein wenig. Ich könnte heulen, doch wir werden für sehr lange Zeit aufeinander angewiesen sein. Da sind Kompromisse unabdingbar. Ich lehne mich zurück und tue so, als würde ich schlafen.

»Alles geht einmal vorbei«, hat meine Mutter immer gesagt. Und »Die Zeit heilt alle Wunden«, mein Vater.

Wollen wir hoffen, dass sie recht hatten. Aber für Lyrik bin ich bis in alle Ewigkeit verloren. Ich fühle mich traumatisiert.

Den Rest der Fahrt behalte ich meine Taktik bei und stelle mich schlafend bis tot. Es kommt zu keinem weiteren Übergriff. Als wir eine Stunde später aussteigen, habe ich mich wieder halbwegs gefangen.

Der Hannoversche Pelztierbahnhof befindet sich mitten in der Eilenriede, dem örtlichen Stadtwald. Auf dem Bahnsteig schaue ich mich um. Pelztiere aller Art rennen geschäftig an uns vorbei. Sammy verzichtet vorerst auf seine Ohrstöpsel und lässt den Blick ebenfalls schweifen. Nach wenigen Augenblicken hebt er die rechte Pfote. Ich folge seinem Blick und lande bei einer rundlichen Perser-Glückskatze mit artgerecht mehrfarbig geschecktem Fell. Sie trägt eine Hornbrille auf der kleinen, schwarzen Nase und winkt ausgelassen. Das kann nur Frau Doktor Piwiane Boll sein! Eine Wissenschaftlerin hatte ich mir allerdings ernsthafter vorgestellt. Wir winken zurück. Sie ist mir schon jetzt sympathisch.

Als die Katzendame uns erreicht hat, schmeißt sie sich mit derartigem Karacho in Sammys Vorderpfoten, dass der Mühe hat, die Balance zu halten. Reflexartig schiebe ich mein Schienbein hinter seinen Rücken und verhindere, dass er nach hinten kippt. Nach der herzlichsten Begrüßung, der ich je beiwohnen durfte, wendet sie sich mir zu.

»Du musst Carsten sein!«

Sie streckt ihre Pfote hoch in die Luft. Gleichzeitig beuge ich mich hinunter. Irgendwo dazwischen treffen meine Hand und ihre Pfote aufeinander, sodass wir sie schütteln können.

»Jau«, antworte ich und schaue mich auf dem Bahnsteig um. »Wo ist Gerri? Du glaubst gar nicht, wie gespannt ich auf ihn bin. Wann trifft man schon mal einen echten Bestseller-Autor aus der Faunaschriftstellerszene?«

Piwi wird von einer Sekunde auf die andere sehr ernst. Warum tritt mir Sammy eigentlich so fest gegen das Schienbein? Auch der Boxhieb in die Seite muss meiner Meinung nach nicht sein.

»Gerri ist tot«, sagt das Glückskatzenweibchen, »er ist letzten Sommer gestorben. Kurz vor dem Umzug aus Wien nach Hannover. Sein Herz war doch so schwach!«

Ich schaue betreten zu Boden. Als Stimmungskiller war ich schon immer unschlagbar.

»Das tut mir leid«, antworte ich leise.

»Alles gut. Mach dir keine Gedanken!« Sie dreht sich um und setzt sich langsam in Marsch. »Gerri und ich sind immer noch in Kontakt. Jetzt halt anders. Er war meine große Liebe, die bleibt. Auch über den Tod hinaus …«

Wir folgen Piwi, doch die ausgelassene Stimmung ist dahin.

Nach ein paar Minuten stehen wir vor einem kleinen, roten Tandem.

»Steig auf, Sammy!«, ruft unsere Gastgeberin. Dann wendet sie sich zu mir.

»Bist du gut zu Fuß?«

»Ja.«

»Es wäre nett, wenn du neben uns herlaufen würdest. Wir fahren auch langsam!«

Ich fabriziere irgendwo aus dem Bauchraum heraus ein zustimmendes Geräusch und als beide Katzen samt Gepäck auf dem Fahrrad sitzen, starten wir.

Ich schaue mich erneut um. Wir sind von Bäumen umgeben. Der Wind pfeift durch ihr Geäst.

»Hörst du etwas? Kannst du verstehen, was sie sagen?«

Der Kater lächelt leise. »Ja. Unglaublich, was man so den lieben langen Tag erzählen kann, wenn das Gehirn ausgeschaltet ist! Aber die sind harmlos. Sie reden einfach nur dummes Zeug.«

»Was erzählen sie denn?«

Ich schaue nach oben. Ihre Blätter bewegen sich sanft im Wind. Nein, gefährlich wirkt anders.

»Ach, irgendeinen Quatsch von der gestrigen Baumkronenparty.« Sammy rollt die Augen. »Ein Eichhörnchen muss wohl unmöglich gekleidet gewesen sein. Rote Socken, gelbe Jeans, was weiß ich?«

Ich lasse meinen Blick wieder schweifen und lande bei Piwi. »In welcher Gegend von Hannover sind wir hier?«

»Zwischen Pferdeturm und Walderseestraße. Wir müssen zum Mittellandkanal.«

Ich seufze. Mittellandkanal, Eilenriede, Groß-Buchholz. Meine alte Heimat. Hier bin ich aufgewachsen, bevor ich mit Anfang zwanzig in die große, weite Welt strebte. Goslar, Mülheim, Osnabrück und so. Von Hagen ganz zu schweigen. Ein komisches Gefühl. Je weiter wir fahren, desto mehr Orte passieren wir, die ich noch kenne. Erinnerungen kommen hoch. Schöne und beklemmende, lustige und sehr, sehr traurige.

Sammy scheint es ähnlich zu gehen, auch er ist in Hannover aufgewachsen, stammt – im Gegensatz zu mir – sogar gebürtig von der Leine. Sein Blick wirkt entrückt, doch von der Südstadt, seinem Heimatstadtteil, entfernen wir uns gerade. Sie liegt in entgegengesetzter Richtung.

Unweit der Buchholzer Windmühle erreichen wir den Kanal. In der Nähe einer Schrebergartensiedlung sind Pelztierwohnungen entstanden. Ein ganzer Komplex, aber noch überschaubar. Man kennt sich unter Nachbarn. Ein Hase grüßt freundlich, der Hamster aus Piwis Nachbarwohnung nickt kurz, tippt dann an seinen Hut.

»Ich empfehle mich!«

Neben Piwis Wohnhaus steht ein Zelt.

»Dort wirst du schlafen, Carsten«, sagt die Glückskatze, »und zieh bitte den Kopf ein, wenn wir gleich ins Haus gehen!«

Da sich selbst dieser Tipp als nicht praktikabel erweist, robbe ich auf allen Vieren in Piwis glücklicherweise im Erdgeschoss gelegenes Pelztierappartement. Ich habe mich noch nicht vollständig orientiert, da stoße ich mit dem gesenkten Kopf gegen etwas sehr Hartes. Ich reibe mir die Stirn, blicke hoch und schaue frontal auf eine rekordverdächtig spitze, braune Tischkante. Mein zweiter Blick wandert höher und trifft auf ein Bild, das mich augenblicklich fasziniert. Zwei riesige Katzenpupillen schauen mich an. Sie gehören einem grau-getigerten Kater, der aus einer gerahmten Fotografie auf mich herunterschaut.

Erst jetzt bemerke ich die Kerzen auf dem Tisch vor seinem Bild. Ich habe nur wenig Zeit, mich seiner Magie zu öffnen, denn Piwi kommt herangestürzt. Mein Schrei hat sie alarmiert. Kaum hat sie mich erreicht, wird meine Gastgeberin sehr ruhig, faltet die Pfoten, soweit es ihr als Pelztier gegeben ist, hebt den Kopf und schaut andächtig nach oben.

»Hallo Gerri«, ruft sie und es klingt nicht mehr nur feierlich, sondern auch ein bisschen fröhlich und auf jeden Fall sehr vertraut. »Das ist Carsten! Er hat ›Unter Olmen‹ geschrieben. Du erinnerst dich bestimmt!«

Ich empfinde Befremden, aber nicht nur. Etwas Feierliches liegt über dem Raum. Und Piwis Gewissheit. Sie verhindert, dass ich etwas Despektierliches sage. Etwas, das ich hinterher bereuen könnte. Also sage ich nichts, warte ab und schaue sie an. Piwis Blick bleibt fest auf das Bild gerichtet. Gerade als ich doch noch irgendetwas sagen möchte, das die Stimmung lockert, höre ich sie. Diese Stimme. Freundlich, leise und vielleicht ein bisschen heiser, aber das weiß ich nicht so genau.

»Moin Carsten«, sagt sie von links oben, da bin ich sicher, »schön, dich kennenzulernen!« Kurze Pause. »Und?«, fügt sie hinzu. »Alles im Lot?«

4 Nachricht von ganz oben

Ich schaue hoch, doch außer dem Katzenporträt sehe ich nichts. Jedenfalls nichts von Belang. Grüne Raufasertapete zählt nicht dazu.

»Du kannst mich nicht sehen. Dazu müsste ich mich materialisieren können. Lange Geschichte. Du hörst mich. Das muss reichen!«

Ich zucke mit den Schultern. Gerri ist der Chef. Wenn er das so sieht, dann ist das so. Mir wird klar, dass mir jetzt irgendwie mulmig sein müsste und dass mir aber gar nicht mulmig ist. Ich beschließe, diese Erkenntnis so stehen zu lassen und mich meinem jenseitigen Gesprächspartner zu widmen. Schon aus Höflichkeit, aber nicht nur.

»Hallo Gerri«, antworte ich, »auf jeden Fall! Schön, dich zu hören!«

Aus dem Augenwinkel heraus beobachte ich, wie sich Piwi eine Frischkäsepraline in die Schnauze schiebt und genüsslich zerkaut. Ich wende mich komplett zu Gerri. Wann hat man schon einmal die Gelegenheit, mit einem Verstorbenen zu sprechen? Es ist nicht nur die Etikette, die mich dazu veranlasst, ihm die volle Aufmerksamkeit zu schenken. Meine Neugier ist geweckt, nur eine sinnvolle Frage fällt mir nicht ein. Beim besten Willen nicht. Noch vor zehn Minuten hätte ich tausend Ideen gehabt, aber jetzt ist nicht vor zehn Minuten. Ich bin mit der Situation heillos überfordert.

»Wie ist das denn so bei euch? Tot sein ist ja auch kein Zuckerschlecken! Nehme ich jedenfalls an?«, entscheide ich mich zu sagen und könnte schon wenige Sekunden später vor Scham über das nicht vorhandene Niveau meiner Frage in den Boden versinken.

»Och, hier ist alles in Butter«, kommt die Stimme aus dem Off, »aber das willst du doch gar nicht wissen. Wenn es nach mir ginge, könnte unser Gespräch langsam in Fahrt kommen.« Er lacht heiser. »Andererseits kann es so wenigstens nicht mehr verflachen!«

Ich lache aus Höflichkeit ein wenig mit und überlege krampfhaft, was man einen Geist denn so fragen dürfe. Ich bin noch zu keinem schlüssigen Ergebnis gekommen, da erlöst mich Piwi.

»Was macht eigentlich dein Wiedergeburtsantrag?«, schmatzt sie in Richtung linke Deckenwand.

»Nicht so gut!« Gerris Stimme klingt ärgerlich. »Es war alles minutiös geplant und vorbereitet, da ist irgendein Depp aus der Himmelsverwaltung einem Reporter von ›Pelztier-TV‹ auf den Leim gegangen. Die haben daraus ein Riesending gemacht! Eine Doku mit dem Titel ‚Besuch aus dem Jenseits‹ angekündigt und so. Ich hätte auf Erden keine ruhige Minute gehabt. Sogar die Adresse meiner potenziellen Eltern haben sie genannt! Kurz nach Ausstrahlung der Sendung kam dann der Befehl, die Sache abzublasen. Von höchster Stelle habe ich gehört!«

»Schade.«

Piwi ist inzwischen bei Praline drei angelangt.

»Finde ich auch! Ich hätte dir gerne mal wieder das Fell geschleckt. Andererseits war ich als Seelöwe in Kalifornien vorgesehen. Monterrey, glaube ich. Ein Wiedersehen wäre schon aus logistischen Gründen schwierig geworden.«

Ich melde mich und schnipse wie in der Schule mit den Fingern. Endlich ist mir eine Frage eingefallen! Über etwas, das ich schon immer wissen wollte.

»Ja, Carsten«, sagt Sammy. Es ist wirklich ein bisschen wie früher im Unterricht.

»Wie läuft das eigentlich bei euch da oben? So rein alltagsmäßig?«

Gerri lacht. »Gute Frage. Du wirst enttäuscht sein! Langweiliger geht nicht. Außerdem …«, seine Stimme nimmt einen leicht verschwörerischen Klang an, »ist mir das alles eine Spur zu esoterisch. Nichts gegen den Geruch von Räucherstäbchen, Harfenklänge und jubilierende Engelsdarsteller auf 450-Euro-Basis, aber irgendwann ist auch mal gut. Man muss ja nicht jedes Klischee zwanghaft erfüllen! Außerdem werde ich seit meinem Eintreffen gemobbt. In meiner direkten Umgebung wohnen drei Tiere, die in ich in meinem Buch ›111 Tierarten, die am besten sofort aussterben sollten‹ negativ erwähnt habe. Jetzt schlagen sie zurück. Klauen mir morgens die ›Himmels-Rundschau‹ aus dem Briefkasten und fressen mein Manna. Es mag im Einzelfall anders aussehen, aber so toll wie sein Ruf ist der Himmel nicht. Zumal die Vorgaben von oben zunehmend restriktiv werden. Alles wird auf Effektivität getrimmt. Inzwischen gibt es sogar eine Kommission für Einsparungsmanagement. Mein Himmel ist das nicht mehr!«

Ich bereite mich gerade geistig darauf vor, alle 23 Fragen nacheinander vorzutragen, die mir während seiner Ausführungen eingefallen sind, da werde ich auch schon wieder gebremst.

»So. Und jetzt ruft die Arbeit! Ich muss zum Harfenunterricht bei Oberengel Froderick. Absolutes Pflichtprogramm! Mach's gut, Carsten! Schön, dich kennengelernt zu haben! Bis denne!«

»Bis denne«, murmle ich, und Piwi schickt ihrer großen Liebe noch eine Kusspfote hinterher, während aus dem Toilettenraum laute Scharrgeräusche dringen. Sammy hat mal wieder das Wichtigste verpasst.

Piwi führt mich ins Wohnzimmer. Ich rutsche auf Knien hinterher. Der Raum selbst ist hell und freundlich. So freundlich wie Piwi selbst auf ihre ganz spezielle Art. An der Wand steht ein alles überragender Kratzbaum. Ich streiche mit der flachen Hand über seine Oberfläche. Sie ist standardmäßig mit Plüsch überzogen. Piwis Modell ist solide gearbeitet, stabil und bequem an den Stellen, an denen Bequemlichkeit gefragt ist. Als langjähriger Pelztier-Host verfüge ich über einen geschärften Blick für ihre Belange. Den Begriff ›Pelztier-Host‹ hat mir Sammy beigebracht. In ihrer Community redet man längst nicht mehr von Herrchen und Frauchen.

»Das klingt doch viel moderner und respektvoller«, hat mir Sammy erläutert, »und spiegelt die wahren Kräfteverhältnisse deutlich korrekter wider!«

Ich habe genickt, weil es mir egal ist. Wenn er sich damit besser fühlt … Hauptsache, ich weiß, wer bei uns beiden das Sagen hat, und das ist nicht Sammy. In der Zwischenzeit hat der Kater den Raum betreten. Auch er lässt seinen Blick schweifen und auch sein Blick bleibt am Kratzbaum hängen. Natürlich, Kratzbäume sind sein Beruf. Er hat in Hagen-Haspe, bei mir um die Ecke, Kratzbaumtechnik auf Magister studiert. Das ging zu seiner Zeit noch. Sammy nickt anerkennend.

»Nicht übel«, meint er und streicht ebenfalls über die Oberfläche von Piwis prominentestem Einrichtungsgegenstand, »der passt zu dir wie Napf auf Schnauze. Hast du schon von unserem neuen Seniorenkratzbaum gehört? Der wäre vielleicht ein passendes Geschenk für deine Eltern.«

»Nö«, murmelt unsere Gastgeberin, »bisher noch nicht. Wie kommst du darauf?«

Ein stolzes Lächeln huscht über Sammys Gesicht. Endlich! Auf diese Frage hat er gewartet.

»Ich habe vorhin mit Monique telefoniert. Der von uns produzierte Seniorenkratzbaum ist ein Riesenerfolg. Die Verkaufszahlen gehen durch die Decke.«

Ich schaue instinktiv nach oben. Er muss eine andere gemeint haben. Oder war seine Bemerkung eher metaphorisch gedacht?

Der Kater unterbricht meine Gedankengänge. »Kein Wunder bei dem Komfort. Mit vorgewärmten Kuhlen und fettgedruckten Erinnerungshilfen in Großschrift. Und haltet euch fest: Wir liefern ihn serienmäßig mit Kratzbaumlift! Verstellbar in vier Tempostufen! Von 3 bis 50 Stundenkilometern! Mehr geht nicht. Ihr wisst schon: geschlossene Ortschaft und so …«

Ich halte die Luft an. Eine der letzten zwölf Tassen Kaffee auf unserer Fahrt muss meine Blase extrem angeregt haben.

»Komme gleich wieder!«, presse ich heraus und robbe in Höchsttempo zur Toilette. Ist nur ein Katzenklo, bemerke ich vor Ort. Egal. Ich nehme den Deckel ab und verschaffe mir Erleichterung, indem ich hockend auf das Streu uriniere. Es klumpt sofort.

Den Nachmittag verbringen wir auf Piwis Terrasse. Zu dritt genießen wir die Frühjahrssonne. Unsere Gastgeberin serviert Katzenmilch und hat Menschenkaffee gekocht. Nur für mich! Er schmeckt sogar, ist nur ein wenig dünn. Was aber viel mehr zählt, ist der Gedanke. Mein Wohlbefinden ist ihr wichtig. Ich sitze auf einem grünen Korbsessel zwischen den beiden Pelztieren und fühle mich wohl. Trotz drohender Apokalypse. Auch meinen Sitzplatz hat sie eigens organisiert.

»Menschenbesuch bekommt man nicht jeden Tag.« Piwi nippt an ihrer Katzenmilch und lächelt. »Habe ich dir eigentlich schon meine Doktorarbeit gezeigt, Carsten?«

Ich verneine.

Die Glückskatze springt auf und kommt wenig später mit einer dicken, sorgfältig gebundenen Mappe zurück. Ihre Augen strahlen, als sie mir ihre Dissertation überreicht. Ich lege sie auf meinen Schoß und schlage die erste Seite auf.

»Veganer Kannibalismus als gesellschaftliches Konzept im Kampf gegen Gewalt im Tierreich, bei gleichzeitiger Resozialisierung der Tätergruppe.«

»Wow. Das klingt gut, aber was genau meinst du damit?«

Ich muss sie das fragen. Wenn ich ihre Arbeit lesen will, brauche ich mehr Zeit, ein ruhigeres Umfeld und wohl auch einen weiteren Horizont. Ich bin kein Wissenschaftler, nur ein einfacher Fachhochschulabsolvent, das muss ich mir immer wieder vor Augen führen. Bei aller praktischen Kompetenz. Piwi lächelt mich freundlich an. Ich sehe etwas Außergewöhnliches in ihren Augen. Eine ganz besondere Begeisterung, ein Feuer. Jetzt ist ihr Kratzbaummoment! Ich gönne ihn ihr von Herzen.

»Das ist im Grunde gar nicht so schwer. Populär ausgedrückt, geht es darum, Kannibalismus praktizierende Tiere wie die Aga-Kröte oder Angehörige verschiedener Arten der Strumpfband- oder Königsnatter vom Konzept der Gewaltlosigkeit und des uneingeschränkten Respekts vor anderen Lebewesen zu überzeugen. Auch wenn diese Teil unserer ursprünglichen Nahrungskette sind. Bevor zum Beispiel eine Aga-Kröte ihren Partner, Nachbarn oder gar einen unbeteiligten Passanten frisst, sollte sie wissen, dass diese Aktion nicht zwingend ist. Sie sollte über Informationen verfügen, was es für dieses Tier bedeutet, verspeist zu werden und sie sollte Alternativen zur Kralle haben. Zum Beispiel Krötenattrappen aus Möhrenschnitzeln, Paprika oder fleischfreiem Froschrückenhautersatz.«

Ich schaue sie bewundernd an. Dieses Tier lebt seine Profession und seine Ideale.

»Wenn sie unter unserer Anleitung über ihren Schatten springen«, fährt sie fort, »und sich bereit erklären, vegane Produkte zumindest einmal zu probieren, dann werden sie merken, dass diese, richtig gewürzt, nicht nur exzellent schmecken, sondern darüber hinaus viel leichter im Magen liegen als Freunde und Anverwandte aus Fleisch und Blut. Im Gegenzug würde deren Leben gerettet. Eine klassische Win-Win-Situation!«

Ich schaue Piwi liebevoll an. Eine Seele von Tier, mit lieben Augen und einem einnehmenden Wesen. Ich glaube, dass sie jedes Wort genau so meint, wie sie sagt und schreibt und ich wünschte ihr sehr, dass ihr Modell zukunftsfähig wäre, aber ich glaube es nicht! Dabei hat sie in so vielen Dingen recht. Umfassender Respekt vor anderen Lebewesen ist ein hohes Gut, vielleicht das höchste überhaupt. Und doch wird dieses Ziel nicht zu realisieren sein. Ich hätte es auch gern anders, aber die breite Masse der globalen Fauna wird ihr nicht folgen können. Die Lebensumstände auf unserem Planeten sind nicht dafür geschaffen, die Bewohner charakterlich anders strukturiert. Es gibt Lebewesen wie Piwi, die ohne den Konsum tierischer Produkte leben können. Das ist hervorragend, aber die breite Masse wird sie mit ihrem Konzept nicht erreichen. Selbst ich esse Fleisch, obwohl ich die Umstände der Fleischproduktion kenne und meinen Konsum immerhin reduzieren konnte. Der gute Wille ist da, die Umsetzung gelingt mir nicht. Aus den verschiedensten Gründen.

Was die Kannibalenszene betrifft, sehe ich völlig schwarz. Um in der Lage zu sein, die eigene Verwandtschaft zu vertilgen, muss man schon ganz besonders gestrickt und sozialisiert worden sein. Das ist meine Meinung, ihre eine andere. Was ihr gutes Recht ist. Zumal ihre Lebenseinstellung großartig ist! Ich blättere noch ein wenig in ihrer Dissertation und lächle sie freundlich an.

»Alle Achtung! Mein Respekt! Ein wirklich spannendes Thema hast du dir da ausgesucht!«

»Danke, Carsten!«

Ihre Augen leuchten. Sie ist eine Idealistin, das Feuer lodert noch immer in ihren Augen. Vielleicht hat sie ja doch recht? Man sollte nie aufgeben, etwas bewegen zu wollen. Ich würde es ihr und uns von Herzen gönnen, denn ihre Utopie ist eine schöne. Ich sehe ihren Vorschlag zwar kritisch, aber nichts wäre mir lieber, als in dieser Frage eines Besseren belehrt zu werden.

Ich habe kaum zu Ende sinniert, mein in der Zwischenzeit erkalteter Kaffee steht noch vor mir auf dem Tisch, als ein Geräusch an meine Ohren dringt. Es kommt aus dem Wohnungsinneren und ist sehr laut. Ich höre genauer hin und tippe auf dissonantes Harfenspiel. Piwi und Sammy springen hinein, ich robbe im Sprinttempo hinterher.

»Highway to hell!«, brüllt Gerri aus dem Jenseits in Piwis Wohnzimmer – auch wenn ich mich gerne anders ausgedrückt hätte – und malträtiert seine Harfe ganz offensichtlich in einer Weise, die ein irdisches Musikinstrument kaum ausgehalten hätte. »Highway to hell!«

Wir lassen uns vor seinem Schrein nieder.

»Warum singst du ›Highway to hell‹?«, frage ich. »Du bist im Himmel. Das ist doch viel besser!«

»Ich weiß«, kommt die Stimme aus dem Off, »kleine Provokation von mir! Aus Protest. Ich hab so 'ne Krawatte!«

Er drückt sich derart plastisch aus, dass ich seinen dicken Hals förmlich sehen kann und die beidpfotig-unterstreichende Bewegung dazu ebenfalls. Ohne vorherige Materialisierung. Dann wird es laut in Piwis Wohnung. Richtig laut. Der Erdboden unter uns bebt. Davon werden auch die Nachbarn noch etwas haben. Die Nachbarn im Umkreis von zwei Kilometern ungefähr. Wir halten uns die Ohren zu.

»Was machst du da?«, brüllt Sammy gegen den Lärm an.

»Ich zerstöre meine Harfe! Wie ›The Who‹ vor fünfzig Jahren!«

»Cool.« Ich nicke automatisch und es ist anerkennend gemeint. Tot hin, lebendig her, der Typ hat was!

Nach unendlich lang erscheinenden zehn armbanduhrgemessenen Minuten endet das Spektakel.

»So«, sagt Gerri in die neu entstandene Stille hinein, »kommen wir zur Sache!«

»Welche Sache?« Ich muss laut gedacht haben, denn er antwortet mir.

»Denk mal scharf nach, Carsten! Warum seid ihr denn eigentlich hier?«

Ich ducke mich, ohne etwas dagegen tun zu können. Ich komme mir ein weiteres Mal wie damals in der Schule vor. Hier in Hannover. Ich stehe vor der Klasse und der Lehrer fragt mich, was drei mal zwölf ist und ich weiß es nicht, obwohl ich es sonst immer weiß, nur jetzt nicht.

»Keine Ahnung.« Ich zucke mit den Achseln.

»Piwi?« Gerris Stimme klingt unwirsch. So, wie die meines Lehrers vor fast vierzig Jahren. Piwi schüttelt den Kopf.

Auch Sammy weiß nicht, worauf er hinaus will. Also bequemt sich unser Mann im Jenseits endlich, für Aufklärung zu sorgen.

»Menno«, beginnt er und wirkt noch eine Spur heiserer als zuvor, »die Apokalypse! Die drohende Apokalypse durch unsere eigene Flora! Habt ihr das wirklich vergessen?«

Schon, aber jetzt erinnere ich mich wieder. Er könnte fortfahren.

»Also«, ruft Gerri, jetzt moderater, »ich habe mich in der Zwischenzeit mal schlau gemacht. Wenn euch irgendjemand helfen kann, dann findet ihr ihn bei den Waldgeistern vom Edersee! Es wäre nicht der erste Weltuntergang, den sie verhindern würden!«

Er hat noch keine drei Minuten gesprochen, da hängen wir schon an seinen nicht materialisierten Lippen.

»Ich habe mit ihnen gesprochen. Die Waldgeister sind so ziemlich die einzig Vernünftigen hier. Sie erwarten euch gegen Ende der Woche. Etwas Vorlauf für die Recherche brauchen sie noch, dann könnt ihr kommen! Ihr findet sie im Wald bei Vöhl-Herzhausen. Notiert euch das! 34516 Vöhl-Herzhausen am Edersee, Landkreis Waldeck-Frankenberg, Hessen!«

Alles klar. Ich weiß jetzt, was ich wissen muss. Gerade will ich mich aufrichten, soweit das unter diesen Bedingungen möglich ist, da fährt er fort.

»Du, Sammy«, sagt er, »hast noch einen Auftrag. Ich gebe dir zwei Tage Zeit, um dich um deine familiären Belange zu kümmern. Carsten wird dich unterstützen!«

Meine Herren! Cooler Typ, dieser Gerri, aber auch ziemlich autoritär!

»Was ist mit meiner Familie?«, frage ich. »Ich komme auch aus Hannover!«

»Auch dafür ist Zeit. Wenn die Angelegenheiten von Sammy erledigt sind!«

»Gut«, meldet sich mein Begleiter wieder zu Wort, holt sein Baldriantuch aus der Tasche, führt es mit hektischen Bewegungen zur Nase und holt dreimal tief Luft, bevor er fortfährt, »was soll ich tun?«

»Kümmere dich um Jorinde und Joringel! Sie brauchen dich! Dringend!«

»Jorinde und Joringel? Wer sind die? Kenne ich nicht! Noch nie gehört, die Namen!«

Gerris Stimme tendiert erneut ganz langsam, aber auch ganz sicher, in Richtung Ungehaltensein.

»Finde heraus, wer sie sind! Du bist erwachsen! Wie gesagt, es ist wichtig! Und jetzt, jetzt muss ich los. In die Kantine. Manna fassen … Ihr wisst schon. Wir hören uns …«

Wir haben uns gerade zum Gehen gewandt, da ertönt seine Stimme nochmal, als wäre er schon weg gewesen und käme kurz zurück.

»Schwanz- und Pfotenbruch, Sammy! Und auch dir alles Gute, Carsten! Bleibt fit, ihr werdet eure Gesundheit brauchen!«

5 Hannover

Wir haben Piwis Diele kaum in Richtung Terrasse verlassen, da holt Sammy sein Schnupftuch noch einmal heraus und atmet die übelriechende Flüssigkeit hastig ein. Vertrauenserweckend fit wirkt er nicht.

»Meine Familie hat mir gerade noch gefehlt!« Er nimmt noch eine Nase Baldrian. »Aber Befehl ist Befehl. Gerri wird seine Gründe haben!«

Ich habe inzwischen ganz andere Probleme. Durch das zusammengekauerte Sitzen im Inneren von Piwis Wohnung ist meine Prellung wieder schmerzhafter geworden. Langsam wird sie chronisch.

»Ich glaube, das mit der Übernachtung können wir getrost vergessen! Gerri wirkte ziemlich besorgt. Wenn man seinen Standort betrachtet, ist das umso alarmierender. Von oben und von außen ist es immer leichter, den Überblick zu behalten. Er kann beides verbinden. Lass uns los! So schnell wie möglich!«

Sammy hat sein Tuch wieder eingesteckt. »Auf jeden Fall. Wenn da nur nicht diese merkwürdige Jorinde und Joringel-Sache wäre …«

»Auch das sollten wir möglichst bald klären, Sammy! Ich glaube nicht, dass Gerri einen derartigen Druck gemacht hätte, wenn es um etwas Belangloses ginge. Er ist der Mann aus dem Jenseits. Er weiß mehr!«

Der Kater nickt. »Und dann fahren wir zum Edersee.«

»Gut erkannt, Jungs!« Piwiane ist hinzugetreten. Sie hat zwei Brotdosen in den Pfoten. »Richtig. Ihr müsst los! Macht euch wegen des Zeltes keine Sorgen. Das baue ich in fünf Minuten wieder ab.« Sie drückt mir eine blaue Brotdose in die Hände. »Für dich, Carsten. Ein Leberwurstbrot! Das mögt ihr Menschen doch! Ich habe mich im Internet schlau gemacht. www.lebensabschnittsdosenöffner.de. Da erfährt man alles über euch, was man braucht!«

»Danke.«

Ich zwinge mich zu einem freundlichen Lächeln. Gut, dass ich unter chronischem Schnupfen leide. Obwohl … leiden ist in diesem Zusammenhang nicht der passende Ausdruck. ›Gnade‹ trifft eher zu. Ich denke, ein eingeschränkter Geruchssinn ist das Beste, was einem Leberwurstkonsumenten passieren kann. Je eingeschränkter, desto besser. Nachdem auch Sammy sein Lunchpaket – es sind Entensticks – in Empfang genommen hat, machen wir uns auf den Weg. Wir werden mit Piwiane in Verbindung bleiben. Obwohl meine Mutter und der Rest der Familie um die Ecke wohnen, geht es in Richtung Südstadt. Zu Sammys Verwandtschaft.

Locker zwei Stunden später treffen wir zu Fuß am Braunschweiger Platz ein. Hier ist Sammy aufgewachsen. Gerade wollen wir die Kreuzung überqueren, da beginnt mein Begleiter ganz aufgeregt zu winken.

»Siehst du die?«, ruft er und lässt zu meiner Überraschung das Schnuffeltuch in der Tasche. »Da hinten die schwarzweiß-getigerte. Das ist Annabelle, meine Schwester! Die Blagen um sie rum kenne ich nicht!«

Noch bevor die Ampel auf Grün umgesprungen ist, sprintet er los, als verfolge ihn ein komplettes, hochaggressives, in seiner Persönlichkeit massiv gestörtes Waldstück, das ihm nach dem Leben trachtet. Ich lächle in mich hinein. Seine Familie ist ihm also doch noch wichtig. Ich kenne dieses Gefühl. Statt des Waldstücks nehme ich seine Verfolgung auf. Ruhig und gemessenen Schrittes. Als ich die Gruppe erreiche, ist er bereits in Lage, mir alle einzeln vorzustellen. Er zeigt auf die schwarzweiß-getigerte Katze. »Das ist Annabelle.«

Ich halte meine Rechte zum Gruß nach unten, sie streckt ihre Pfote hoch. Annabelles Pfotendruck ist kurz und fest. Sie lebt hier in Hannover, ich kenne sie vom Hörensagen. Sammys Lieblingsschwester, aber auch sein unnötiger Motor in Zeiten, in denen Zuhören angemessener als Leistungsdruck gewesen wäre. Nach meinen Informationen ist Annabelle Veterinäroberärztin an der Tierärztlichen Hochschule, direkt um die Ecke. Auf dem Gelände sind beide aufgewachsen, auch ihre Eltern waren hier beschäftigt. Das weiß ich von ihm.

Sammy zeigt auf die jüngeren Katzen. »Jetzt weiß ich mehr, Carsten! Darf ich dir meine Nichten und Neffen vorstellen? Ich habe ihre Existenz noch nicht einmal geahnt. Ich war doch sehr lange nicht mehr hier!«

Die Kitten stehen wie an der Kette aufgereiht neben ihrem Onkel und schauen mich neugierig an.

»Das sind Johanna, Josef, Jolante, Joghurt und Jorinde. Und da hinten«, Sammy zeigt zum Horizont, hinter dem gerade eine halbwüchsige Katzengestalt per Roller verschwindet, »das ist Joringel.«

Ich atme auf. Das Geheimnis um die Identität von Jorinde und Joringel wäre schon mal gelöst. Bei dem Zeitdruck, unter dem wir stehen, ist diese Erkenntnis Gold wert.

Ich nehme Jorinde genauer in Augenschein. Im Verhältnis zu ihren Geschwistern wirkt sie zierlich, fast dünn. Das Haupthaar ist lila gefärbt, das Rückenfell pink, am rechten Ohr prangt ein auffälliger Ring. Das Peacezeichen und ein Weibchensymbol hängen ineinandergeflochten zum Boden herunter. Ein einzelnes Accessoire für sich hätte womöglich den größeren Effekt erzielt. Ihre Handtasche geht mit dem Haupthaar fast Ton in Ton, der Aufkleber mit der Aufschrift ›Alter grau-getigerter Sack go Home! Fuck off Europäisch-Kurzhaar‹ ist in Gelb gehalten. Jorinde lächelt mich freundlich an. Ich bin kein alter grau-getigerter Kater. Ich bin ein alter, dicker weißer Mann. Ihr Feindbild ist ein anderes. Wir stehen schon eine ganze Weile beisammen und reden, als Joringel vom Horizont zurückkehrt. Er steigt von seinem Pelztierelektroroller und begrüßt mich per Pfotenschlag. Mit links.

»Nimm das gute Pfötchen«, ruft Annabelle und es klingt bestimmt.

Ich will ihr widersprechen, doch das steht mir nicht zu. Wir haben uns erst vor ein paar Minuten kennengelernt. Außerdem will ich Sammy nicht in den Rücken fallen. Seine Lage ist kompliziert genug. Joringel reicht mir erneut und mit Sicherheit ganz bewusst die linke Pfote. Das sagt mir sein Gesichtsausdruck. Ich schlage trotzdem ein.

Annabelles missbilligender Blick entgeht mir nicht. Sie schnappt fast – aber eben nur fast – unmerklich nach Luft, dann wendet sie sich ihrem Bruder zu.

»Möchtet ihr mitkommen? Für Gäste steht bei uns immer ein Napf Wasser bereit.«

Sammy schaut mich kurz und fragend an. Ich nicke. Deshalb sind wir hier.

Wir folgen seiner Verwandtschaft weiter und kommen nicht so recht vorwärts, denn die Nichten und Neffen balgen, wie es Kinder und Pubertierende nun einmal tun. Hin und wieder spielt auch mal eines der Tiere mit dem eigenen Schwanz oder hüpft dem Geschwisterkind ansatzlos aus dem Stand in den Nacken. Lediglich Jorinde und Joringel schleichen abseits nebenher.

Nach einiger Zeit kommen wir an einem kleinen Holzgebäude vorbei. Auf dem Vorplatz stehen drei riesige, sichtlich abgenutzte Kratzbäume einer längst vergangenen Generation. Das erschließt sich selbst mir als Angehörigem der menschlichen Spezies mit einem Blick.

Über dem Haupteingang prangt ein monumentales Schild: »Yogurette-Felsenbröker-Sekundarunterschule für Katzen und ähnliches Getier«, lese ich.

»Warst du da auch drauf?«, wendet sich Joringel an seinen Onkel.

Sammy nickt. »Ja, aber damals hieß sie noch ›Pelztiergrundschule am Braunschweiger Platz‹.«

»Weiß jemand, wer Yogurette Felsenbröker war?«, mische ich mich in ihr Gespräch ein. Lebensgeschichten haben mich schon immer fasziniert.

»Klar«, antwortet Joringel, »Yogurette Felsenbröker war eine legendäre Bäckereifachverkäuferin aus Bad Salzuflen. Sie hat eine Brötchentütenfalttechnik entwickelt, die heute weltweit angewandt wird, den felsenbrökerschen Grip, außerdem ist eine Brotkrankheit nach ihr benannt.«

Ich schaue ihn an, sage aber lieber nichts. »Wer will schon, dass eine Brotkrankheit nach ihm benannt wird?«, liegt es mir auf der Zunge. Ich schlucke meinen Einwand hinunter. Wir befinden uns auf vermintem Gelände. Mental, verbal, im übertragenen Sinne.

Joringel gibt die Antwort auf meine nicht gestellte Frage. »Ich werde auch irgendwann Brötchen verkaufen«, sagt er, »ich trainiere jeden Tag bis zu drei Stunden. Frag mich nach einer Brotsorte! Ich kenne sie alle. Und irgendwann, wenn ich erwachsen und beruflich etabliert bin, wird auch nach mir eine Brotkrankheit benannt. Da könnt ihr einen drauf lassen!«

Womit meine Frage beantwortet wäre. Joringel ist derjenige, dessen Streben allen Ernstes in Richtung Namensgeber einer Brotkrankheit geht. Ich zucke mit den Achseln. Wenn's ihm hilft!

Seine Stimme überschlägt sich fast. »›Joringellose‹, das wär's!«

Ich lasse keinen Spruch darauf folgen. Unter anderem würde das unseren zeitlichen Rahmen endgültig sprengen. Annabelle schaltet sich ein.

»Rede doch nicht so einen Quatsch, Joringel! Als Bäckereifachverkäufer verdienst du viel zu wenig! Streng dich an! Mit guten Noten kannst du Arzt, Rechtsanwalt oder Rudelführer im Faunabereich werden.«

Die Straße, in die wir einbiegen, ist von Eichen umsäumt. Sie verhalten sich unauffällig. Das bestätigt mir Sammys unaufgeregtes Verhalten.

Ich bin froh, als wir das Anwesen von Annabelles Familie erreichen. Im Garten wartet Lanzelot, ihr Gatte, auf uns. Auch Bruder Fredegar ist anwesend. Er reicht mir eine Fanta.

Ich setzte mich auf den einzigen menschengeeigneten Stuhl. Sie haben ihn eigens für mich organisiert. Ich bedanke mich für ihre Aufmerksamkeit. Je länger Sammy zwischen seinen neugewonnenen Neffen und Nichten sitzt, desto entspannter wirkt er. Das ändert sich schlagartig, als Fredegar das Wort ergreift.

»Hast du eigentlich immer noch Hausverbot bei 96? Du weißt schon, wegen der Sache mit dem Pelztierblock! Illegales Eindringen, Widerstand gegen die Staatsgewalt und so.« Er hebt die rechte Vorderpfote. »Nicht zu vergessen, die Beleidigung einer Person des öffentlichen Lebens!«

Neben mir bewegt sich Sammys Pfote zitternd in Richtung Hosentasche. Er greift nicht hinein.

»Das ist doch bestimmt ewig her«, mische ich mich in das Gespräch ein, »und längst verjährt.«

»Na, ich weiß nicht!«, brüllt Fredegar derart vehement in die Runde, dass wohl keiner von seinem

Speichel verschont bleibt. »Mein Bruder war allen Ernstes dumm genug, sich beim illegalen Eindringen in den 96-Pelztierblock auf frischer Tat ertappen zu lassen.« Er lacht. Es ist kein freundliches Lachen. »Unterm Zaun haben sie ihn rausgezogen. Und dann war er noch besoffen genug, Eddy, dem Schweißhund – das ist das hochoffizielle 96-Maskottchen – auf den Schwanz zu treten. Als der ihn Rede stellen wollte, hat unser Sammy seinen letzten Trumpf gezogen und Eddy aufs Trikot gekotzt! Bravo, Sammy! Beide Communities sprechen heute noch davon! Die 96er und die der Pelztiere!« Er schlägt dem Bruder auf die Schulter. »Aber wenigstens warst du nur ein paar Stunden in der Ausnüchterungszelle!« Er wendet sich wieder an die Runde. »Dann hat ihn Papa rausgeholt. Und ratet mal, wessen Arsch anschließend Kirmes hatte?« Er lacht laut und böse. »Das vergisst man nicht so schnell! Gell, Brüderchen!«

Ich leere meine Fanta auf Ex. »Ich schaue mich noch ein wenig in der Gegend um. Kommst du mit, Sammy?«

Der Angesprochene atmet erleichtert auf. Schneller, als ich gucken kann, ist er aufgestanden und steht aufbruchbereit neben mir.

»Möchte sonst noch jemand mit?«, frage ich höflichkeitshalber in die Runde.

Zu meiner Überraschung hebt sich eine Pfote. Sie gehört Joringel. Das ermutigt mich.

»Was ist mit dir, Jorinde?«

Jorinde schüttelt ihr lila gefärbtes Haupthaar.

»Dann nicht! Wer nicht will, der hat schon.«

»Ich hab schon.«

Auch wieder wahr. Überhaupt stufe ich meine Äußerung maximal als inhaltlich ausbaufähig ein. Etwas Intelligenteres ist mir beim besten Willen nicht eingefallen. Mein Kopf bereitet sich längst auf die nächste Aktion vor und deren Ausführung verlangt höchste Konzentration.

Ich bedanke mich überschwänglich für die genossene Gastfreundschaft und trete im Vorbeigehen nur fast aus Versehen auf Fredegars ausgestreckten Schwanz. Sammys Bruder jault laut auf. Ich schaue mich ein paar für ihn sicher sehr schmerzhafte Sekunden suchend um, bevor ich meinen Fuß unter intensivsten Bedauernskundgebungen und Unabsichtlichkeitsbeteuerungen in Zeitlupe abrolle.

»Meintest du eigentlich das Stadionverbot, als du von einer gesellschaftlichen Nahtoderfahrung gesprochen hast?«, frage ich meinen Begleiter, nachdem wir das Gelände der Siedlung hinter uns gelassen haben.

»Nein«, Sammy schüttelt den Kopf, »dagegen war die 96-Sache ein harmloser Scherz.«

Langsam werde ich neugierig. Aus Respekt wechsle ich trotzdem das Thema. Auch wenn's schwerfällt.

»Wo gehen wir jetzt hin?« Ich schaue in leere Gesichter.

Joringel hat sich als Erster gefangen. »Vielleicht zum Maschsee?«

Er schiebt seinen Roller lässig mit einer Pfote neben sich her. Ich wäre an seiner Stelle schon dreimal gestolpert. Wir Älteren schauen uns an. »Ja. Gute Idee.«

Bis zum Maschsee ist es keine kurze Strecke, nicht zu Fuß und nicht auf vier Pfoten. Erst recht nicht, wenn man einen Marsch von Groß-Buchholz bis zur Südstadt in den Knochen hat. Auf halber Strecke geht mir die Puste aus. Ich werde kurzatmig, die Fußsohlen brennen, vor allem aber macht sich meine Wurmfortsatzverletzung bemerkbar. Ich versuche einerseits, mir nichts anmerken zu lassen, andererseits pfeife ich aus dem letzten Loch. Irgendwo auf dem Altenbekener Damm sehe ich die Rettung nahen. Sie naht in Gestalt einer Gaststätte.

›Knuts Kleintier Klause‹ steht in großen Lettern über dem Eingang.

»Die Runde geht auf mich«, sage ich. Das klappt bei Pelztieren immer. So auch dieses Mal. Wir treten ein. Ich bin der einzige Mensch und damit Nicht-Kleintier in der Lokalität, ansonsten sehe ich nur Katzen und ein tequilavertilgendes Frettchen mit Fönfrisur.

»Noch zwölf Mal das Gleiche«, lallt es und versucht, der Kellnerin lasziv zuzuzwinkern, was aber aufgrund seines fortgeschrittenen Trunkenheitsgrades von vornherein zum Scheitern verurteilt ist. Ich wende mich ab. Sammy hat einen Ecktisch gefunden, an den ich trotz meines Körpervolumens noch passe.

Ich habe meine Fanta Zero kaum angerührt, als ich registriere, dass Sammy nicht ganz bei der Sache ist. Während uns Joringel über seine neuesten Brötchentütenfaltverschlusstechniken, aktuelle Brotkrankheitsentwicklungen und ein bisschen auch sein Leben als pubertierender Pelzträger informiert, lauscht mein

Begleiter mit halbem Ohr nach hinten. Das weckt meine Neugier. Ich lasse den Jungkater erzählen, nicke ab und zu freundlich, drehe mich möglichst unauffällig zur Seite und linse nach halblinks. Das Tier, das ich aus dem Augenwinkel heraus identifizieren kann, kenne ich. Es ist Jorinde. Ihr gegenüber sitzt ein kleiner rot-weiß-gestreifter Kater und redet auf sie ein. Er trägt eine schwarze Schirmmütze zur gleichfarbigen Lederweste, seine Zwille hat er neben sich gelegt. Schon auf den ersten Blick ein faszinierendes Tier, pfiffig, unkonventionell und mit Sicherheit hochgradig anstrengend zugleich. Ich will Joringel gerne weiter zuhören, doch es gelingt mir mit zunehmender Gesprächsdauer immer weniger, mich zu konzentrieren. Zu spannend ist das Geschehen am Nachbartisch, gerade im Vergleich zu seinen Ausführungen. Erst lausche ich dem dortigen Gespräch nur mit einem Ohr, dann einem ganzen, irgendwann sind es anderthalb Ohren, zum Schluss fast eindreiviertel.

»Jorinde«, sagt der Kater, »ich habe etwas Wunderbares für dich erschaffen. Ein Gedicht. Nur für dich!«

Ich kann Jorindes Reaktion nicht erkennen, aber sie sitzt noch auf ihrem Platz, ist also nicht geflüchtet.

»Für Jorinde«, liest der Kater und stellt sich mit breiter Brust vor den Tisch.

»Unter einer Linde«, ruft er. Seine Stimme trieft vor Pathos.

»Da sah ich sie, Jorinde.
Ihr Fell, das glänzte wunderschön,
da kriegte ich direkt 'nen Fön«

Ich lächle in mich hinein. Ein Poet! Wenn auch kein guter.

»Sie reichte mir die Pfote,
schon war alles im Lote.
Ihr Fell, das glänzte wunderbar
und zwischen uns war alles klar.«

Ich lächle wieder. Und ganz offensichtlich ein Fantast, wenn auch einer der netteren Sorte.

Über die Gaststätte hat sich eine bleierne Stille gelegt. Jeder, aber auch wirklich jeder im Raum schaut gebannt auf den roten Kater. Der wiederum legt seinen Zettel zur Seite und ist gerade im Begriff, Jorindes Pfote zu ergreifen, da höre ich einen lauten Knall aus meiner direkten Umgebung. Er stammt von Sammy. Der Kater springt mit einer Vehemenz von seinem Stuhl, die ich ihm nie im Leben zugetraut hätte. Ich halte ihn reflexartig mit dem ausgestreckten Arm zurück.

»Jorinde«, höre ich wieder des roten Katers Stimme vom Nachbartisch, »ich habe dir noch etwas mitgebracht.« Es raschelt. »Diesen Zettel hier. Bitte beantworte mir folgende Frage! Sie ist von essenzieller Bedeutung.«

Das Männchen senkt seine Stimme, von Jorinde selbst ist weiterhin nichts zu hören.

»Willst du mit mir geh'n?«, ruft der Rote in den mucksmäuschenstillen Raum.

»a) ja
b) vielleicht
oder
c) leck mich in de Täsch?«

Ich würde c) nehmen, gleichzeitig bin ich aber fasziniert vom Vortrag des Katers. Zu meiner Zeit wurden solche Fragen noch per Ankreuztest geklärt. Ich bin noch ganz mit diesen und ähnlichen Gedanken beschäftigt, da nutzt Sammy meine mangelnde Konzentration und windet sich aus meinem Griff. Behände springt er auf den Nebentisch und baut sich vor Jorindes Galan auf.

»Doch liebe Leut', ihr glaubt es kaum«,
brüllt Sammy in die Stille,
»es saß ihr Onkel hinterm Baum.«

Ich schüttle den Kopf. Diese Aussage entspricht definitiv nicht der Wahrheit. Zwischen uns befindet sich weder ein Gewächs noch irgendetwas anderes, sondern gar nichts. Ich erkläre mir diese Aussage mit seiner künstlerischen Freiheit.

»Sein Fell, das sträubte sich so sehr,
er zog den Depp aus dem Verkehr.
Denn wer so schrecklich tut am Dichten,
der kann auch sonst nichts, nein, mitnichten!«

»Ich muss hier raus«, ist mein nächster Gedanke, »nichts, wie weg hier!« Ich springe auf und bewege mich fluchtartig zum Ausgang. Das Ziel direkt vor Augen, bemerke ich, dass mir jemand folgt. Ich schaue mich um und blicke in Joringels bernsteingelbe Katzenaugen.

»Ist Onkel Sammy immer so anstrengend?«, fragt der gar nicht mehr so Kleine und ich kann ihn verstehen.

»Nein«, entscheide ich mich zu antworten, »keine Ahnung, was ihn da geritten hat, aber eigentlich ist er ganz nett. So etwas Blamables habe ich noch nie erlebt. Nicht in seiner Begleitung und nicht ohne ihn!«

Wir drehen uns ein vermeintlich letztes Mal um und werden Zeuge, wie sich Jorinde meine ehemalige Fantaflasche greift und mit einem gezielten Schlag auf Sammys Hinterkopf zertrümmert. Ich sprinte zurück, schnappe mir ihren lädierten Oheim, schleppe ihn zum Ausgang und bringe ihn so vor den anderen Kneipengästen in Sicherheit, die ihren Unmut über sein grenzüberschreitendes Verhalten zunehmend laut und aggressiv formulieren. Vor allem das alkoholisierte Frettchen tut sich besonders hervor. Es ist ganz offensichtlich in seinem Element.

Ich stille die Blutung von Sammys Platzwunde mit einem Tuch und suche in meinen Taschen nach einem Verband oder Ähnlichem. Jetzt ist der Zeitpunkt für Joringels großen Auftritt gekommen. Er holt eine Brötchentüte aus seiner Jacke, faltet sie in Windeseile mit geschickten Pfoten zu einer pflasterähnlichen Konstruktion und fixiert diese mit Klebeband aus seiner Hosentasche auf des Onkels Stirn.

»Was sollte das?«, frage ich Sammy, nachdem sich die erste Aufregung gelegt hat.

Sein Blick ist leer. »Wenn du wüsstest!«

Trostloser kann eine Stimme kaum klingen, nicht nach meinem Ermessen. Seine Art, sich hängenzulassen, macht mich wütend.

»Wenn ich was wüsste? Dass du in der Lage bist, innerhalb kürzester Zeit eine Massenschlägerei anzuzetteln und dass du immer noch ganz, ganz schreckliche

Gedichte schreibst, ohne dich zu entblöden, sie in aller Öffentlichkeit vorzutragen? Beide Informationen sind angekommen! Danke!«

Ich schlage vor Wut ein Loch in die Luft, erwische aus Versehen einen Haselnussstrauch und ziehe, wie vom Blitz getroffen, meine Hand zurück.

»Sorry«, murmele ich.

Die Blätter der Pflanze schaukeln sanft im Wind. Sonst nichts.

Sammy legt die rechte Pfote auf meine Hand. »Nein. Wenn du wüsstest, was ich in Hannover wirklich erlebt habe, würdest du den Stab nicht so einfach über mich brechen.« Er zeigt in Richtung Lokal. »›Knuts Kleintier Klause‹ hieß zu meiner Zeit ›Calvin's Katzen Kaschemme‹. Mit Apostroph. Die wirklich allerletzte Kneipe in Hannover und mein Stammlokal.« Er seufzt. »Ich wollte hier nie wieder hin.«

Jetzt erst erwidere ich Sammys Geste und drücke des Katers Pfote. Ich setzte ein warmes Lächeln auf und schaue tief in seine bernsteingelben Augen. Sie wirken tatsächlich noch eine Spur trauriger als vorhin schon.

»Was hat dich so verletzt?«, frage ich mit der einfühlsamsten Stimme, die sich in meinem Repertoire befindet. Schließlich bin ich Sozialarbeiter. Obwohl ich persönlich finde, dass er froh sein kann, diese hirnverbrannte Dicht-Aktion überhaupt überlebt zu haben und nicht auf der Stelle vom aufgebrachten Partyvolk gelyncht worden zu sein, zwinge ich mich zu dieser empathisch wirkenden Reaktion. Meine Profession verlangt das von mir, glaube ich.

»Der rote Ewald …«, stammelt der Kater, »… sah genauso aus, wie dieser Dichter, der meine Nichte bezirzen wollte. Das habe ich nicht ertragen.«

Ich zucke ratlos mit den Schultern.

»Warum nicht? Es ist doch ihre Sache, von wem sie sich bezirzen lässt, finde ich!«

»Weil du nichts weißt«, seine Stimme klingt bitter. »Nichts! Gar nichts!«

Sammy schlägt mit seiner freien Pfote auf den Asphalt. »Ewald«, schreit er in die Nacht, »Ewald, was hast du getan?!«

So laut, dass die Haselnusssträucher ihre Zweige vor Schreck zurückziehen. So scheint es mir zumindest. Ich wische den Gedanken weg und konzentriere mich wieder auf meinen Pelztierfreund.

»Ewald hat mir locker zwölf Freundinnen ausgespannt, vielleicht noch mehr. Die Dunkelziffer ist hoch! Da bin ich sicher!« Er schaut mich an. »Und weißt du, mit welcher Masche, Carsten?«

Ich schüttle den Kopf.

»Mit Gedichten! Widerlichen, schleimigen Gedichten! Liebe, Liebe, Liebelei und so eine Scheiße! Morgen bin ich wieder frei. Ich könnte kotzen!«

Jetzt gerät er so richtig in Rage. »Und weißt du, wie mich Jorinde, mein immerhin fast eigen Fleisch und Blut genannt hat?«

Ich schüttle erneut den Kopf und schaue mich um. Hoffentlich hört uns keiner.

»›Scheiß alter grau-getigerter europäisch-Kurzhaar-Sack‹ hat sie gesagt! Scheiß grau-ge …«

»Ist ja schon gut!«, unterbreche ich ihn. »Ich glaube, wir wissen jetzt ungefähr, was du meinst.«

»Was weiß die denn über mich?«, schreit Sammy.« Die sieht mich einmal und hat dann eine schlechte Meinung von mir. Wegen einer Äußerlichkeit! Mit welchem Recht? So gehe ich doch auch nicht mit ihr um. Sie kann doch gar nicht wissen, wo ich herkomme, was ich erlebt habe und wer ich bin! Ihr Schubladendenken wird sie vielleicht lebenslang daran hindern, es zu erfahren! Man kann altes Unrecht durch neues ersetzen, klar! Aber was soll das bringen? Jedenfalls keine Gerechtigkeit. Lebewesen, die andere mit dem Kopf in Gruppen einteilen, anstatt ihr Herz einzuschalten, werden diese nie wirklich kennenlernen. Viel wichtiger als irgendein Status ist, was jemand sagt und tut. Das ist der einzig sinnvolle Maßstab, wenn ich gerecht sein will! Wenn ich wirklich wissen will, wie jemand ist, muss ich ihn an mich heranlassen, ansonsten ist es besser, ich beurteile sie erst gar nicht!«

»Dein Verhalten eben war aber auch nicht gerade der Bringer, da könnte man schon Rückschlüsse draus ziehen«, will ich gerade einwerfen, da unterbricht mich jemand ganz ruhig und leise. Ich drehe mich um. Joringel. Den hatte ich ja gar nicht mehr auf der Rechnung!

»Im Grunde sind Menschen und Tiere nicht anders als Brote«, ruft er. »Klar, ein Chiabrot ist kein Pumpernickel und auch kein Stuten, aber alle sind Brote. Jedes für sich ist einzigartig, gut und sinnvoll in seiner Existenz. Ein Laugencroissant ist keine Berliner Schrippe und ein Berliner weder ein Amerikaner noch eine Rosinenschnecke oder eine Apfeltasche, noch nicht mal eine …«

»Danke, Joringel«, unterbreche ich ihn vielleicht eine Spur zu überheblich, »ich glaube, das reicht, um uns einen ungefähren Einblick in deine Gedankengänge zu geben.«

»Eben nicht! Das ist noch nicht alles!«, schreit Sammys Neffe und rudert mit den Pfoten. »Das Wichtigste fehlt noch: Wir alle sind wie Teigwaren! Die eine so, die andere so. Völlig verschieden und doch eins. Ihre Verschiedenheit und Unverwechselbarkeit macht sie aus. Jede ist anders und doch ist jede gleich wert, unabhängig vom Verkaufspreis. Denn Hunger stillen sie alle und die Geschmäcker der Kunden sind verschieden. So hat jede Sorte ihre Existenzberechtigung!«

Joringel erhebt sich und blickt mit erhobenen Vorderpfoten in den langsam dunkler werdenden Abendhimmel.

»So ist das mit uns Lebewesen auch! Wir sind Individuen, jeder für sich. Katzen, Kater, Frauen, Männer, Hunde uns so weiter. Wir sind alle verschieden und das ist gut so! Jeder hat den gleichen Wert und den gleichen Respekt verdient, denn jeder erfüllt eine eigene Aufgabe. Es kommt darauf an, die Andersartigkeit des anderen als Bereicherung zu sehen und nicht als zu verachtende Schwäche. Dann brauche ich auch keine Schubladen mehr und dann …«, er zeigt auf seinen, mehr als verdutzt dreinschauenden, Onkel, »… dann kannst du auch den roten Kater individuell sehen. Du kannst ihn nicht kennen. Er wohnt noch nicht lange hier. Vielleicht sechs Wochen. Sein Name ist Hennes. Hennes Boll. Ein cooler Typ! Mag sein, dass es mit dem Dichten ein wenig hapert, vielleicht sogar ein wenig mehr als erträglich, aber davon abgesehen kann ich meiner Schwester nur gratulieren.«

Er macht eine kleine Pause. »Wenn sie sein Werben denn erhört.«

Ich schaue den Jungkater voller Hochachtung an. Dieser Appell hat sich gewaschen! Gerade überlege ich, welche Worte ich an ihn richten könnte, um ihn in seiner absolut lobenswerten Einstellung zu unterstützen, da springt die Tür von ›Knuts Kleintier Klause‹ auf und das Frettchen tritt ins Freie.

6 Der rote Mond von Vöhl-Herzhausen

Das Kleintier stolpert heraus und bewegt sich torkelnd in unsere Richtung. Als es uns sieht, wird es ganz offensichtlich von einem Augenblick auf den anderen stocknüchtern. Ich halte den trotz Platzwunde schon wieder aufbrausenden Sammy mit beiden Händen fest, während das Frettchen direkt vor uns stehenbleibt und frech grinst. Es greift mit einer der mit dicksten Klunkern versehenen Pfoten in seine Jeans und fördert in aufreizend langsamem Tempo ein blaues Tuch zutage. Sammy kontrolliert mit zunehmender Hektik seine Hosentaschen, findet nichts und starrt in Richtung Frettchen.

»Du bist Sammy, habe ich gehört!«, sagt das Tier. Unverfrorener als sein Blick in Richtung des Katers könnte ein Blick kaum sein. »Ist das dein Baldriantuch?«

Sammy nickt und ich wundere mich aufrichtig, dass er dem Tier nicht an die Kehle springt. Alternativ wäre auch ich selbst dazu bereit. Sammy nickt ein zweites Mal, antwortet aber erneut nicht und lässt es nicht aus den Augen.

»Bitte schön. Kannst du doch bestimmt gebrauchen?« Das Frettchen reicht Sammy sein Tuch und fährt, ohne auf eine Antwort zu warten, fort: »Teufel

Baldrian, ich weiß! Du bist nicht der Einzige, den er in seinen Bann gezogen hat!«

Gerade will ich ihn fragen, ob er nicht einfach mal seine blöde Pelztierschnauze halten könne, da streckt er Sammy erneut seine Pfote entgegen.

»Gott zum Gruße! Ich bin Fränky! Der Mann für die weicheren Drogen in der Region. Baldrian ist mein Spezialgebiet, ich habe allerbeste Kontakte zum größten Hersteller Niedersachsens. Katzengras habe ich aber auch im Angebot. Ich müsste es nur kurz besorgen.«

Ich weiß, dass ich jetzt empört sein müsste. Drogen sind gefährlich. Sie machen abhängig und zerstören Leben. Andererseits ist Baldrian kein Speed und bleibt in punkto Wirkung und Zerstörungskraft weit hinter vergleichbaren Substanzen zurück. Katzengras würde Sammy nie wieder fressen. Er hat während seines letzten Abenteuers eine Erfahrung mit diesem Produkt gemacht, die ihn ohne jeden Zweifel auf ewig daran hindern wird, es anzurühren. Auch deshalb bin ich nicht empört. In gewisser Hinsicht ist Fränky unsere Rettung. Er könnte Sammy im Hinblick auf unsere Mission, die als Nächstes zum hessischen Edersee führen wird, mit ausreichend Baldrian versorgen und ich hätte meine Ruhe. Sein Entzug wäre gestoppt, wir könnten uns gesellschaftsrelevanteren Themen widmen und sie hoffentlich lösen. Schließlich waren sie der Grund für unseren Aufbruch. Meine Gedanken mögen zynisch klingen, denn Sammys verfestigte Drogensucht ist kein Kollateralschaden. Er allein hat die Konsequenzen für sein Handeln zu tragen. Doch es geht um mehr: Es geht um die Existenz unserer Zivilisation! Sein fortgesetzter Baldriankonsum wäre also ein selbstloses Opfer für uns alle! Gerade wollen mir vor Rührung die Tränen kommen, da öffnet Fränky seine Jacke und holt ein braunes Fläschchen hervor.

»Eine Flasche kostet acht Kronkorken, drei Stück kosten 20, aber ihr habt Glück …«, er schaut auf seine Kleintierrolex, »… vor genau fünf Minuten hat die ›Happy Hour‹ begonnen.«

Wir kaufen ihm Unmengen Baldrian zu nur scheinbar vertretbaren Konditionen ab, um uns für unsere Mission einzudecken. Eine Mission, die so viel größer ist als wir!

Zum guten Schluss drückt Fränky seinem grau-getigerten Kunden noch eine Visitenkarte in die Pfote.

›Fränky Goncalves-Wischnewski

Universalvertretung von Suchtmitteln aller Art

Am Frettholz 3, 31515 Wunstorf-Luthe‹, lese ich.

Mir wird mit einem Schlag klar, was der Ausdruck ›Schmerzfrei geht die Welt zugrunde‹ de facto bedeutet. Mich fröstelt.

»Lass uns zum Bahnhof fahren!«, sage ich zu Sammy, nachdem alle Formalitäten geklärt sind. »Vielleicht kriegen wir noch den Anschluss über Kassel nach Vöhl-Herzhausen. Wegen der Waldgeister«, füge ich hinzu, als ich seinen verständnislosen Blick sehe. Wir setzen uns in Gang, doch nach wenigen Schritten fällt mir auf, dass ich Joringel ganz vergessen habe. Ich schaue nach hinten. Der Jungkater folgt uns in aller Seelenruhe mit einem Buch in der Pfote. ›Die

Brotkrankheit des Grauens‹ lese ich und entscheide mich, Hannover jetzt wirklich zu verlassen, auch ohne meiner eigenen Verwandtschaft begegnet zu sein. Die angespannte Lage lässt ein Treffen nicht mehr zu.

»Wir müssen nicht zum Bahnhof fahren. Die Pelztierexpresshaltestelle ›Hannover Zentral‹ ist gleich um die Ecke!«, ruft Sammy.

Ich stöhne laut auf. Ganz bewusst. Ich will, dass er mitbekommt, wie sehr mich diese Tierexpressfahrten in viel zu kleinen Waggons mit noch weniger Beinfreiheit am Platz nerven. Wie sehr ich es hasse, mir mit ungewaschenen Wild-, Haus-, Klein-, Pelz-, und sonstigen Leberwursthäppchen oder noch übler riechendes Futter verzehrenden Tieren einen Wagen zu teilen! Wie wenig ich dieses unkontrollierte Durcheinandergegacker, -geschreie, ja, manchmal sogar -geschnurre noch ertragen kann. Ich will mich endlich wieder mit Menschen umgeben! Ich kann nicht mehr!

Sammy bleibt stehen. Mit der rechten Pfote hält er sich den lädierten Schädel, seine Augen schauen mich von unten fest an.

»Carsten«, sagt er und seine Miene ist ernst, sehr ernst, »es geht nicht! Ich kann nicht mit dir unter Deinesgleichen fahren. Die anderen Fahrgäste würden es nicht akzeptieren, vom Schaffner ganz zu schweigen! Es sei denn, du transportierst mich in einer Box. Und das …«, er schüttelt fast unmerklich mit dem Kopf, »… das willst du auch nicht!«

Nein, das will ich auch nicht! Wer einmal das Gefühl erlebt hat, zu hundert Prozent auf Wohl und Wehe von anderen abhängig gewesen zu sein, der will das nicht. Nicht, wenn ihm an anderen Lebewesen etwas liegt.

Ich drehe mich um. »Wo müssen wir lang?«

»Ich zeige euch den Weg.«

Ich schlage mir mit der flachen Hand vor die Stirn. Joringel! Den hatte ich ja ganz vergessen! Wir folgen dem jungen Kater und stehen nach kaum zehn Minuten auf einer Lichtung in der Eilenriede, dem hannoverschen Stadtwald.

Drei durchgängig quiekende Ferkel samt Mutter, ein Makakenpärchen im Wartebereich und mehrere Fasane säumen den Faunauntergrundbahnhof ›Hannover Zentral‹, als wir ankommen.

»›Zentral‹ bedeutet, dass sich hier alle in Niedersachsen verkehrenden Faunabundesbahnorganisationen treffen.« Der Jungkater zeigt auf den Fahrplanaushang: »Wenn ihr Glück habt, kommen in absehbarer Zeit nicht nur die üblichen Kleintierexpresse, sondern auch ein Großtiertransport. Das wäre dir bestimmt lieber, Carsten! Dann hättest du deutlich mehr Platz.«

Am Fahrplanaushang angelangt, fährt er mit der Pfote über dessen schützende Plexiglasscheibe.

»Das sieht doch gar nicht so schlecht aus!«, murmelt sich Joringel in die Schnurrhaare. »Um 18 Uhr 11 fährt die ›Mittelhochdeutsche Faunaschienenbahn‹ nach Frankfurt. Kurz nach halb acht wärt ihr in Kassel. Klingt doch gut, oder?«

»Von der Verbindung her schon«, ich beuge mich zu ihm hinunter, »aber was, bitte schön, bedeutet ›mittelhochdeutsch‹ in diesem Zusammenhang? Sprechen die Schaffner die gleiche Sprache wie Walther von der Vogelweide? Oder werden die Durchsagen den Fahrgästen nach Minnesängerart vorgetragen?«

Ich lächle stolz in mich hinein. Nicht übel, der Scherz. Schließlich habe ich mehrere Jahre gymnasialen Unterricht genossen, von derartigem Spezialwissen können die beiden Pelztiere maximal träumen. Einfach mal eine intellektuelle Duftmarke setzen! Das hat noch nie geschadet. Den Namen Walther von der Vogelweide haben die mit Sicherheit ihren Lebtag noch nicht gehört. Trotz Pelztieroberschule und solchem Quatsch.

Der Kleine schaut milde zu mir hoch. »Sei nicht albern, Carsten! Wer spricht denn heute noch Mittelhochdeutsch. Von der Vogelweide hat im zwölften und dreizehnten Jahrhundert gelebt. Das ist schon eine Weile her! Außer mir selbst fällt mir auf Anhieb keiner ein, der überhaupt mal den Text von einem seiner Minnelieder gelesen hat. Leider. Kennst du ›Ich saz uf' einem steine‹? Großartig!«

Langsam geht mir dieser vorlaute Pelzbengel auf die Nerven! Immer muss er alles besser wissen! Ich beschließe, so schnell wie möglich das Thema zu wechseln, doch Joringel ist noch nicht fertig.

»Die ›Mittelhochdeutsche Faunaschienenbahn‹ heißt deshalb so, weil ihre Züge nur in Deutschland verkehren und ihre Wagen vorrangig für mittelhohe Tiere konzipiert sind. Ihre Waggons haben keine reinen Kleintier- oder gar Insektenabteile, sondern verfügen über genügend Platz für größere Tiere und damit auch für dich. Das war doch eben noch dein Wunsch, oder täusche ich mich da?«

Ich nicke.

»Und die Großwildbahn brauchst du nicht. Die ist mehr was für Giraffen, Elefanten und so.«

Okay, da hat er sicher recht, aber warum schaut dieser Flegel eigentlich so penetrant auf meinen maximal mitteldicken, auf keinen Fall aber dickhäuterähnlichen Bauch, seitdem das Wort Elefant gefallen ist? Gerade will ich Joringel darauf ansprechen und in seine Schranken weisen, da unterbricht Sammy meine Gedankengänge.

»Bis Kassel kostet die Fahrt 11 Kronkorken 30, dann noch einmal 4,60 bis Herzhausen. Macht 15,90 mal 2, also 30 Kronkorken 80. Ich lege den Fahrpreis erstmal aus. Du kannst mir die Summe später ersetzen.«

Ich rechne im Kopf nach. Stimmt auf den Punkt. Glaube ich jedenfalls. Gar nicht so dumm, der Herr Kater. Wäre ich ihm lediglich vorhin in der Kleintierklause begegnet, hätte ich eine derartige Hirnleistung seinerseits nicht ansatzweise für möglich gehalten.

»Okay«, antworte ich, »aber was bedeutet Komma 80? Ich denke, ihr zahlt in Kronkorken.«

»Futter freier Wahl. Ich werde dem Schaffner 80 Gramm Hähnchenpastete in Joghurtsauce mit extra Dill-Topping geben. Dann wird er über deine Anwesenheit hinwegsehen. Du weißt doch: Mit Speck fängt man Mäuse. Jede Tierart ist mit Futter bestechlich. Ihre Fressaffinität ist die Achillesferse jeder Tierart.«

Wir müssen noch eine Zeitlang warten. Sammy sortiert seine Kronkorken und legt das Pastetendöschen parat, während Joringel die Wartezeit mit dem Falten einer kunstvollen Tasche aus Brötchentütenpapier überbrückt. Ich dagegen widme mich einem Selbsterfahrungsbuch von Katzenmitbewohnern. Es heißt ›Krallen rein‹, die Autoren sind Sylvia Witt und Oliver Uschmann. Ich erhoffe mir durch seine Lektüre essentielle Einsichten in die Psyche eines Katzentiers. Ich spüre, dass ich ohne Hilfe verloren bin. Trotz einschlägiger Erfahrungen mit Angehörigen dieser Spezies. Pelztiere sind mir einfach über.

Als wir in den Zug einsteigen, stelle ich zu meiner Überraschung fest, dass dort ein eigenes Pelztier-Mensch-Abteil existiert. Vor allem deshalb möchte ich die ›Mittelhochdeutsche Faunaschienenbahn‹ im Vergleich zu anderen öffentlichen Transportmitteln unserer heimischen Tierwelt hervorheben. Deshalb und natürlich, weil mir der zuständige Schaffner für diesen Fall eine finanzielle Anerkennung versprochen hat. Wer mich kennt, weiß: Ich bin absolut unbestechlich, aber es ist durchaus möglich, meine Begeisterung mit finanziellen Anreizen zu aktivieren.

Die Fahrt nach Kassel ist großartig. Wenn man die Hinfahrt als Maßstab nimmt, verfüge ich hier über mehr Beinfreiheit als in einer Schlaghose im Vergleich mit einer Röhrenjeans. Lediglich der penetrante Alte-Socken-Geruch von Sammys Schnuffeltuch und die wenig attraktiven Geräusche eines sich im Gang übergebenden Zebras beeinträchtigen den Fahrkomfort temporär ein wenig.

Das magenkranke Streifentier wird schnell von dem sympathischen Zugbegleiterteam aus dem Verkehr gezogen, sodass wir unsere Fahrt wieder genießen können. Auch das Wildschwein aus der Nachbarsitzgruppe, das den Drang verspürt, seine stinkende Schwarte an meinem Sitzplatz zu reiben, wird nach kurzer Zeit diszipliniert. Lediglich die sich häufenden Nachrichten von Übergriffen der heimischen Flora auf Mensch und Tier bereiten uns wirklich Sorgen. Mit Informationen sind wir leidlich versorgt, da Sammy in Besitz eines Pelztiertaschenradios ist, das durchgängig den Wagen beschallt. So ist es mir nicht vergönnt, mich auf den Pelztierratgeber von Frau Witt und Herrn Uschmann zu konzentrieren, entwickle aber langsam eigene Strategien für den Umgang mit dieser Zielgruppe. Leider endet unsere großartige Fahrt mit der ›Mittelhochdeutschen Faunaschienenbahn‹ nach einer knappen Stunde.

Am Faunahauptbahnhof in Kassel-Wilhelmshöhe steigen wir aus. Um uns während der etwa einstündigen Wartezeit wahlweise die Füße oder Pfoten zu vertreten, bewegen wir uns in Richtung Schloss. Nach vielleicht hundert Metern halte ich an, um meine neuerworbene Automatenpackung ›Wurst im Schlafrock‹ aufzureißen und positioniere mich dazu direkt vor einem Haselnussstrauch. Sekunden später schießt ein Ast von hinten aus dem Gewächs heraus und trifft auf meine Stirn. Ich springe zur Seite, die Wurst landet im Dreck. Während ich meinen Snack aufhebe, kehrt Sammy um und beginnt ein semi-non-verbales Gespräch mit der Pflanze, wie ich es noch nie erlebt habe.

»Bist du wahnsinnig geworden?«, ruft er.

Ich höre keine Antwort, aber im Gegensatz zu Sammy fehlt mir bekanntermaßen die Fähigkeit, mit Pflanzen zu kommunizieren.

»Was hat er gesagt?«, rufe ich aus angemessener Entfernung und versuche, die Wurst mit einem Taschentuch zu säubern.

»Er entschuldigt sich. Er sei als Strauchmännchen leider hauptsächlich triebgesteuert und so habe er kurz die Kontrolle über einzelne Zweige verloren!« Sammy schaut mich an. »Was für eine blöde Ausrede!« Er reckt drohend seine bepelzte Rechte in die Luft. »Mach das nie wieder, Freundchen! Ich bin Landschaftsgärtner. Ich habe mehr Sägen, als der Reinhardswald Bäume hat. Nimm dich in Acht!«

»Du bist Landschaftsgärtner?«, frage ich. »Das wusste ich gar nicht!«

Sammy winkt ab. »Halt den Mund!«, ruft er. »Solche Kleinigkeiten spielen im Moment nun wirklich keine Rolle! Man muss auch mal bluffen können.«

Ich verstehe, laufe zurück und kann mir einen kleinen, aber heftigen Tritt auf das Wurzelwerk des Übeltäters nicht verkneifen. Dann drehen wir uns um, zeigen der delinquenten Fußwegbepflanzung die kalte Schulter und entfernen uns in Richtung Bahnhof.

Einige Zeit später fährt ein Zug der ›Nordhessischen Waschbärfahrgesellschaft‹ ein. Zu meinem Entsetzen verfügt sie über nicht einen menschengeeigneten Sitzplatz, bildet aber zugleich die letzte Verbindung in Richtung Edersee. Wir haben keine Wahl. Ich werde aufgrund meiner Größe auf dem Dach festgeschnallt und bekomme in dieser Position von der herrlichen Landschaft herzlich wenig mit. Stattdessen spüre ich den eiskalten Fahrtwind und langsam einschlafende Gliedmaßen, während sich Sammy unter mir in der 1. Pelztierklasse an den dort gereichten Snacks, Sticks und anderem Trockenfutter gütlich tut.

Nach einer unendlich lang erscheinenden weiteren Stunde erreichen wir Vöhl-Herzhausen. Ich werde abgeschnallt. Nachdem besagte Gliedmaßen mittels gymnastischer Übungen einigermaßen reaktiviert sind, schauen wir uns um.

Herzhausen ist nicht groß. Der Ort hat nie im Leben auch nur annähernd tausend Einwohner. Eigentlich dürfte es kein Problem sein, hier irgendwelche Waldgeister ausfindig zu machen. Trotzdem gelingt uns das erstmal nicht. Es ist auch niemand auf der Straße, der Auskunft geben könnte.

Sammy zieht an meinem Hosenbein. »Carsten«, fragt er, »was hältst du davon, dich mit Piwi in Verbindung zu setzen? Es wird langsam dunkel und mir gehen die Ideen aus, wo wir noch suchen könnten.«

Gerade will ich ihm antworten, dass er recht hat, dass mir seine Idee als äußerst sinnvoll erscheint und dass ich ebenfalls keine andere Möglichkeit sehe, aber auch, dass mein Akku leer ist und ich Piwi deshalb nicht anrufen kann, da stoppt uns ein weißes Holzschild. Es steht mitten auf dem Weg und ich könnte schwören, dass es vor fünf Minuten noch nicht hier stand.

›Zu den sympathischen Walddämonen im attraktiven Waldecker Land‹, steht darauf, ein Pfeil zeigt unmissverständlich nach rechts. In den tiefsten Wald. Dahin, wo es richtig finster wird. In der Abenddämmerung sehen seine Fichten bedrohlich aus. Das sind keine domestizierten Stadt-Haselnuss-Sträuche. Sie sind Wildnis.

Ich schaue etwas tiefer und entdecke ein weiteres, kleineres Schild. Hoffnung keimt in mir auf. Ich beuge mein Gesicht herunter und gehe ganz nah an die Aufschrift heran. Nur so kann ich sie im Zwielicht noch entziffern.

›Wir können Spuk‹, lese ich und ›Createur de Gänsehautgefühl‹.

Enttäuscht wende ich mich ab. Zu früh gefreut. Andererseits wird mir klar, dass meine Hoffnung von vornherein aussichtslos war. Waldgeister oder von mir aus auch Walddämonen leben im Wald. Wo sonst? Holzwürmer arbeiten auch nicht in Rigipsplatten oder Stahlbeton. Sonst wären sie Rigips- oder Stahlbetonwürmer. Andererseits habe ich letzte Woche in Mülheim eine Pekingente gegessen …

»Carsten«, unterbricht Sammys knarzende Stimme meine Gedankengänge, »jemand zu Hause?«

Ich schrecke auf.

»Der Anruf bei Piwi hat sich erledigt. Wir müssen nach rechts in den Wald! Ich glaube, dass Walddämonen und Waldgeister in dieser Region identisch sind!«

»Im Wald ist es stockdunkel!«

Mich schaudert. Die Gänsehaut für unser bevorstehendes Treffen hätte sich schon mal gebildet.

»Egal. Ich kann im Dunkeln sehen, weißt du doch!«

Es ist nicht so, dass ich Sammy nicht vertrauen würde, aber ob ich mich im Dunkeln völlig auf ihn verlassen kann und vor allem will? Ich weiß nicht …

Wir sind höchstens 26 Meter gegangen, die Zweifel in meinem Kopf sind in der Kürze der Zeit nicht kleiner geworden, da höre ich aus unmittelbarer Nähe ein unglaublich lautes Geräusch.

»Hu«, erschallt es im dunklen Forst. »Hu!«

Der Schrei geht durch Mark und Bein. Ich zucke zusammen, laufe aber nicht weg, sondern bleibe wie angewurzelt stehen.

»Hu, Hu!«

»Jetzt ist aber mal gut!«, höre ich Sammys Stimme. Sie klingt fest und überhaupt nicht ängstlich. »Macht euch nicht so wichtig! Wir sind Sammy Kater und Carsten Wunn. Mein Freund Gerri hat uns angemeldet. Er meint, ihr könntet uns helfen!«

»Hu«, antwortet die Waldstimme, »keine Ahnung. Da muss ich erstmal meine Chefin fragen. Wie heißt ihr? Sandro Wagner und Heidi Klum?«

»Nein«, schalte ich mich ein, »Sammy Kater und Carsten Wunn!«

»Hu, verstehe ich nicht! Noch nie gehört, die Namen, aber ich hole mal die Chefin!«

»Stopp!«, brülle ich jetzt aus Leibeskräften. »Seid ihr überhaupt die Waldgeister vom Edersee oder nur Walddämonen?«

»Hu, beides. Eine Marketingagentur hat uns letztes Jahr zu einer Namensänderung geraten. Wir sollten mal weg vom alten Image. Moderner auftreten. Deshalb auch die Werbung im Ort. Habt ihr sie gesehen?«

»Jo ...«

»Hu, wie findet ihr sie?«

Ich finde sie schrecklich, aber ich bin ein höflicher Mensch. »Nicht übel. Sehr einprägsam.«

»Hu, ja, ich finde vor allem den Satz ›Createur de Gänsehautgefühl‹ großartig. Irgendwie professionell!«

Um Gottes Willen. Was soll ich denn auf so eine Aussage antworten? Langsam kann ich nicht mehr. Ich bin ein jämmerlicher Lügner. Ich hasse Lügen. Ich will weg.

»Hu, was ist denn hier los?«, meldet sich eine weibliche Stimme aus dem Hintergrund.

»Hu, gut, dass Sie kommen, Frau Sonderbra. Die beiden behaupten, angemeldet zu sein. Kenny Vater, Arnswald Dumm, oder so.«

»Sammy Kater und Carsten Wunn«, brüllt Sammy.

»Hu, Sie sind Sammy Kater und Carsten Wunn?« Die Frauenstimme klingt freundlich. »Hu, herzlich willkommen in unserem kleinen Reich. Mein Name ist Synkope Sonderbra. Ich bin die Leiterin unserer Walddämoneneinheit am Edersee.«

»Angenehm, Carsten W...«

»Hu, ja, ich weiß. Schön, dass Sie uns gefunden haben. Fühlen Sie sich wie zu Hause!«

Ich nehme auf den Boden Platz und ziehe meine Schuhe aus. Endlich. Sammy lässt sich neben mir nieder.

»Ich hätte da noch eine Frage.«

»Hu, ja, bitte!«

»Würden Sie sich bitte dieses alberne ›Hu‹ verkneifen? Wir haben einen langen Tag hinter uns und es klingt schrecklich. Es ist so ziemlich genau das Geräusch, dass mir noch gefehlt hat!«

»Hu, nein! Wir sind Walddämonen. Dieses Geräusch ist ein elementarer Teil unserer Identität und zudem als Markenzeichen von allergrößter Bedeutung für unser Image. Sorry, wir sind gastfreundliche Geister, äh, Dämonen, aber das geht zu weit. Mit diesem Geräusch werden Sie leben müssen, Herr Kater!«

Ich schaue in den Himmel. Längst ist es dunkel geworden. Nur der Vollmond scheint auf uns herab. Er ist blutrot. Ich stupse Sammy an. »Was sagen eigentlich die Bäume?«

»Nix, schnarchen.«

»Hu, was halten Sie davon, sich nach Ihrem langen Tag erst einmal ein Nachtlager zu suchen und auszuruhen?«, schaltet sich Frau Sonderbra ein. »Sie könnten sich in ein Moosbett legen. Das wäre doch was, oder? Wir lotsen sie gerne dorthin!«

Ich brumme zustimmend, auch Sammy miaut ein leises ›Ja‹. Wir können los.

»Hu, folgen Sie dem Mond. Er wird Sie sicher zu ihrem Schlafplatz geleiten.«

Wir folgen. Mir wird kalt. Panik steigt in mir auf. Ganz langsam. Ich balle meine Hände zu Fäusten und riskiere einen Seitenblick. Sammys Gestalt ist nur noch schemenhaft erkennbar. Er jault vor sich hin. Ich will weg. Doch wohin? Ich schaue gen Himmel. Der Mond taucht die Umgebung in ein warmes, wenn auch spärliches Licht. Mein Angstpegel sinkt. Ganz langsam. Nach einer längeren Wanderung – mein Zeitgefühl habe ich längst verloren – stehen wir auf einer Lichtung. Der Mond färbt auch sie in sein dunkles, unwirklich erscheinendes Rot. Ich baue mir ein Bett aus Moos. Gerade will ich mich in meine Jacke kuscheln, da ertönt neben mir ein Jaulen. Kein leises Geheule wie vorhin. Nein, mein Freund Sammy Kater hat sich aufgesetzt, den Blick zum Mond gerichtet und jault sich die Seele aus dem Leib. Ich könnte heulen! Ich habe längst keine Angst mehr, nicht vor dem dunklen Wald und schon gar nicht vor den freundlichen Waldgeistern. Meine einzige Angst ist, ich könnte den lärmenden Kater im Affekt erschlagen. Ich reiße mich zusammen.

»Sammy!«, schreie ich so laut es geht. »Was hältst du davon, einfach gar nicht zu jaulen? Oder nur ganz leise? Ich will schlafen!«

Sammy dreht sich um. Seine gelben Augen glühen. »Schnauze! Siehst du denn nicht, dass ich gerade den Mond anheule?«

»Vor allem höre ich das. Wobei wir auch schon bei meinem Problem wären: Ich kann bei dem Lärm nicht schlafen. Ein Freund von mir wohnt in Frankfurt an der Startbahn West. Da ist es leiser.«

»Dann geh doch nach Frankfurt. Ich für meinen Teil heule jetzt wieder den Mond an. In meinen Kreisen ist das allgemein üblich und erwünscht.«

Er dreht sich wieder um und hat noch keine drei Töne geheult, da knallt ein Baum mit Schmackes neben ihm auf den Boden. Er landet vielleicht 30 Zentimeter neben Sammys Schwanz. Ganz genau kann ich das in dem fahlen Licht nicht erkennen, aber es ist knapp, sehr knapp. Sammy springt wie von der Tarantel gestochen auf meinen Schoß. »Eben hat er noch 'ne große Fresse gehabt …«, denke ich mir, doch ich sage nichts. In Wirklichkeit bin ich froh, seinen warmen Pelz zu spüren. Ich respektiere die Selbstreinigungskräfte des Waldes, aber wohl ist mir dabei nicht. Man weiß nie, ob man nicht als Nächster dran ist. In meinem Leben war das eigentlich immer so.

Als ich am Morgen erwache, erinnert nichts mehr an das gestrige Szenario. Der Mond ist verschwunden, der umgestürzte Baum überraschenderweise auch. Im Gegensatz zu Sammy Kater. Der liegt fett und bräsig auf meinem Oberkörper, sodass ich kaum atmen kann. Von Bewegen ganz zu schweigen.

»Runter da«, presse ich mühsam hervor und rüttle so gut es geht an seinen Schultern. Sammy schlägt die Augen auf. Sie sind immer noch bernsteinfarben, jetzt aber verschlafen.

»Was hast du gesagt?« Er entfernt die Ohropax-Stöpsel aus seinen Ohren.

»Runter«, ächze ich heiser.

»Oh, sorry«, er springt von meinem Körper. »das wollte ich nicht!«

Ich richte mich langsam auf, schnappe nach Luft, bekomme auch endlich wieder welche. Dann schaue ich mich erneut um. Unsere Lichtung ist viel heller und bunter als gestern Abend. Das Gras ist hellgrün, die Wiese mit Blumen übersät. Erste Sonnenstrahlen treffen auf glitzernden Tau. Meine Kleidung fühlt sich klamm an. Neben mir wäscht sich Sammy provisorisch wie immer. Er leckt sein Fell von oben bis unten und hält das für ausreichend. Ich sage nichts. Er wirkt immer noch gepflegter als ich. Das ist morgens grundsätzlich der Fall. Ich fahre mit den Fingern durch meine Haare. Auch Sammy äußert sich nicht, aber ich weiß, was er denkt.

Ich habe mein Moosbett fast verlassen, da höre ich eine freundliche Frauenstimme.

»Hu, guten Morgen, die Herren! Wie haben Sie geschlafen? Ist das nicht ein Wetterchen heute?«

»Guten Morgen Frau Sonderbra«, ächze ich etwas mürrisch, obwohl ich mir alle Mühe gebe, besonders freundlich zu klingen.

»Hu, Synkope«, antwortet sie. »wir duzen uns hier alle. Ich hoffe, das ist okay für euch!«

Wir stimmen ihr zu und als ich in Richtung ihrer Stimme schaue, sehe ich sie zum ersten Mal, wenn auch gut zwei Meter über dem Boden schwebend. Synkope ist eine bestens genährte Mittzwanzigerin mit roten Bäckchen und strahlenden Augen. Ihre Ausstrahlung ist genauso fröhlich und warm wie ihre Stimme. Um ein Haar hätte ich mich verliebt, aber sie ist ja nur ein Geist und außerdem könnte ich ihr Vater sein. Jedenfalls von der Optik her. Geister sind meist älter, als sie aussehen. Außerdem mag ich bodenständige Frauen und von bodenständig kann bei Synkope nun wirklich nicht die Rede sein. Im wahrsten Sinne des Wortes. Eher könnte man von ›über den Dingen stehend‹ sprechen. Bei dem Gedanken muss ich lachen und beschließe, mich zusammenzureißen.

»Was machst du eigentlich beruflich, Synkope?«, frage ich, um überhaupt etwas zu sagen. Die Worte haben meine Lippen noch nicht verlassen, da weiß ich schon, dass meine Frage ein Fehler war.

»Hu, habt ihr deshalb die weite Fahrt in Kauf genommen? Um herauszufinden, was ich beruflich mache?«, antwortet sie schnippisch. »Hu, ich bin Walddämonin. Mittlere Laufbahn. Inspektorenanwärterin. Reichen dir diese Informationen?«

Ich nicke eingeschüchtert. Ganz schön resolut, die Dame.

»Hu, in Wirklichkeit habt ihr doch ganz andere Sorgen«, fährt sie fort. »dein Kumpel ist gestern fast erschlagen worden. Der fragliche Baum ist noch in der Nacht aus unserem Wald entfernt worden. Angeblich ein Einzeltäter. Sagt er. Ich traue dem Braten nicht. Das sind verdammt viele Einzelfälle in letzter Zeit. Auch wenn ich ihn im aktuellen Fall durchaus verstehen kann. Ihr Freund heult schon extrem herzzerreißend. Eine Spur zu herzzerreißend für meinen Geschmack. Könnten Sie ihm nicht mal ein paar Mondjaulstunden spendieren?« Sie zeigt auf den mit offener Schnauze neben mir stehenden Kater. »Hu, er ist Single, nehme ich an? So zu heulen macht einsam!«

»Nein, nein«, protestiert Sammy, »meine Partnerin und ich leben nur in getrennten Unterkünften!«

»Hu, kann ich verstehen«, murmelt Synkope.

Ich klatsche in die Hände. »Was haltet ihr davon, jetzt mal langsam dem Sinn unseres Besuches auf den Grund zu kommen? Für eine Nacht war der Wald okay, aber jetzt ist auch gut!«

Sammy nickt und irgendwie alle anderen auch. Alle anderen? Ich schaue mich um. Der Wald ist über und über bevölkert mit Waldgeistern, Entschuldigung, -dämonen. In den Baumwipfeln geraten zahlreiche Waschbären sowie ein in diesem Set-Up ziemlich deplatziert wirkender Berggorilla in mein Blickfeld.

»Kein Thema«, ruft ein besonders ungekämmter Baumbesetzer von oben herunter, »ich habe bei eurem Getöse kein Auge zugetan. Was ist los?«

»Wir sind auf einer Mission zur Rettung unserer Zivilisation!«

»Na, wenn's mehr nicht ist«, brummt jemand aus seinem Wipfel.

»Hu, ja, aber das ist doch nett!«, antwortet Synkope. »Das sollten wir unterstützen! Eine Zivilisation zu retten kann nie schaden!«

Ich schlucke. Gönnerhaftigkeit, ik hör dir trapsen. Ich zwinge mich, sie nicht anzuschreien. Blasiert, wie sie da in ihren Baumkronen hängen und uns anschauen, als wäre es unsere einzige Bestimmung, lästigerweise den Catering-Service zu blockieren, der ihnen endlich ihr ersehntes Frühstück brächte.

»Guck nicht so böse«, ertönt wie aus dem Nichts eine angenehm ruhige Stimme. Sie kommt aus unserer unmittelbaren Umgebung, nicht von irgendeinem

Baumwipfel. Ich drehe mich um und blicke in das freundliche, leicht verschlafene Gesicht eines 3-Zehen-Faultiers. Es liegt in einer blauen Hängematte und reibt sich die Augen.

»Finkeldey ist mein Name«, sagt er, »Professor Allibert Finkeldey. Leiter der internationalen Waschbären-Akademie am Edersee. Ich kann euch helfen.« Er stöhnt und hebt seinen Kopf ein wenig. »Die Waldgeister, ich nenne sie jetzt einfach einmal so, wie sie schon seit Jahrhunderten heißen und nicht Dämonen oder Spukaktivisten oder was so einer Marketingagentur sonst noch einfallen könnte, haben mir euer Kommen angekündigt.«

Er lässt den Kopf wieder nach hinten sinken, ein eilfertiger Nachwuchswaschbär betupft seine Stirn mit einem Tuch.

»Also«, fährt er aus der Rückenlage heraus fort, »wir haben möglichst viele der gewalttätig gewordenen Floraangehörigen untersucht. Das Ergebnis ist alarmierend.« Er atmet tief ein und erzeugt auf diese Art eine kurze, rhetorisch sinnvolle Pause. »Diese Gewächse sind ausnahmslos von uns unbekannten, absolut neuartigen Viren befallen. So etwas habe ich noch nie erlebt. Sie sind nicht nur hochgradig gefährlich, sondern verhalten sich selbst in Gefangenschaft unmöglich. ›Faule Sau‹ hat mich einer von ihnen aus seinem Reagenzglas heraus genannt!« Er schnappt nach Luft. »Dabei bin ich gar nicht faul. Ich habe 111 Fachartikel und drei komplette Bücher über meine Philosophie des ›Nachhaltigen Nichtstuns‹ geschrieben. Unglaublich. Die Zunge hat es mir auch noch rausgestreckt.«

Sammy nestelt nervös an seinem Tuch herum, bevor er eine Nase Baldrian nimmt. »Haben Sie herausgefunden, was wir tun könnten, um sie zu vernichten? Wenn das so weitergeht, haben wir Krieg. Und keinen, den wir gewinnen werden.«

Finkeldey nickt. »Das ist auch meine Sorge. Wir haben bisher nichts Konkretes gefunden, das unser Dilemma lösen könnte. Es liegt aber der Verdacht nahe, dass diese Viren künstlich in einem Labor gezüchtet und bewusst mit unangenehmen Eigenschaften wie Skrupellosigkeit und einer Frechheit, die ansonsten nur bei besonders schlechter Erziehung auftritt, versehen wurden. Wer so etwas tut, weiß ich nicht. Mit fällt aber jemand ein, den ihr zusätzlich kontaktieren könntet.« Er bringt sich mit einer leichten Drehung in eine bequemere Liegeposition. »Kennt ihr die Puffotter Penny? Sie lebt im Sauerland. Eine hochgradige Psychopathin. Mein Kollege Sören Sorglos therapiert sie. Ihre Prognose bessert sich zu unser aller Überraschung in Behandlung zunehmend, fast rasant. Vielleicht kann sie euch helfen, den Täter zu finden? Sie kennt die Täterperspektive besser als jeder andere und lebt in Lennestadt. Zu weit ist das nicht!«

Sammy zieht mit einer Heftigkeit an seinem Schnuffeltuch, dass ich Angst bekomme, er könne es aus Versehen mit einatmen. »Ich kenne Penny! Ich war vor Jahren Gefangener auf ihrer Farm. Die ist hochgefährlich! Ich bin nicht sicher, ob das nicht ganz böse nach hinten losgehen könnte.«

»Ich würde es versuchen«, gähnt Finkeldey, »das Ergebnis ist entscheidend für den Fortbestand unserer Zivilisation! Wir sollten alle Möglichkeiten in Betracht ziehen und alles versuchen! Ich informiere den Kollegen Sorglos, dann findet eure Begegnung in einem geschützten Rahmen statt.«

Als diplomiertem Sozialarbeiter leuchtet mir das ein. Ich sammle erste Argumente in meinem Kopf, um anschließend überfallartig auf Sammy einwirken zu können, Professor Finkeldeys Vorschlag zu folgen und meinen Begleiter derart in die Defensive zu drängen, dass er keine andere Wahl haben wird, als zuzustimmen. Auch weil ich Penny endlich einmal selbst begegnen und nicht nur über sie schreiben will, aber nicht nur. Unsere Zivilisation interessiert mich auch. Ich habe meine Argumente noch nicht zu Ende gesammelt, da dreht sich der Wissenschaftler erneut um.

»Jetzt ist wieder Zeit für Nachhaltigkeit«, brummt er, »alles Gute! Viel Erfolg!«

Sammy macht erste Anstalten, das Tuch wieder in seiner schmuddeligen Pelztierjeans zu verstauen, da ertönt von der Seeseite her ein unglaublicher Lärm.

»Ole, Superschwanzlurch«, grölt eine, mir mehr als nur wohlbekannte Männchenstimme. »Scha, la, la, la, la, la, la, la!«

Wenige Augenblicke später steht ein schwer bepackter Grottenolm auf der Lichtung. Er nimmt einen großen Schluck aus seiner Bierflasche und schaut in die Runde.

»Kann ich bei euch auch Pfand eintauschen?«

7 Der ewige Schwanzlurch

»Horst!«, rufe ich.

»Horst!«, ruft Sammy.

»Horst? Kenne ich nicht. Wer ist der Typ?«, höre ich Synkope fragen, während sich Professor Finkeldey noch nicht einmal umdreht und irgendwas wie »Ist mir doch egal« brummelt.

Zu diesem Zeitpunkt bin ich schon längst auf den Lurch zugestürmt. Ich mache erste Anstalten, ihn so vorsichtig wie bei einem nur 30 Zentimeter großen Tier nötig und so stürmisch wie möglich zu begrüßen. Schließlich ist er ein alter Weggefährte aus längst vergangenen Tagen, in denen ich mit meiner Katze Kniesel die deutsche Provinz unsicher gemacht habe. Doch dann spüre ich etwas Wuseliges zwischen meinen Beinen. Ein untrügliches Zeichen dafür, dass Sammy im Begriff ist, unter mir hindurchzuschlüpfen. Der Kater, einst Horsts Begleiter an so exotische Orte wie die Unterwelt, das oberweltliche Slowenien und Australien, will ihm nach erfolgter Überholung gerade in die Krallen fallen, da hält ihm der so Geehrte seine klirrenden Taschen entgegen.

»Und zwölf neue?«, lallt er.

Sammy bleibt wie angewurzelt mitten in der Bewegung stehen. Auch ich habe meinen Schreck noch nicht ganz überwunden, als ein Waschbär von hinten herbeistürmt und »Hu, Washberry Pils‹, oder ›Washberry Radler‹ mit Himbeergeschmack?« fragt.

»Himbeer? Bist du wahnsinnig geworden? Zwölf Bier will ich haben. Scheißegal, wie die heißen! Richtiges Bier und nicht so 'ne Pansche mit Himbeer oder was!«

Ich schaue den eilfertigen Waschbären an. »›Washberry Pils‹? Den Namen habe ich ja noch nie gehört! Ist das aus Amerika?«

Ich schüttele ganz bewusst und vielleicht eine Spur zu heftig mit dem Kopf, damit er mein Unverständnis auf gar keinen Fall übersehen kann.

»Und warum, bitte schön, beginnst du deine Sätze jetzt auch mit diesem albernen ›Hu‹? Ich dachte, das wäre eine reine Walddämonenmasche!«

Der Bär lacht und sein Lachen klingt ein bisschen stolz. »Nein, nein, Bier brauen wir in unserer Kolonie schon seit über hundert Jahren selbst. Bis letzte Woche hieß unsere Marke noch ›Herzhausener Waschbär Edel-Bräu‹. Dagegen klingt ›Washberry Pils‹ natürlich viel moderner und weltgewandter. Und was diese ›Hu‹-Geschichte angeht«, sagt er und zwinkert mir sehr breit grinsend zu, »halte ich diese Maßnahme für derart großartig, dass ich sie mir direkt abgeguckt habe. Hu! Wir können Werbung … Irgendwas muss ja mal klappen!«

Ich will gerade in ein leicht irritiertes Lachen ausbrechen, als mich eine schon sehr beleidigte Stimme unterbricht.

»Kann ich endlich mein Bier haben? Irgendwas muss ich ja auch trinken, oder?«

Die Stimme gehört Horst. Ich schaue ihn mir von der Seite an. Derangierter kann ein Lurch eigentlich nicht wirken. Die Sonnenbrille baumelt nutzlos am unbehaarten Kopf herum, seine Hose ist schmutzig, das Karohemd verschwitzt, die Ärmchen zittern. Von den dunklen Rändern unter seinen Olmaugen will ich gar nicht reden.

»Wie kommst du eigentlich hierher?«, frage ich freundlich. Schließlich kennen wir uns schon eine halbe Ewigkeit. »Wohnst du denn nicht mehr in der Atta-Höhle?«

»Doch, wohne ich. Ich wollte auch eigentlich nur Bier holen. Dabei muss mich wohl verlaufen haben. Wo bin ich denn hier?«

»Am Edersee.«

»Kenne ich nicht!«

»Ist bei euch auch nicht direkt um die Ecke. Eher so 80 Kilometer entfernt. Wie lange bist du denn schon unterwegs?«

Er zuckt mit seinen schmalen Lurchschultern. »Keine Ahnung! Ist schon bisschen her, als ich losgegangen bin.«

Das überrascht mich nicht. Überraschend ist sein Zustand. Horst war einmal ein großartiger Skateboardfahrer. Davon kann er heute nur noch träumen, sich eher glücklich schätzen, wenn er nicht schon beim Aufsteigen umkippt. Ich schaue Sammy an, Sammy schaut zurück.

»Horst«, sage ich »wir müssen nach Lennestadt, da ist die Atta-Höhle nicht weit. Wenn du magst, bringen wir dich hin.«

Ich atme tief ein. Das bin ich meinem alten Freund schuldig. Das wird Sammy genauso sehen. Das glaube ich nicht nur, das weiß ich! Wir können den Freund jetzt nicht im Stich lassen. Drohende Apokalypse hin, drohende Apokalypse her.

»Okay«, bescheidet der Grottenolm dem waschbärischen Mitarbeiter: »Dann bring mir ’nen ganzen Kasten. Die Herren tragen mit!«

»Sorry«, flüstere ich dem Getränkebären ins Ohr.

»Hu, ach«, er winkt ab. »Ihr Freund kauft Bier und bezahlt es mit Kronkorken. Von den Einnahmen unserer Brauerei können wir die Akademie finanzieren. So geht der Kreislauf. Leute wie er sind mir tausendmal lieber als irgendwelche esoterischen Baumumarmer oder lifestylemäßigen Waldbader. Die verzehren zwar nichts, nerven aber dafür hochgradig und sind meist auch noch anspruchsvoll.«

Er verzieht das Gesicht. Man kann seinen Ekel fast greifen. Ein bisschen überzogen, wie ich bei allem Verständnis doch finde.

»Frag mal einen Baum, was der davon hält, wenn so ein ausgemergelter alter Sack seine Rippen an ihm reibt. ›Dann lieber gleich ein Wildschwein!‹, wird er sagen. Mit deren Schwarte macht das wenigstens noch Sinn. Die ist dann auch nicht ganz so spitz und knochig! Auch Baumrinden fühlen. Und leiden.«

Inzwischen ist der Bierkasten angekommen. Horst zahlt und öffnet schon mal eine erste Flasche. »Nicht übel.«

Der Lurch nickt anerkennend mit dem haarlosen Köpfchen. »Und?«, er schaut mich auffordernd an. »Was jetzt? Wollt ihr auch zur Atta-Höhle? Kann ich absolut empfehlen. Reizvolle Gegend. Nur die Galerie nervt irgendwie!« Er nimmt einen tiefen Schluck. »›Schwanzlurch Gallery‹! Als ob da einer von uns da feste Arbeit gefunden hätte! Allerhöchstens ein Aushilfsjob ist da mal drin. Schwangerschaftsvertretung oder so.«

Ich horche auf. »Das Outlet-Center ist gebaut worden? Mein letzter Stand war, dass ihr Bewohner euch erfolgreich gegen den Bau gewehrt hättet.«

Horst rülpst leise. Immerhin das. »Unsere Einigkeit und unser Widerstand sind längst Vergangenheit. Eine Zeitlang kamen fast stündlich neue Investoren, die unserer Höhlenleitung immer höhere Summen geboten haben. Irgendwann hatten alle, die bei uns etwas zu sagen haben, nur noch Kronkorken in den Augen. Ich nicht, aber ich habe bei uns auch nichts zu sagen. Ich habe andere Interessen.« Er hebt seine ›Washberry Pils‹-Flasche. »Die hier zum Beispiel.«

Ich bin erschüttert. In welch pathologische Richtung sich meine Freunde aus dem Tierreich doch entwickelt haben! Horst säuft, Sammy schnüffelt in einem Ausmaß Baldrian, vor dem mir eigentlich angst und bange sein müsste, wenn es nicht aktuell größere Probleme geben würde. Der einzig Vernünftige bin ich. Bei diesem Gedanken lächle ich leise ein wenig in mich hinein und nehme meine obligatorische Beruhigungspille. Sie wird mich über die nächsten Stunden bringen. Anders ist dieses Tiervolk nicht zu ertragen. Ich bin auch nur ein Mensch! Aber eben um Klassen abgeklärter als die hiesige Faunabrut.

»Wir müssen auch in Richtung Sauerland. Hast du Lust, uns zu begleiten?«

Er hebt erneut die Flasche. »Abgemacht. Prost!«

Ich drehe mich um. Wo ist eigentlich Sammy? Der Kater scheint sich in der Zwischenzeit unbemerkt aus dem Staub gemacht zu haben. Hoffentlich steht das nicht in Zusammenhang mit seinem, mit viel Wohlwollen betrachtet, vielleicht gerade noch in Ansätzen kontrollierten Baldriankonsum. Sein offensichtliches Suchtverhalten bereitet mir ernsthafte Sorgen.

Ich muss also noch meinen Begleiter finden, doch dann könnten wir los. Ich will rechtzeitig in Attendorn sein. Noch eine Nacht im Wald überlebe ich nicht. Jedenfalls mental nicht. Ich bin auch nicht mehr der Jüngste.

Als Sammy auftaucht, hat er sein Handy am Ohr.

»Wann kannst du hier sein?«, brüllt er in einer Lautstärke in den Apparat, dass ich spontan einen Satz nach hinten mache und gezwungen bin, mich an einer ortsansässigen Kiefer festzuhalten. Der Kater telefoniert noch eine ganze Weile. Nach einiger Zeit hellt sich seine Miene auf, bis er das Gespräch schließlich grinsend beendet.

»Monique wird uns zur erst zur Atta-Höhle und dann zu Pennys Farm bringen. Wir werden fliegen.«

»Womit?«, frage ich. »Bei euch mag das funktionieren, aber ich bin viel zu schwer für eure Faunafluggeräte. Ich wiege 100 Kilo, da bleibt ihr schon am Start stehen!«

Sammy wischt mit einem Pfotenschlag alle Bedenken vom Tisch. »Mach dir keine Sorgen. Kennst du ›The Flying Kratzbaum‹?«

»Nein. Nicht, dass ich wüsste!«

»Monique hat ihn gerade durch den Zoll gebracht. Unser neuestes Modell. Ein rotorbetriebener Kratzbaum mit überragenden aerodynamischen Eigenschaften. Monique hat ihn nochmal verstärken lassen. Er ist für bis zu zwölf Tiere oder 120 Kilogramm zugelassen.« Er grinst. Eine Spur zu frech, wie ich finde. »Oder Carsten Wunn und zwei normalgewichtige Tiere! Wir haben das Fluggerät zusätzlich mit Stahlträgern gesichert und die Rotorleistung verdoppelt. War nicht einfach, Carsten! Aber du bist es mir wert und Monique hat mich unterstützt. Sie will dich schon seit Langem kennenlernen.«

Ich weiß nicht, ob ich beleidigt oder geschmeichelt sein soll und wechsle sehr schnell das Thema. »Wann wird sie hier sein?«

Er zuckt mit den Schultern. »Keine Ahnung. Aber sie ist schon unterwegs. Wir könnten uns schon mal ganz langsam in Richtung See aufmachen und dort warten!«

Der Weg zum Edersee ist erwartungsgemäß schnell bewältigt. Wir haben uns so aufgeteilt, dass ich Horsts Kleintierbierkasten trage, während Sammy den schwankenden Olm stützt. Nach wenigen Minuten erreichen wir die Uferpromenade und entscheiden uns, über den befestigten Weg hinauszugehen. Der See ist um diese Jahreszeit ein fast wasserloses Rinnsal, was mit seiner Rolle als Zulieferer für die Weser-Schifffahrt zusammenhängt. Das weiß ich aus dem Sachunterricht in meiner Grundschulzeit und hängt damit zusammen, dass diese Zeit schon sehr lange zurückliegt. Die Namen der Waldgeister, die wir vor fünf Minuten verlassen haben, sind mir längst nicht mehr präsent.

Nach vielleicht fünfhundert Metern lassen wir uns nieder. Ein hervorragender Landeplatz für Monique und ihren Kratzbaum, wie Sammy findet. Monique ist zum Glück noch in der Luft, sodass wir ein wenig nachschlafen können. Vor allem Horst hat das dringend nötig. Der Schlaf könnte entscheidend zu seiner Ausnüchterung beitragen, was für einen einigermaßen regulär verlaufenden Flug so schlecht nicht wäre. Diese Gedanken kann ich gerade noch fassen, bevor ich einnicke.

Ich träume von längst vergangenen Besuchen im damals noch so genannten Niedersachsenstadion, meiner Grundschulzeit hier in Waldeck-Frankenberg und zu meiner Überraschung von einem riesigen Erdbeereis, das nie kleiner wird und mir mit zunehmender Traumdauer immer deutlicher auf die Nerven geht. Alles in allem nicht halb so absurd wie das, was ich in der Realität gerade erleben muss.

In diese trete ich schlagartig wieder ein, als mich ein lautes Geräusch weckt. Ich reibe mir die Augen und schaue zum Himmel. Über mir und den trotz des Lärms weiterhin selig schnarchenden Kleintieren kreist ein zitronengelber, rotorbetriebener Kratzbaum mit überdimensionalen Kuhlen und – allen Ernstes – einer Aussichtsplattform. Mittig auf dem Fluggerät sitzt eine schwarze Katze mit weißem Lätzchen. Ihr an Audrey Hepburn in ›Frühstück bei Tiffany‹ erinnerndes Kopftuch flattert heftig im Wind, während sie konzentriert auf den ausgetrockneten Seeboden zusteuert. Staunend rapple ich mich auf und werde Zeuge, wie sie mit einem eleganten Schlenker souverän landet.

Die Katze fährt den Motor herunter und springt heraus. Sie steigt über ihren unbeeindruckt weiterschlafenden Partner und seinen schnarchenden Kumpel, um mit ausgestreckter Pfote auf mich zu zu schleichen.

»Ich bin Monique«, sagt sie mit einem Lächeln, wie es gewinnender nicht sein könnte, »und du bist Carsten, der Biograph von ›Unter Olmen‹, oder?« Ich nicke und will sie gerade auch begrüßen, da unterbricht sie mich. »Nicht übel, dein Grottenolmroman, auch wenn ich ein paar Kritikpunkte hätte. Ganz so war es dann doch nicht. Vielleicht können wir uns nach der Ankunft in Attendorn einmal zusammensetzen?«

Ich nuschele ein mit Sicherheit wenig überzeugendes »Jo«, ergreife aber trotz meiner nur wenig ausgeprägten Begeisterung ihre Pfote. Die ist nach dem Flug erstaunlich warm, ihre Krallen hat sie zum Glück eingezogen.

Ich wecke Horst und Sammy. Anschließend habe ich Gelegenheit, mir den Kratzbaum genauer anzuschauen, da sich die drei Faunavertreter derart herzlich küssen und umarmen, dass es einerseits eine Freude ist, was aber andererseits jede Menge Zeit in Anspruch nimmt, die uns später fehlen könnte. Ich trete nicht ohne Ehrfurcht an den Flugkratzbaum heran und streiche mit der Hand vorsichtig über seinen Samtbezug. Er ist weich, doch darunter befinden sich dicke Stahlstreben. Sicherlich in Leichtbauweise, aber stabil. Der Kratzbaum verfügt über drei Kuhlen. Zwei handelsübliche kleine und mittig eine riesige, in die sogar ich hineinpassen würde. Nicht, dass ich dazu Lust hätte, aber möglich wäre es. Neben der Riesenkuhle entdecke ich einen roten Knopf.

»Wofür ist der denn?«, rufe ich.

»Für den Notfall«, antwortet Monique und löst sich kurz aus ihrer und Sammys Kussformation, »alle Kuhlen sind mit einer Schleudervorrichtung ausgestattet.«

Ich nicke anerkennend. Die beiden haben bei der Konzeption wirklich nichts dem Zufall überlassen. Abschließend streiche ich über die Rotorblätter des Flugkratzbaumprototypen. Sie sind scharf. Sehr scharf. Ich ziehe meine Hand zurück. Ich sollte ihnen besser nicht ins Gehege kommen, schon gar nicht in kreisendem Zustand. Wer lässt sich schon gerne köpfen? Auch alle anderen Gliedmaßen sind mir viel zu lieb, um ihre versehentliche Amputation ohne Not zu riskieren. Ganz geheuer ist mir das Gerät jedenfalls nicht. Der Gedanke, es zu besteigen und mich von Sammy oder Monique nach Attendorn fliegen zu lassen, beunruhigt mich. Ich greife in meine Jacke. Die Pillen, die ich in der Innentasche verstaut hatte, sind noch da. Sie wären im Notfall griffbereit.

Es dauert nicht lange, bis Monique zum Aufbruch rät. Das heißt, erst rät sie zum Aufbruch, dann betont sie in immer kürzeren Abständen, es sei jetzt an der Zeit, aufzubrechen. Die Wetterlage sei nicht dauerhaft stabil. Irgendwann drängt sie zum Aufbruch. Ein sofortiger Start wäre überhaupt kein Problem, wenn nicht im Vorfeld noch eine ›Challenge‹ anstünde, wie man wohl heutzutage sagt. Die Challenge hat sich gewaschen und entwickelt sich in eine fast unüberwindbare Hürde. Sie heißt ›Horst-wecken-und-auf-den-Kratzbaum-bugsieren‹. Es dauert eine geschlagene Stunde, bis Sammy schlussendlich der Kragen platzt. Anstatt weiter auf den Olm einzureden, packt er ihn am Schlafittchen, schleppt ihn ans Wasser und taucht den kleinen Lurchkörper in vollem Umfang unter. Das Ganze wiederholt er drei-, viermal, dann reanimiert er den armen Kerl. Horst spuckt literweise Wasser. Anschließend nutzt Sammy seine vorübergehende Unpässlichkeit, trägt ihn zurück zum Kratzbaum und schnallt den schon wieder leise vor sich hin mosernden Schwanzlurch in die kleinste Kuhle des seit Ewigkeiten startbereiten Kratzbaums. Das absurde Schauspiel amüsiert mich derart, dass ich literweise Lachtränen vergieße. Sie sind noch nicht getrocknet, als mich der Kater am Arm packt. Unangenehm drücken sich seine Krallen in mein Fleisch.

»Jetzt du«, sagt er in einem Tonfall, der keinen Widerspruch duldet. Ich will aber widersprechen.

»Was soll das?«, frage ich und greife seine Pfote, um die Kralle von meinem Arm zu lösen. Sammy verstärkt den Druck. Jetzt tut sein Griff wirklich weh.

»Rein mit dir! Es wird Zeit. Es ist für heute noch ein Gewitter angesagt!«

Jetzt habe ich endgültig die Nase voll. »Dann nehmen wir halt die Bahn. Wir kommen schon irgendwie an.«

»Aber nicht rechtzeitig«, höre ich noch, bevor mir ein unglaublicher Schlag auf dem Hinterkopf die Lichter ausbläst, wenn ich diese Aktion einmal so metaphorisch formulieren darf.

Als ich erwache, befinden wir uns bereits in luftiger Höhe. Ein quer über den Oberkörper geschnallter Gurt hält mich auf dem Kratzbaum und in meiner Kuhle. Hinter mir schreit Sammy unverständliche Kommandos, am Steuer steht Monique. Ihr flatterndes Kopftuch trotzt souverän dem Wind. Rechts neben mir hängt Horst auf halb acht in seiner Kuhle und übergibt sich in eine eigens zu diesem Zweck gereichte Tüte. Auch mir ist kotzübel, außerdem habe ich Kopfschmerzen. Wenigstens dagegen hilft der frische Fahrtwind.

Unser Fluggerät wackelt wild und scheinbar unkoordiniert hin und her. Ich fühle mich wie in einer Nussschale auf dem Meer bei Windstärke 32. Oder mehr. Ich wage nicht, mich zu bewegen. Wer weiß, was ich damit auslöse? Ich verharre starr in meiner Kuhle und bete alle Gebete, die mir gerade einfallen. Es sind ungefähr sieben.

Ich habe knapp die Hälfte meines dritten Rosenkranzes erfolgreich gebetet, da höre ich hinter mir einen läuten Schrei.

»Land in Sicht!«, brüllt Sammy, obwohl wir doch gar nicht auf See sind. Der Kratzbaum verliert an Höhe. Im Landeanflug riskiere ich dann doch mal einen vorsichtigen Blick. Unter uns gerät ein riesiger

Parkplatz in mein Blickfeld und kommt in höchstem Tempo auf uns zu. Dahinter erkenne ich ein Einkaufszentrum gigantischen Ausmaßes. Rote Neonbuchstaben an der Fassade formieren wild flackernd den Begriff ›Schwanzlurch-Gallery‹. Im weiteren Umkreis liegen auffällig viele umgestürzte Bäume, doch das Outlet-Center scheint unversehrt geblieben zu sein. Trotzdem kein vertrauenserweckender Anblick.

Es beginnt zu regnen, der Wind wird stärker, jetzt wackelt unser Fluggerät wirklich. Doch bevor wir endgültig zum Spielball der Kräfte werden, erreicht unser Kratzbaum den Erdboden. Geschafft! Erleichtert atme ich auf und klatsche, bis mir einfällt, dass ich diese Reaktion noch nicht einmal auf Touristenflügen jemals wirklich ertragen konnte. Außerdem haben mich Sammy und Monique mit Gewalt auf ihr Fluggerät gebracht. Diese Vorgehensweise wird noch zu diskutieren sein.

Der Kater öffnet meinen Gurt. »Sorry, ging nicht anders«, nuschelt er, »es war höchste Eisenbahn. Wir mussten los!«

Tatsächlich erreichen uns erste Sturmböen, auch der Regen ist intensiver geworden. Trotzdem balle ich meine Hand zur Faust. »Nimm dich in Acht, Freundchen! Mit einem Carsten Wunn macht man so etwas genau einmal. Wenn überhaupt«, murmele ich mit schwacher Stimme, bevor ich mich aus der Kuhle zwänge, absteige und erste unsichere Schritte auf den Rasen hinter dem Einkaufszentrum setze.

8 Im Schatten der ›Schwanzlurch-Galerie‹

Ich habe die ersten Schwindelgefühle überwunden, meine Schritte werden sicherer. Hinter mir torkelt Horst. Ich schaue mich um. Er ist ganz grün im Gesicht. Der kleine, dunkel pigmentierte Schwanzlurch ist grün im Gesicht! Ich weiß nicht, wie die Natur das hinbekommen hat, aber es sieht nicht gesund aus. Dafür scheint Horst neuerdings Gedanken lesen zu können.

Der Olm erwidert meinen Blick und sagt: »Na, du hast aber auch schon bessere Tage gesehen!«

Was für eine Unverfrorenheit! Dieser kleine, abgehalfterte Lurch wagt es, mir, dem ehemals zumindest gar nicht so richtig unerfolgreichen Schriftsteller Carsten Wunn zu sagen, er habe auch schon bessere Tage gesehen! Der soll erstmal vor seiner eigenen Türe kehren, bevor er mich beleidigt! Wer ist grün und stinkt nach Bier? Schwanzlurch Ho-orst!

Okay, jetzt werde ich unfair. Ich balle die Fäuste in meinen Taschen, zwinge mich zu einem Lächeln und drehe mich wortlos wieder um. Das Leben wird ihn für seine Unverschämtheit bestrafen. Außerdem ist mir übel.

Ich bin noch ganz in Gedanken, da passieren wir ein kleines, umzäuntes Gelände. Eine Art begehbaren Höhlennachbau.

›Atta-Höhlen-Freilichtmuseum‹, steht auf einem Schild, ›so lebten die originären Attendorner Grottenolme, bevor sie entdeckt wurden und zivilisiert werden konnten. Lassen Sie sich mit einem echten Schwanzlurch fotografieren!

1 Foto 12,- Euro

3 Fotos 35,76 Euro

1 Spaßfoto im historischen Olmgewand vor der ehemaligen Mülldeponie 15,-Euro …‹

Ich lese nicht weiter. Ich könnte schon jetzt heulen! Die Höhlenbewohner haben ihre Heimat verloren und werden zum Dank dafür nun wie Jahrmarktsattraktionen vorgeführt. Der Regen nimmt zu. Wahrscheinlich ist das der Grund, aus dem sich die eben noch beeindruckend lange Warteschlange vor dem Museum so schnell auflöst. Ich habe meine Gedanken noch nicht zu Ende gedacht, da ertönt von drinnen ein lautes Pfeifen und Johlen.

»Ey, Horst!«, ruft jemand. »Das hat aber lange gedauert! Hast du mir auch ein paar Biere mitgebracht? Ich habe seit drei Wochen Durst!«

Ich bücke mich und sehe hinter dem Zaun zwei Grottenolme. Sie sind viel blasser als Horst und haben sich rosa-gestreifte beziehungsweise neongrüne Gewänder um die kleinen Körper geschlungen. Ich weiß, dass sie blind sind. Gerade deshalb halte ich es für zynisch, sie derart gekleidet in der Öffentlichkeit zu präsentieren.

»Hallo Edewecht, hallo Thiago!«, brüllt Horst in einer Lautstärke zurück, die ein derartig kleiner Resonanzkörper eigentlich gar nicht erreichen dürfte. »Klar habe ich das! Schaut mal, wen ich noch mitgebracht habe!« Ohne den Artgenossen auch nur Sekunden Zeit für eine Antwort zu lassen, löst er seine Frage selbst auf. »Sammy Kater!«

Die unmöglich gekleideten Olme grölen in vergleichbarer Lautstärke zurück. »Dann machen wir heute Abend eine Party! Um Acht haben wir Feierabend! Wir treffen uns im ›Café Dezentral‹. Apanachi hat heute Dienst!«, brüllt einer der beiden zurück, bevor sie gemeinsam das Lied »Wir saufen durch bis morgen früh und singen ›bummsfallerera‹« anstimmen. Ein sehr alter Karnevalsschlager, von dem ich gehofft hatte, er sei längst in Vergessenheit geraten. Soweit zum Thema Globalisierung der Fauna. Ich sage nichts, aber Tiere mit Niveau verhalten sich anders.

Und doch berührt mich diese Begegnung. Als Autor von Sammys Erlebnisbericht weiß ich, dass Edewecht Echsenkopf und Thiago Tranfunzler als Einheimische früher erbitterte Gegner des zugezogenen Findeleis Horst gewesen waren. Die Höhlenbewohner scheinen also durch ihr Unglück zusammengerückt zu sein, wenn auch auf niedrigstem Niveau.

Außerdem bin ich stolz, hier auf Protagonisten meines zweiten Romans zu treffen. Das galt schon für Monique. Bei dem Anblick der beiden Tierproleten verstärkt sich dieses Gefühl noch einmal. Auch der Name Apanachi sagt mir etwas. Ich freue mich sie in Fleisch und Blut kennenzulernen. Ob Monique das ebenfalls so sieht, weiß ich nicht. In meinem Buch beschreibe ich eine Szene in der sich Apanachi und Sammy näher als nötig kommen.

»Kennt ihr Washberry Pils?«, ruft der inzwischen neben mir stehende Horst in Richtung seiner Kumpane und hebt eine Bierflasche in die Höhe. »›Brewed after the German Purity Law‹ steht da drauf. Cool, oder!«

Thiago und Edewecht grölen wieder etwas. Ich verstehe den Inhalt nicht, aber sie scheinen sich über Sammys Ankunft zu freuen. Immerhin. Der Kater grinst verlegen. Monique schon nicht mehr, von mir ganz zu schweigen. Wir sind hier fehl am Platze. Und überhaupt: »Brewed after the German Purity Law!« Ich schlage mir mit der flachen Hand vor die Stirn. Wer, um Himmels Willen, hat diese Übersetzung verbrochen? Und warum hat er das überhaupt getan? Das deutsche Reinheitsgebot ist ein einheimisches Qualitätssiegel. In Deutschland ist eine Übersetzung nicht nötig. Wenn aber schon jemand meint, diese Aktivität unbedingt angehen zu müssen, sollte er zumindest darauf achten, dass die Übersetzung einigermaßen mit dem Ausgangstext übereinstimmt und dass Fehler vermieden werden. Das ist jedenfalls meine Meinung.

Der Regen wird noch stärker, auch der Wind gibt Zunder. Wir setzen uns wieder in Bewegung, während sich Edewecht und Thiago unter das schützende Museumsdach zurückziehen. Kurz bevor wir den Eingang zur als solche ausgeschilderten ›Grottenolm Area‹ erreicht haben, touchiert etwas Hartes meinen Hinterkopf. Ich schreie auf. Instinktiv blicke ich nach oben. Eine Kiefer schaut ausdruckslos zurück. Ein erneuter

Anschlag? Ich bücke mich und hebe das Wurfgeschoss auf. Kein Ast. Es ist ein Holzschild. Aus dieser Höhe wäre ein Volltreffer lebensgefährlich gewesen. Das Blut in meinen Adern gefriert. Müssen wir uns inzwischen selbst vor totem Holz in Acht nehmen? Ist es wirklich schon so weit gekommen? Wie in Trance hebe ich das Schild auf.

»Entschuldigung!«, sagt eine Stimme aus dem Hintergrund, die wie durch Watte an mein Ohr gelangt. »Unser Eingangsschild fällt ständig ab. Ich sorge dafür, dass es demnächst ordentlich angebracht wird.«

Ich bleibe auf dem Boden und erblicke einen kleinen Olm mit einer riesigen Konservendose auf dem Kopf. Das muss Ernst von Aioli sein. Der oberste Höhlenwart der hiesigen Schwanzlurchpopulation. Genauso hat ihn mir Sammy beschrieben. Nur die Dose scheint er gewechselt zu haben. Statt mit ›Erbsen und Möhrchen extra fein‹ ist seine charakteristische Kopfbedeckung jetzt mit ›Dicke Sauerländer Bockwurst‹ beschriftet. Zu allem Unglück prangt das ursprüngliche Produkt dick und fett in Bildform auf dem Etikett.

Aber das ist jetzt zweitrangig. Wir stellen uns einander kurz vor und irgendwie geht es mir schon viel besser, als mich der Schwanzlurch herzlich willkommen heißt und zur Begrüßung meinen Unterschenkel umarmt, was ich hauptsächlich auf die Größenverhältnisse und seine Sehschwäche zurückführe.

Mit vergleichbarer Herzlichkeit empfängt er Sammy, nur dass seine Ärmchen dessen Oberkörper treffen und in einer regulären Umarmung enden.

Der Kater ist nach meinem Beinaheunfall mit dem Holzschild noch immer derart aufgeregt, dass er sein Schnuffeltuch während von Aiolis Begrüßung mehrfach hektisch vor die Nase presst und den beruhigenden Baldrianextrakt inhaliert. Der Höhlenwart hat Monique noch nicht willkommen geheißen, da nehmen die Ereignisse erneut Fahrt auf.

Ohne Vorwarnung wird es im Bereich des Schwanzlurchhöhleneingangs taghell. Ich schaue in Richtung Höhlendecke. Vor mir schwebt Synkope Sonderbra.

»Ich habe etwas vergessen«, sagt sie lächelnd und ihre Augen lächeln mit.

Synkope hält mir ihre geöffnete Handfläche hin. In ihr befinden sich drei grüne Kegel. Sie riechen süßlich und kommen mir bekannt vor.

»Das sind Räucherstächen«, sagt sie, »wenn ihr uns rufen wollt, dann sucht euch eine ruhige Ecke, zündet eins an und meditiert so lange, bis einer von uns erscheint.«

»Hast du kein Handy?«, meldet sich Horst, der leider inzwischen auch angekommen ist.

»Doch«, antwortet Synkope und ihr Lächeln verändert sich von einem Augenblick auf den anderen von sehr freundlich in äußerst geschäftsmäßig, »aber als esoterisches Wesen muss ich schon ein wenig die Form wahren. Auch wenn sich in dieser Gesellschaft alles ändert, trotz aller auch von uns getätigter Modernisierungsmaßnahmen sollten Konstanten bleiben, die eine Basis bilden und Sicherheit geben. Diese Konstanten bieten wir und sind stolz darauf.«

Ich nicke ergriffen. Monique und Sammy tun desgleichen. Gerade will ich mich bedanken und sagen, wie wundervoll ich ihr Engagement und ihre Einstellung finde, da fährt mir der Grottenolm Horst erneut in die Parade. Er hält eine leere Bierflasche in die Höhe.

»Könntest du die vielleicht schon mal mitnehmen?«, brüllt er.

Wie Hohn wirft das Echo seine Stimme in doppelter Lautstärke zurück, hallt mehrfach nach und gibt damit dem fraglichen Inhalt seiner Worte eine Ehre, die mit Gerechtigkeit nichts, aber auch gar nichts, zu tun hat.

»Ich bin gerade etwas klamm und brauche das Pfand!«

»Nein!« Synkope schüttelt heftig den Kopf, schwebt auf mich zu, drückt mir ihre Räucherstäbchen in die Hand und verschwindet auf der Stelle im Nichts. Selten habe ich den Begriff ›abrauschen‹ als so zutreffend empfunden wie in dieser Situation.

Ich kann kaum beschreiben, was sich in diesem Moment in mir abspielt. Meine Gefühle befinden sich irgendwo zwischen Ärger, peinlicher Berührtheit und Mitleid. Mit beiden. Mit Synkope, die nur helfen wollte und zum Dank dafür von Horst brüskiert worden ist, und mit Horst, komplett von der Rolle und nur noch ein Schatten seiner selbst. Ein Tier, das in seinem Leben Dinge geleistet hat, die andere gar nicht erst leisten müssen. Ein Leben zwischen Armut und Reichtum, Verfemtheit und Ruhm, zwischen Findeleistatus und Adelsstand. Vom Versager zum Helden und – das muss ich mir in diesem Moment eingestehen –

wieder zurück. Ein bunter Hund könnte man sagen, wenn es sich bei ihm nicht ganz so offensichtlich um einen Grottenolm handeln würde. Am meisten aber schmerzt mich die Einsicht, dass dieser Horst nicht mehr mein Horst ist. Das liebenswerte, freundliche Tier, das vor langer Zeit die Herzen meiner damaligen Katze Kniesel und mir im Sturm genommen und uns mit einer Selbstverständlichkeit den Weg aus einer tiefen Krise ins persönliche Glück aufgezeigt hat. Ein Tier, das seinesgleichen sucht. Ich schaue mich in der Runde um und lese in den Gesichtern der Umstehenden Ähnliches. Eine Mischung aus Mitleid und Fremdscham im nicht gebräuchlichen, weil nicht voyeuristischen Sinne, die alles noch kompliziert, weil sie handlungsunfähig macht.

Gerade will ich dem im Eingangsbereich laut würgenden Horst meine Plastiktüte hinhalten, da höre ich hochfrequent klackernde Schritte aus dem Höhleninneren. Das Geräusch wird sehr schnell lauter und ehe ich mich versehe, steht eine Dackeldame mittleren Alters vor unserer Gruppe.

»Herr von Postojna-Lajbach«, ruft sie mit wenig angenehmer Stimme, »ich habe Ihnen doch gesagt, dass Sie zu dem Ritalin auf gar Fall keinen Alkohol trinken sollen!« Sie fletscht die Zähne. Und nicht nur das. Ihre ganze Körpersprache ist ein einziger Vorwurf. »Wo waren Sie die ganze Zeit? Wir haben uns Sorgen gemacht!«

Ich pfeife durch die Zähne. Herr von Postojna-Lajbach – das ist Horst – bekommt Ritalin verabreicht, ein Beruhigungsmittel. In Kombination mit Alkohol hochgefährlich und die Erklärung für Horsts extremen Absturz. Die beiden Substanzen potenzieren sich und haben aus Horst das gemacht, was er jetzt ist: ein Wrack! Das muss ich mir bei aller Liebe eingestehen.

»Wer sind Sie?«, frage ich und stelle mich vor.

Die Dackeldame schaut hoch. Ich bin froh, dass sie nur ein Dackel ist. Bei einem Kampfhund könnte eine solche Stimmung fatale Folgen haben. Muss nicht, aber kann. Sie rasselt mit ihrem Schlüsselbund.

»Mein Name ist Wellensiep«, kläfft sie und reicht mir sehr kurz die Pfote, »Ovomaltine Wellensiep. Ich bin Leiterin der Abteilung für betreutes Lurchwohnen in der Grottenolm Area hier in der Atta-Höhle. Und jetzt lassen Sie mich bitte durch! Ich habe mit dem Herrn da hinten noch ein Hühnchen zu rupfen!«

Der Herr da hinten ist inzwischen dazu übergegangen, sich im Eingangsbereich zu übergeben. Ich schaue auf die Tüte in meiner Hand. Im ganzen Chaos habe ich völlig vergessen, sie Horst in die Kralle zu drücken.

»Sind Sie wahnsinnig geworden, Herr von Postojna-Laibach?«, fragt Frau Wellensiep und mir wird klar, dass sie nicht wissen kann, was wir anderen wissen: Horst mag gerade den Eingang verschmutzen, er mag wirklich nette Leute wie Synkope Sonderbra vor den Kopf stoßen, er mag sich im Alkoholrausch aufführen wie das letzte Tier und uns mit seinem dissonanten Gesang in den Wahnsinn treiben, aber er hat einen guten Kern. Ich möchte ihm gerne helfen und frage mich gleichzeitig, warum meine Protagonisten immer so gebrochen daherkommen. Sekunden später bin ich bereits in der Lage, meine eigene Frage zu beantworten: weil mir Krisen selber wohlvertraut sind und ein Roman ohne Konflikte zu langweilig ist, um das Publikum zu unterhalten. Ich stampfe fest auf und bin kurz davor, gedanklich in noch tiefere Sphären abzudriften, da spüre ich einen Widerstand unter meinem Fuß. Es folgt ein Schrei, der durch Mark und Bein geht.

»Idiot«, brüllt das Reptil, das vor mir sitzt und eben noch nicht dort saß, »treten Sie anderen Leuten immer auf den Schwanz?«

Ich verneine guten Gewissens. In Wirklichkeit handelt es sich um eine Premiere, wenn auch eine schmerzhafte, glücklicherweise nur für ihn. Unangenehm ist mir die Sache trotzdem. »Das tut mir aufrichtig leid«, sage ich, »ich muss Sie wohl übersehen haben. Ich hatte den Eindruck, hier wäre niemand.«

»War es aber!«, brüllt das Tier mit hochrotem Kopf, der so ganz nebenbei einen interessanten Kontrast zum gräulichen Höhlenboden bildet.

»Ich bin Undercovertester des Medizinischen Dienstes der Schwanzlurchsozialkasse! Da wird ein bisschen Tarnung ja wohl noch erlaubt sein!«

»Schon«, antworte ich in bewusst beiläufigem Tonfall, »aber dann dürfen Sie auch nicht erwarten, dass Sie gesehen und nicht getreten werden.«

Das Kontroll-Chamäleon schnappt nach Luft, seine Zunge schnellt unkontrolliert vor und zurück. Meine Argumentation muss ins Schwarze getroffen haben. Er greift sich seine höhlenbodengraue Aktentasche und verschwindet fluchend und wimmernd. Eine Kombination, die mir in dieser Form bisher noch nicht begegnet ist.

»Viel Spaß beim Testen!«, rufe ich ihm hinterher und ignoriere seinen Aktentaschenwurf an die Grottenwand geflissentlich.

»Kennt ihr die Höhle schon?«, fragt Ernst.

Monique und ich schütteln den Kopf. Sammy steht gedankenversunken unter uns und ist doch ganz woanders. Er ist so abwesend, dass er völlig vergisst, Baldrian zu inhalieren.

»Soll ich euch unser kleines, neues Reich zeigen?«, fragt der oberste Höhlenwart und erntet Begeisterung, wenn auch nicht von Sammy, der es vorzieht, den Höhlenboden zu fixieren. Ich kann ihn verstehen. Er hat hier harte und wegweisende Zeiten erlebt. Diese Erinnerungen kommen jetzt hoch. Wir sollten Rücksicht auf ihn nehmen.

Ernsts Höhlenführung ist noch keine drei Minuten alt, da endet sie auch schon wieder. Sie endet in Gestalt eines Rehpinschers mit Afro-Look.

»Herr von Aioli«, verfügt er, »Sie führen hier niemanden durch die Höhle. In fünf Minuten ist Psychedukationsgruppe bei Herrn Hasenstrunk und anschließend Empathietraining bei Frau Pellworm. Haben Sie das schon wieder vergessen?«

Ernst nickt, aber ich glaube ihm nicht. Er hat einfach keine Lust. Hätte ich auch nicht.

Der Pinscher stellt sich als Herr Frohgemuth Ellerbeck vor. »Frohgemuth tut jedem gut!«, sagt er.

Den Satz hat er bestimmt schon tausendmal gesagt. Da bin ich sicher. Und er hat tausendmal nicht gestimmt. Davon bin ich genauso überzeugt. Als er herausfindet, dass ich Sozialarbeiter und damit ein Berufskollege bin, wird er freundlicher.

»Möchten Sie vielleicht als Gast an einem unserer Angebote teilnehmen?«, fragt er mich, weil er nicht weiß, dass ich längst Sozialpädagogophobiker bin. Ich habe panische Angst vor Berufskollegen und spezifischen Arbeitssituationen. In dieser Hinsicht bin ich ein gebranntes Kind. Ich ziehe mich unter einem Vorwand zurück und nehme drei Tabletten der Marke ›Mutabor‹, die mich für eine gewisse Zeit in einen mutigen, sozialpädagogischen Inhalten gegenüber immer noch aufgeschlossenen Menschen verwandeln. »Gerne. Empathiekunde würde mich interessieren!«, antworte ich nach meiner Rückkehr, während Sammy und Monique eine als Praktikantin fungierende Kellerassel an die Pfote bekommen, die sie durch die Höhle führt, obwohl der Kater doch fast jeden Meter hier kennt. Ressourcenorientierung steht heute nicht auf dem Programm. Als wir uns vorübergehend trennen, bin ich froh. Es reicht, dem MDK-Tester auf den Schwanz getreten zu sein, bei einer kleinen Kellerassel kann ein falscher Tritt ganz andere Folgen haben. Ich will nicht als Praktikantinnenmörder in die Geschichte der Atta-Höhle eingehen.

Herr Ellerbeck führt mich in eine hohe Seminargrotte. Sie ist noch leer, aber der für solche Kurse unvermeidliche Stuhlkreis steht bereits. Uns beiden ist klar, dass ich zu groß und zu schwer bin, um dort Platz nehmen zu können.

»Warten Sie hier«, sagt der Pinscher und fährt sich mit der rechten Pfote nachdenklich durch die beeindruckende Lockenpracht, »ich besorge Ihnen einen Tisch. Der könnte Ihr Gewicht aushalten.«

Ich beschließe, nicht beleidigt zu sein und konzentriere mich in meiner Wartezeit auf das gerahmt an der Wand hängende Leitbild.

»Die Grottenolm Area AG hat es sich zum Ziel gesetzt, aus den einheimischen Schwanzlurchen wertvolle Mitglieder der faunistischen Gesellschaft zu machen. Unter Achtung ihrer Würde verfolgen wir dieses Ziel mit der größtmöglichen Toleranz, die wir diesem Kroppzeug entgegenbringen können. Die Wahrung von Respekt vor jedem Individuum und seiner Einzigartigkeit, sei sie auch noch so absurd, sowie die Stärkung der Eigenverantwortung, die Förderung der Selbstwahrnehmung jedes einzelnen Bewohners in Hinblick auf eine Zukunft, in der diese nicht nur untätig im Höhlenbereich rumlungern und den Mitarbeitern mit unnötigen Fragen und sinnlosen Aktivitäten zur Last fallen, ist unser Ziel. Und natürlich die Abschaffung dieser scheiß Kurse. Denn eigentlich sind sie für die Katz'. Inhalte begreifen die Versager sowieso nicht.«

Ich lese und bin zwiegespalten. Normalerweise beschreiben Leitbilder mit schönen, oft lateinischen Worten absolut sinnvolle Ziele, die man mit den vorhandenen Mitteln wie dem aktuellen Personalschlüssel und angesichts des mangelnden Empathievermögen eines viel zu großen Teils der Belegschaft nie im Leben erreichen in der Lage ist. Hier wird zumindest ein Empathiekurs angeboten. Vielleicht ein Schritt in die richtige Richtung. Außerdem war auch ich schon einmal empathisch. Das war – meine ich – Anfang der Neunziger Jahre des letzten Jahrhunderts. Die Katze eines süddeutschen Freundes war ohne Not in den Pelztier-CSU eingetreten. Den ›Club soziophober Urananreichungsbefürwortungsbefürworter‹. Ein todlangweiliger Haufen. Lange Geschichte. Auf jeden Fall empfand ich außer Schadenfreude noch so etwas wie Mitgefühl. Für beide. Ist schon ein bisschen her, aber dadurch verfüge ich auf jeden Fall über einschlägige Vorerfahrungen in punkto Empathie. Wer kann das schon von sich sagen? Der Boden wäre also bereitet. Vielleicht ein gangbarer Weg, darauf aufzubauen. Ich bin gespannt, meine Vorfreude wächst.

Ich habe eben meine Wandlektüre beendet, da kommt Herr Ellerbeck mit zwei dicken Wolldecken zurück.

»Ich denke, bei unseren Temperaturen kann das nicht schaden. Wenn Sie sich auf eine Decke setzen, sind sie zumindest von der Tendenz her in Richtung Augenhöhe. In die andere können Sie sich einwickeln.«

Ich bedanke mich. Gute Idee bei neun Grad. Meine Kleidung ist immer noch klamm.

Nach und nach trudeln ein paar Lurche in der Grotte ein. Sie reden leise miteinander und verstummen bei Eintreffen der Kursleiterin.

Als sie erscheint, könnte meine Überraschung kaum größer sein. Frau Pellworm ist eine Schwarze Witwe. Sie heißt mit Vornamen Pestilenzia und sieht auch genauso aus. Das Tier ist winzig, mit bloßem Auge kaum zu erkennen. Deshalb bleibt Herr Ellerbeck im Raum und beleuchtet die Dozentin aus der letzten Reihe mit einem alten Scheinwerfer.

Ihre Körperfarbe ist hauptsächlich schwarz, lediglich ein paar weiße Punkte kommen hinzu. Die Beine sind ebenfalls schwarz, außerdem sehr lang und dünn. Spinnenbeine halt.

Sie legt ihren Unterkörper auf einen natürlichen Minisockel aus Stein, setzt sich auf ein Stühlchen und schlägt zwei ihrer vier Vorderbeine übereinander. Die beiden anderen hebt sie auffordernd in die Höhe.

»Meine Damen und Herren. Was bedeutet Empathie?«

Sämtliche Anwesenden schnellen auf und stehen nun vor ihren Stühlen. Ich stoße im Aufstehprozess gegen etwas ungemein Hartes und bin erst einmal mit mir und meinen Kopfschmerzen beschäftigt. Die Dozentin wartet, bis ich den abgebrochenen Stalaktiten sicher verstaut habe und nicht mehr so stöhne.

Nach einer auffordernden Vorderbeinbewegung der Witwe geht es los.

»Empathie ist die Fähigkeit und Bereitschaft, Empfindungen, Emotionen, Gedanken, Motive und Persönlichkeitsmerkmale einer anderen Person zu erkennen, zu verstehen und nachzuempfinden«, leiert die Gruppe kollektiv herunter.

»Danke. Hinsetzen«, bedeutet uns Frau Pellworm. Sie lächelt nicht, aber sie stammt auch aus einer Kultur, in der man seinen Ehepartner auffrisst. Nicht Lächeln geht dagegen noch.

Frau Pellworm ist Diplom-Empathiekundlerin und meint, ihre Kompetenz mit persönlichen Geschichten untermauern zu müssen.

»Wissen Sie«, beginnt die Witwe ihr Seminar, »Respekt ist das A und O. Gerade, wenn man unpopuläre Entscheidungen zu treffen hat. Ich habe Dreien meiner letzten sechs Ehepartnern gesagt, dass sie großartig sind, bevor ich sie aufgefressen habe. Wichtig ist es, in einer solchen Situation authentisch und ehrlich zu bleiben. Nicht noch dumme Witze zu machen. ›Wir sind jetzt für immer vereint‹ oder ›Ich habe dich zum Fressen gern‹ zu sagen ist ein absolutes No-Go für den praktizierenden Empathiker und die praktizierende Empathikerin. Sehen Sie mich an«, sie reckt ihr Abdomen mit unverhohlenem Stolz in die Höhe, »heute habe ich ein zusätzliches Standbein als Eheberaterin. Erfolgreiche Eheberaterin.«

Bevor ich erfahren kann, worin ihr Erfolg in dieser Disziplin wohl liegen mag, nutze ich eine kurze Monologpause, um den Raum zu verlassen. Meine Blase lässt ein längeres Verweilen in diesem Kurs nicht mehr zu.

Auf dem Höhlengang treffe ich wieder auf Monique und Sammy. Sie haben ihre Führung beendet und sind auf dem Weg ins ›Café Dezentral‹. Ich schließe mich ihnen an. Sanitäre Anlagen wird es dort schon geben. Nur was die Größe betrifft, bin ich skeptisch.

Der ortskundige Sammy führt uns binnen weniger Minuten zu der Kneipe, einst Andachtsgrotte in nihilistischer Tradition. Jetzt betreibt Burkhard Brastig die Lokalität. Sein Name ist mir zumindest schon einmal zu Ohren gekommen. Als wir das Lokal betreten, ist die Stimmung bereits auf dem Höhepunkt.

»Wenn der Schwanzlurch und sein Sohn einmal ausgeh'n!«, grölt das Publikum, in kollektiver Schunkelformation miteinander verbunden. Lediglich eine kleine, dunkel pigmentierte Grottenolmin steht wortlos am Rande des Raumes und beobachtet die Szenerie, was möglich ist, weil sie ganz offensichtlich über Sehkraft verfügt. Wir Besucher nähern uns der Theke. Die Kellnerin lächelt freundlich. Die Wolke eines mir wohlbekannten Parfüms weht über den Tresen hinüber. Nur der Name des Duftes will mir nicht einfallen. Als Monique eintritt, werde ich aufgeklärt.

»Ah«, flüstert sie laut genug, dass ich ihre Worte verstehen kann, »›Valium‹. Das Parfüm des Jahres. Von ›Mont Saint Michel‹! Nicht schlecht!«

Apanachi ist also von ›Chantal No.5‹ auf ›Valium‹ umgestiegen. Denn dass die Dame hinter dem Tresen Apanachi von Attendorn ist, steht außer Frage. Als Grottenolmin mit Migrationshintergrund im Salamandermilieu bildet sie einen exotischen Farbtupfer zu den bleichen Ur-Olmen. Souverän schmeißt sie ihren Job und lässt sich auch nicht von Edewecht Echsenkopf aus der Ruhe bringen, der sie penetrant als ›Frollein‹ bezeichnet. Ich platziere mich neben der jungen, dunkelhäutigen Schwanzlurchin und will gerade ein Glas Erdbeeerschorle bestellen, als ich mir mal wieder den Kopf stoße. Ich hoffe, liebe Leserinnen und Leser, Sie verzeihen, dass ich es nicht jedes Mal extra erwähne, wenn das passiert. Es würde Sie auf Dauer langweilen.

Die Lurche in meinem Umfeld sind 30 bis 40 Zentimeter groß, Katzen auch nicht viel größer, nur deutlich kompakter. Ich dagegen bin mit einem Meter 74 für einen Menschen auch kein Riese, wirke aber unter diesen Tieren wie Gulliver im Lande Liliput. Dauernd stoße ich irgendwo an, auf meiner Stirn hat sich längst Hornhaut gebildet, eine leichte Gehirnerschütterung hat sich spätestens seit unserem Hannover-Besuch chronifiziert.

Ich halte mir also mal wieder den Kopf. Neu ist, dass mein Nachbar das Malheur bemerkt und mir ein Taschentuch reicht, um die Blutung zu stillen. Ich nehme es dankend an, wir kommen ins Gespräch. Während Sammy mit seinen alten Kumpels anstößt und Monique am Tresen durchaus amüsiert wirkt, ohne Konkurrenzgerangel oder irgendwelche Eifersuchtsszenen auskommt und im Gegenteil sehr angeregt mit Apanachi klönt, sobald die mal eine kleine Verschnaufpause hat, komme ich mit Horsta ins Gespräch. Denn die junge Olmin neben mir ist die Tochter meines alten Freundes, Prinz Horst-Slobodan von Postojna-Laibach alias Horst von der Atta-Höhle.

»Papa ist jetzt auf Entzug. Sie haben ihn isoliert«, sagt sie und rührt in ihrer Waldmeisterbowle, obwohl das eigentlich nicht nötig und selbst hier unüblich ist,

»er hat die Umstände nie völlig verkraftet. Draußen ist er ein gefeierter Held, Retter unserer Schwanzlurchpopulation in der Atta-Höhle, hier unten immer noch das bedürftige, kritisch beäugte Ex-Findelei. Obwohl«, sie hebt die rechte Kralle und zeigt Richtung Ausgang, »die Befreiung längst Makulatur ist. Nicht die Puffotter Penny hat unseren Lebensraum zerstört, sondern ein Konsortium aus Unternehmern um Bob, den Bausünder. Und einige von uns haben eifrig mit am eigenen Ast gesägt. Karies Koslowski zum Beispiel. Er ist heute Subunternehmer. Meine Mutter hat oft in seiner Firma ausgeholfen. Stalaktiten sortieren, zum Beispiel. Die werden gewinnbringend nach Afrika verkauft. Als Elfenbeinersatz. Eigentlich eine tolle Sache, aber das ist nicht der Grund für seine Geschäfte. Die Gewinnspanne ist hoch, Mitarbeiter wie meine Mutter billig, er steht als Wohltäter da, war aber gleichzeitig bei seinem ersten Besuch dort mit auf der Jagd. Andererseits soll er bei dieser Gelegenheit einem Löwen derart nahegekommen sein, dass er sich in die Hose gemacht hat, seitdem Windeln trägt und lieber Kricket guckt«, lacht sie. »So sagen jedenfalls die Leute.«

Horsta erzählt viel von ihrem Vater, wie sehr er ihr in ihrer Kindheit gefehlt hat. Genaugenommen ihnen allen, auch Mutter und Bruder, so ganz ohne Kronkorken und Perspektive. Aber sie ist auch stolz auf ihn, denn Horst-Slobodan von Postojna-Laibach ist nicht irgendwer. Er ist ein Atta-Höhlen-Nationalheld. Der Atta-Höhlen-Nationalheld. Das prägt.

Als wir das ›Café Dezentral‹ verlassen, habe ich eine sehr nette, reflektierte, junge Olmin kennengelernt und bin froh darüber, dass die Tochter meines Freundes Horst tausendmal zielstrebiger und souveräner ist, als es ihr Vater jemals sein wird. Die Zukunft der Tierwelt ist nicht hoffnungslos zum Scheitern verurteilt, solange es Jungtiere wie Horsta gibt. Sie verspricht, ihren Vater zu grüßen und ihm auszurichten, wie er uns im Notfall erreichen kann.

Auf dem Gang vor dem Lokal liegt eine einsame To-Do-Liste aus dem Empathiekurs von Frau Pellworm. Ich will sie gerade aufheben, als Sammy mich anstößt.

»Monique fliegt morgen weiter nach Hagen, um den neuen Kratzbaum zu promoten. Und auch wir müssen los. Die Lage wird immer ernster. Es gab gestern erstmals Verletzte bei einem Attentat in Medebach. Haben sie gerade im Radio gesagt. Die Zeit drängt. Zum Glück wohnt Penny fast um die Ecke. Nur sie kann uns jetzt noch helfen. Wenn überhaupt!«

»Okay«, antworte ich, »aber geflogen wird nicht. Jedenfalls nicht mit mir. Die Sache mit dem Hinflug wird ein Nachspiel haben. Ich lasse unseren Konflikt ruhen, aber nicht für immer. Heute geht es um Dinge, die größer sind als wir, aber wenn der Spuk vorbei ist, wirst du dich zu verantworten haben!« Ich zerreiße die Liste in der Luft. »Los, auf geht‘s! Aber nicht mit eurem Kratzbaum. Lass dir was Besseres einfallen!«

9 Lufttaxi nach Lennestadt

Am nächsten Morgen fliegt Monique nach Hagen. Als sie mit ihrem zitronengelben Kratzbaum startet, gelingt es mir nicht, zu winken. Ich brauche die Hände, um meinen Magen festzuhalten. Vor allem aber ist mir schwindelig. Der Flug von Herzhausen nach Attendorn hat seine Spuren hinterlassen. Wenn ich irgendetwas weiß, dann, dass ich nie wieder fliegen werde. Weder mit einem Kratzbaum noch einer Boeing, auch keiner Cessna. Nichts. Selbst das Besteigen eines Kettenkarussells erscheint mir auf Dauer unmöglich.

Als Monique nur noch ein kleiner quietschgelber Punkt am Horizont ist, wendet sich Sammy vom Blick auf die Liebste ab, holt sein Handy aus der Tasche und dreht sich um. Gestern hat er sich für meine Unannehmlichkeiten während des Transfers hierher entschuldigt. Auch Monique hat ihren ruppigen Einsatz bereut. Wir haben uns ausgesprochen und können uns wieder in die Augen schauen. Jedenfalls, wenn ich mich zu ihnen herunterbeuge. Jetzt läuft Sammy wild gestikulierend mit dem Handy am Ohr im Kreis.

»Bist du wahnsinnig geworden?«, schreit er in die nicht vorhandene Ohrmuschel des Apparats. »Willst du mich ruinieren? Wir wollen die Welt retten und sollen allen Ernstes daran scheitern, dass du allein dem schnöden Mammon frönst?«

Mein Magen dreht sich erneut um. Ganz ohne Flugangst. Wo hat er den Spruch denn gehört? Auf dem ist selbst die Patina schon versteinert. Wenn der Typ am anderen Ende der Leitung nicht spätestens jetzt auflegt, kann das nur an seiner mangelnden Abgrenzungsfähigkeit liegen. Wie gesagt, ich habe mal Sozialarbeit studiert. Da lernt man solche Einschätzungen.

Irgendwann wird der Kater ruhiger. Der Angerufene scheint einzulenken. Der Druck auf seine Tränendrüse hatte also Erfolg. Doch Sammy ist noch nicht fertig.

»Könntest du uns vielleicht einen Freundschaftspreis machen? Es geht immerhin um die Rettung unserer Zivilisation! Willst du am Ende schuld sein, wenn unsere Mission scheitert?«

Meine Herren, ist das schmalzig! Bei so viel küchenpsychologischem Druck hätte ich schon lange aufgelegt. Doch Sammys Gesprächspartner legt nicht auf.

»Gruß an die Frau Gemahlin!«, sagt der Kater zum Abschluss, dann dreht er sich um. Erst jetzt wird mir klar, dass ich nur wenige Zentimeter hinter ihm stehe. Auch unauffälliges Horchen muss gelernt sein. Doch Sammy scheint mein Lauschangriff egal zu sein. Grinsend schaut er mich an.

»Faruk wird uns zu Pennys Farm bringen«, sagt er ernst, »es gibt nur ein klitzekleines Problemchen …«

Ich glaube dem Kater nicht. Probleme, die im Vorfeld als klitzeklein angekündigt werden, entpuppen sich hinterher mit mindestens 103-prozentiger Sicherheit als überhaupt nicht klein. Im Gegenteil: Hinter dieser Formulierung verstecken sich die richtigen

Hämmer! So auch diesmal. Ich ziehe die Augenbrauen hoch. »Wo ist der Haken?«

Sammy druckst herum. »Ahm, ich meine, du nimmst doch immer diese großartigen Tabletten …«

»Ja …« Ich nicke. Und ahne Schlimmes …

»Ich meine«, er zieht die Schultern hoch, »klar, die Kratzbaumsache letztens war jetzt nicht so gut, aber nehmen wir einmal an, der Pilot wäre ein ehemaliger Protagonist von dir und würde auch ganz vorsichtig fliegen …«

»Ich fliege nicht!«, brülle ich. »Das haben wir so abgesprochen!«

Mir wird gleichzeitig heiß und kalt. Schweiß bildet sich auf meiner Stirn. Mit einem Taschentuch wische ich ihn ab.

»Carsten«, sagt Sammy und redet dabei fast so, wie er sonst nur mit Horst redet, »du kannst dein Trauma am allerbesten überwinden, wenn du dich ihm stellst. Wie nach einem Autounfall, zum Beispiel. Dann kannst du nur Sicherheit gewinnen, wenn du dich zeitnah wieder hinters Steuer setzt!« Er grinst. »Außerdem hast du doch noch deine lustigen Pillen. Warum nimmst du nicht einfach eine höhere Dosis, oder so?«

Resigniert ziehe ich die Schultern hoch, um sie gleich wieder sinken zu lassen. Gewonnen. Er hat recht. Wenn ich mich in Acht nehme, kann das erfolgsversprechend sein, wenn auch nicht gesund.

»Aber nur, wenn es ein langsamer Flug ist, am besten in einem nicht so windanfälligen Flugzeug«, werfe ich ein.

Sammy grinst. Er hat nie damit aufgehört. »Du fragst gar nicht nach deinem Ex-Protagonisten?«

»Ach ja!« Fahrig schlage ich mit der rechten Hand vor meine Stirn und atme hektisch aus. »Wer ist es?«

Ich weiß, dass meine Stimme genervt klingen muss, aber langsam habe ich das Spielchen satt. Spätestens jetzt könnte er das Geheimnis lüften. Am besten ohne viel Trara.

»Faruk al Fischmann. Er hat sich mit seinem fliegenden Teppich als Lufttaxi selbstständig gemacht. Seine Firma gilt als die zuverlässigste im ganzen Sauerland!«

Ich ziehe anerkennend meine Brauen hoch. Das ändert die Ausgangslage erheblich. Ich wollte Faruk schon immer kennenlernen. Es ist nicht so, dass meine Angst verflogen wäre, aber Sammy hat meine Motivation geweckt. Er ist ein guter Küchenpsychologe.

Als das Wiesel Faruk al Fischmann mit seinem fliegenden Teppich vor der Atta-Höhle landet, bin ich glücklich. Und natürlich breit wie eine Strandhaubitze. Die Medikamente wirken also. Auch Sammy hat seine Baldriandosis erhöht, aber aus anderen Gründen. Wir fliegen zu Penny. Schlechtere Erfahrungen als die mit der Puffotter kann man kaum machen. Sammy war sogar kurzfristig in ihrer Gewalt.

Faruk hüpft von seinem Teppich, der genauso rot ist, wie ich ihn mir nach Sammys Erzählungen vorgestellt habe. Als das Wiesel vor mir steht, mustere ich es mit benebeltem Blick. Auch er sieht genauso aus wie von Sammy beschrieben. Sein rotes Halstuch flattert im Wind. Selbstverständlich trägt er eine Latzhose. Jedes Detail scheint zu stimmen, bis hin zu den ausgebeulten Taschen. Alle Achtung, Sammy! Du magst erhebliche Mängel im persönlichen Umgang mit anderen haben, aber beschreiben, das kannst du.

Mit höflicher Geste bittet uns Faruk einzusteigen. »Zuerst der Herr«, näselt er und es scheint so, aber hätte sich ein klitzekleiner französischer Akzent in seine Aussprache eingeschlichen. Seine Wurzeln hat er im Orient, aber nach meinen Informationen ist er im Sauerland geboren und fest verwurzelt. Es mag sein, dass sein Akzent gar nicht echt ist und lediglich vornehm klingen soll. Sammy hat jedenfalls nicht davon berichtet, aber alles muss er mir nun auch wieder nicht sagen. Wenn sein Dialekt gefaket sein sollte, dann hätte er mit dieser Methode immerhin Erfolg. Es mag auch sein, dass er immer so spricht und vielleicht mal Au-Pair-Wiesel in Frankreich war. Schon möglich. Auf jeden Fall aber bin ich müde – todmüde. Ich schleppe mich zum Flugteppich, schmeiße mich mit letzter Kraft auf den dort platzierten Gartenstuhl, dass es nur so kracht, und bin auf der Stelle weg.

Als ich wieder aufwache, sind wir bereits im Landeanflug. Unter uns liegt Pennys Farm. Wie durch Nebel schaue ich hinunter. Man muss kein Adlerauge sein, um zu erkennen, dass diese Immobilie verfällt. Selbst in sediertem Zustand dringt diese Erkenntnis zu mir durch. Durch die Medikamente fühle ich mich sicher, doch es paart sich mit dem Gefühl, ich sei in Watte gehüllt. So bekomme ich kaum mit, dass wir aufsetzen.

Als Nächstes erinnere ich mich an das Klackern der Kronkorken, die Sammy seinem Kumpel Faruk überreicht, daran, dass er sich bei ihm bedankt und an den überraschend spitzen Schrei, den das Wiesel ausstößt, als es seine Entlohnung sortiert.

»Cool«, ruft er, »›Washberry Pils‹! Den Kronkorken habe ich ja noch nie gesehen! Wo hast du den her?«

»Männer sind wie große Kinder. Alle. Auch im Tierreich«, fährt es mir durch den benebelten Kopf, während mein Begleiter gerade die Geschichte der Waschbären vom Edersee erzählt. Mich könnte er mit alten Fußballstatistiken oder Punk-CDs aus den Achtzigern kriegen. Aber das will er gar nicht. Wir haben Wichtigeres vor. Und gerade, als ich mich frage, ob es wirklich geschickt ist, in meinem hochsedierten Zustand ausgerechnet an diesem gefährlichen Ort recherchieren zu wollen, dringt eine außergewöhnlich heisere, raue Stimme durch meinen persönlichen Nebel an mein Ohr.

»Knusper, knusper, knäuschen, wer knabbert an mein‘ Häuschen?«

»Keine Ahnung«, antworte ich und überlege gleichzeitig, wo ich diese Sätze wohl schon einmal gehört haben mag, »frag mal meinen Kumpel. Vielleicht kann der dir helfen? Ich jedenfalls nicht.«

Ich schaue mir den Stimmenbesitzer genauer an. Vor mir steht eine Schabrackenhyäne im jungen Erwachsenenalter. Mit einer routinierten Klauenbewegung verscheucht sie eine Gruppe um sie herumschwirrender Fliegen.

»Ach«, antwortet sie und der faulige Geruch, der sich aus ihrem Mund entfaltet, erklärt die Anwesenheit des Fliegenschwarms, »das war doch nur ein Spruch. Ich habe früher mal ein Buch gelesen. Da stand das drin.«

»Wir sind Sammy Kater und Carsten Wunn. Wir würden gerne die Puffotter Penny sprechen. Wir sind angemeldet«, wechselt Sammy sehr freundlich das Thema, während ich den Spruch auf dem T-Shirt des anderen Tieres zu entziffern versuche.

»Zwischen Leber und Milz passt noch immer ein Pils«, steht dort und selbst in meinem desolaten Geisteszustand wird mir klar, dass die Hyäne ein Männchen sein muss.

»Die Dame des Hauses hält gerade ihren Schönheitsschlaf«, antwortet uns das Hyänenmännchen, »vor ihrer Audienz wären noch einige Formalitäten zu erledigen. Kommen Sie bitte mit!«

Er führt uns in eine Art Wartesaal, der mit Sicherheit schon bessere Tage gesehen hat. Sein Fliegenschwarm folgt. Ich setzte mich auf ein grau-grün-schmutzstarrendes Sofa und schlafe erneut ein.

Ein sanfter Stoß weckt mich. Er kommt von Sammy, der mir meinen Seepferdchenausweis aus dem Jahre 1973 überreicht. Ich trage ihn aus eher sentimentalen Gründen bei mir. Wenigstens als Kind konnte ich einigermaßen vernünftig schwimmen und er ist der Beweis. Heute hat er meine Identität bestätigt.

Ich fühle mich ausgeschlafen und wieder klarer, lasse meinen Blick schweifen, so gut das im hier herrschenden Zwielicht möglich ist. Wir sitzen noch in demselben Raum. Ein riesiger Kronleuchter hängt windschief von der Decke, vergilbte Transparente schmücken den Saal nicht wirklich, doch sie bedecken die Wände.

»Hoch lebe die Puffotter Penny, Königin des unabhängigen Staates Pennysylvania«, lese ich und »Gott segne Penny Puffotter, Garantin für weltweiten Frieden, wenn alle nach ihrer Pfeife tanzen.« Darunter hat tatsächlich jemand eine qualmende Pfeife gezeichnet. Als mein Blick den Aufkleber von ›Radio Beulenpest‹ streift, habe ich genug gesehen.

»Was ist los?«, frage ich lieber meinen Kumpel Sammy als die stinkende Hyäne. Doch genau die antwortet mir.

»Die Herrschaften empfangen Sie in wenigen Minuten.« Er reicht mir die Kralle, sein Fliegenschwarm nähert sich mit an. »Man nennt mich ›Der Dunkle Lord‹. Ich bin der Diener von Madame Penny und Monsieur Fiesemöppka!«

Er betont das ›A‹ am Schluss von Fiesemöppka. Das soll wohl eleganter klingen. An Flavio Fiesemöppka erinnere ich mich. Er war Pennys Winkeladvokat.

Der Mundgeruch des Dunklen Lords ekelt mich an. Ich wedele mit der rechten Hand, die Fliegen schwirren auseinander.

Mein Impuls, aufzustehen und ganz weit wegzulaufen, hat sich dermaßen verstärkt, dass ich kurz davor bin, diese Aktion in die Tat umzusetzen, als ich ein Buch auf dem Nachbartisch liegen sehe. Ich recke mich hinüber und greife es mir. Auf dem Cover ist eine lachende schlammbraune Schlange abgebildet. Um sie herum spielen fröhliche Kinder aller Tierarten, die ich mir vorstellen kann, vor grünen Bäumen in strahlendem Sonnenschein.

»Pipi, die achtsame Puffotter erlöst Nordrhein-Westfalen« lautet der Titel. Die Inhaltsangabe auf der Rückseite klärt mich darüber auf, dass die attraktive Giftschlange aus Lennestadt in NRW eine Ökodiktatur samt fairem Handel aufbaut und das Land zur großen Freude ihrer Bewohner in ›Fairsylvanien‹ umbenennt.

»Klingt gut«, flüstere ich Sammy zu.

Vielleicht gibt es doch noch Hoffnung! Vielleicht ist Penny wirklich inzwischen geläutert und kann uns helfen! Denn dass es sich bei der Verfasserin nur um die Puffotter Penny handeln kann, ist uns beiden klar, auch wenn der Name der Autorin mit Sonnenschein Puffotternasinger angegeben ist. Die Nutzung von Pseudonymen ist unter Schriftstellern weiter verbreitet, als man denkt, und dieses anonymisiert seine Besitzerin kaum bis gar nicht, wenn man ihre persönliche Geschichte kennt.

Sammy wirkt unruhig. Immer wieder zieht er sein Tuch aus der Tasche und inhaliert. Verständlicherweise. Hat er doch in genau diesem Gemäuer eine ziemlich unschöne Zeit in Gefangenschaft verbracht. Gemeinsam mit Horst. Wo der wohl gerade sein mag? Wenn ich mir die beiden so anschaue, ist die Zeit nicht spurlos an ihnen vorbeigegangen. Ich glaube nicht, dass man Horsts Alkoholprobleme und Sammys Baldriansucht getrennt von ihren traumatischen Erfahrungen in der Vergangenheit sehen kann. Und auf Pennys Farm muss es am schlimmsten gewesen sein.

»Ist Ansgar noch hier?«, höre ich Sammy zwischen zwei Baldrianinhalationen fragen. Ansgar hat ihn damals besonders gequält.

Der Dunkle Lord schüttelt den Kopf, der Fliegenschwarm folgt im Kollektiv. »Ansgar ist entlassen worden. Penny hat entschieden, dass seine Anwesenheit nicht mehr zu ihrer neugewonnenen Integrität passt. Er ging zu ruppig mit den Gefangenen um und hat einzelne Tierarten nachweislich diskriminiert. Schlangen zum Beispiel. Außerdem mochte sie Ratten noch nie. Sie übertragen Krankheiten und benehmen sich durch die Bank unmöglich. Wer einen Staat gründen und repräsentieren will, muss personell besser aufgestellt sein.«

Stolz reckt er seinen Oberkörper. Die Fliegen bewegen sich synchron surrend mit. Nach einiger Zeit klingelt sein Handy. Während des Telefonats nickt er unaufhörlich mit dem Kopf, hin und wieder bejaht er eine Frage oder Feststellung. Aufgrund der hohen Frequenz seiner Bewegungen haben die Fliegen alle Flügel voll zu tun, ihm zu folgen. Irgendwann sagt er: »Bis gleich, Madame Penny« und versucht, das Telefonat mit einem Displaywischer seiner klobigen Pfoten zu beenden. Es klappt im dritten Versuch.

»Ihr werdet erwartet«, sagt der Dunkle Lord und öffnet die Tür.

Das Hyänenmännchen führt uns durch ein Labyrinth von Gängen. Lose Bohlen und vergilbte Tapetenreste säumen unseren Weg. Wenn es die Formulierung ›morbider Charme‹ nicht schon gäbe, wäre es jetzt an der Zeit, sie zu erfinden. Ein loses Brett fällt aus luftiger Höhe auf uns herab. Diesmal hat die Pflanzenwelt definitiv nichts damit zu tun. Als ich kurz davor bin, die Hoffnung, jemals an unser Ziel zu gelangen, für immer sausen zu lassen, kreuzt wie aus heiterem Himmel ein Boxer unseren Weg.

»Guten Tag, Herr Sorglos!«, ruft der Dunkle Lord und verbeugt sich. Durch seine Vorwärtsbewegung geraten die ihn umgebenden Fluginsekten gefährlich nahe an das Gesicht des eben noch milde lächelnden Hundes. Dessen Gesichtsausdruck wechselt ganz schnell in Richtung Entschlossenheit. Mit der rechten Pfote greift er in seine mitgeführte Stofftasche, holt eine erbärmlich stinkende Frucht hervor und wirft sie mit aller Kraft in den Gang. Der Fliegenschwarm folgt. Mit einem weiteren Griff fördert Herr Sorglos einen schwarzen Flakon zutage und sprüht seinen Inhalt in das vor Erstaunen weit geöffnete Maul des Schabrackentiers.

»4711«, murmelt Sammy und er hat recht. Herr Sorglos gibt erst mir, dann meinem tierischen Gefährten die Pfote.

»Sören Sorglos«, sagt er, »der Haustherapeut von Frau Penny und Herrn Fiesemöppka. Sie müssen die Herren Wunn und Kater sein. Habe ich recht?«

Wir bejahen seine Frage unter hektischen Inhalationsversuchen Sammys. Er ist wirklich aufgeregt. Ich kann ihn verstehen. Wir kommen dem Höhepunkt seines Grauens immer näher. Hoffentlich ist er stark genug, Pennys Anblick auszuhalten. Ich bin es, aber ich bin auch nicht traumatisiert. Und wenn doch, dann ist der Ort des Geschehens ein anderer.

»Du kannst jetzt gehen, Bernd-Pascal!« bestimmt der Boxer. Ich schaue mich um. Bernd-Pascal? Hier stehen nur Herr Sorglos, Sammy, der Dunkle Lord und ich.

Der Therapeut bemerkt meinen Blick, schmunzelt und legt seine Stirn in noch krausere Falten als ohnehin schon. »Hast du wieder Dunkler Lord gespielt, Bernd-Pascal?«

Während der Angesprochene mit beschämtem Gesichtsausdruck seinen Kopf senkt und von dannen schleicht, wendet er sich an uns. »Bernd-Pascal ist unser Praktikant. Ein guter Junge. Nur manchmal geht seine Fantasie mit ihm durch. Er ist glühender Dracula-Fan und manchmal vermischt er Realität und Fiktion. Aber das kriegen wir auch noch in Griff. Wozu habe ich sonst meine Psychotherapeutenausbildung gemacht?«

Er dreht sich erneut um, schleicht ein paar Schritte, öffnet die am nächsten zu uns befindliche Tür und hält sie auf. »Hereinspaziert«, ruft er und winkt uns vorbei.

Ich schaue Sammy an. Ich weiß, dass seine Pfoten klatschnass vor Aufregung sein müssen, doch er ist mutig und schleicht ohne zu zögern an dem Therapeuten vorbei in den vor uns liegenden Raum. Wir treten in ein schmuckloses Zimmer. An den kahlen Wänden müssen einmal Bilder gehangen haben. Man sieht noch ihre Umrisse, auch Pokale und Urkunden, wie sie Sammy einst beschrieben hat, suche ich vergebens.

»Ist das der Raum, wo sie euch empfangen hat?«, flüstere ich.

Sammy nickt. Er hat sein Baldriantuch vor die Nase gebunden und inhaliert den Katzensuchtstoff Nummer eins betont ruhig und tief. Habe ich schon einmal erwähnt, dass Baldrian nach alten Socken riecht? Für mich wäre das nichts, trotz berauschender Wirkung.

Ich lasse meinen Blick weiter wandern und dann sehe ich sie. Penny, die Puffotter des Grauens. Ein Tier, das so böse sein soll, dass ein Göttergericht entschieden hat, sie per Psychotherapie einzunorden, ihr eine Reflexionsfähigkeit mitzugeben, die sie eines Tages befähigt, nach ihrem physischen Tod im Himmel nicht alles durcheinander zu bringen. Bis dahin bleibt sie untot. Das Gericht hatte sogar Zweifel, sie in das Nirwana einzuweisen zu können, ohne das absolute Nichts zu sprengen. Eine Narzisstin erster Güte. Alles von mir recherchiert.

Und dann sitzt sie vor mir: Eine schlammbraune Puffotter, die mit freundlichem Lächeln eine sehr kleine Blumenampel auf ihrem Reptilienhaupt balanciert. Ihr Schlangenkörper thront in einem bunt bemalten Blumenkübel. Mit charmantem Lächeln und lasziv züngelnder Zunge bietet sie uns Platz auf zwei Campinghockern an. Die Schlange neben ihr ist ohne Zweifel Flavio Fiesemöppka, ihr Anwalt und Freund. Er sitzt auf einer Jutetasche und riecht nach ›Camouflage‹ von James Cotzwinkel. Einer der schönsten Gerüche der Saison. Ich schaue erneut in Richtung Sammy. Er hatte Fiesemöppka immer mit ›Sulfur Man‹ in Verbindung gebracht, dem widerwärtigsten, weil schwefelhaltigen Aftershave, das ich mir vorstellen kann.

Wir nehmen auf den angebotenen Stühlen Platz und warten auf Herrn Sorglos. Der schließt vorsichtig die Tür und legt eine uralte Schallplatte mit wohl entspannend gemeinter Musik in ein noch älter wirkendes Grammophon.

»Ich hab dein Knie gesehen«, ertönt es aus der Grammophonecke, »das durfte nie gescheh'n!«

Mag sein, aber das ist jetzt nicht ansatzweise unser Problem. Wir müssen die Welt retten. Aus dem Augenwinkel habe ich Sammy immer mit im Blick. Er zittert. Wie ein Weltretter wirkt er nicht, wirken wir alle nicht.

Penny blickt ihm fest ins Gesicht. Dem Kater gelingt es knapp, seinen Blick zu halten.

»Lieber Sammy Kater«, säuselt die Puffotter mit überraschend weicher, sonorer Stimme, »zuerst einmal möchte ich dich um Verzeihung bitten. Ich weiß, dass ich dir Schreckliches angetan habe. Ich wünschte, ich könnte es rückgängig machen, aber das geht nun mal leider nicht!«

Im Gegensatz zu ihrer frischen Stimme merkt man ihr gewisse Auswirkungen fortgeschrittener Alterungsprozesse durchaus an. Ich meine nicht die

Krähenfüße unter ihren Augen, eher die fahle Schlangenhaut um den Körper, ihr Halsbereich winkt nach, was ich in der Tierwelt noch nie gesehen habe. Ihre Augen wirken müde. Noch nicht gebrochen, aber die Tendenz ist unübersehbar.

Sammy nickt. Er murmelt irgendetwas wie »schon gut, war eh halb so wild«, oder ähnlich Belangloses in seine Schnurrhaare. Ganz genau kann ich ihn nicht verstehen. Die Akustik ist schlecht und Schnurrhaargemurmel ist schon vom Prinzip her nicht dazu angetan, in dieser Hinsicht Abhilfe zu schaffen.

Währenddessen sitzt Fiesmöppka daneben und riecht gut. Unbeteiligter geht nicht.

Sören Sorglos setzt sich. Er schlägt seine Boxerbeine übereinander und reibt sich die Pfoten. »Na, das wäre doch schon mal was! Schön, dass sie ihren Konflikt so schnell klären konnten. Da können wir drauf aufbauen.«

Ich bin da nicht so sicher, aber Sammy schiebt sein Baldriantuch zumindest ein Stückchen herunter. Die Spannung ist noch nicht völlig aus seinem Körper gewichen, doch er wirkt ruhiger als zuvor.

Ich beuge mich zu der Schlange. »Penny«, sage ich und stütze mein Kinn auf die linke Hand, »wir haben ein paar Fragen an Sie. Vielleicht haben Sie ja schon gehört, dass unsere Zivilisation durch massive Angriffe der Weltfauna gefährdet ist.«

Penny nickt, ihre Blumenampel wackelt bedenklich, bleibt aber auf ihrem Kopf. »Was kann ich für euch tun?«

Sonorer kann eine Stimme nicht klingen, kooperativer könnte eine Frage nicht sein. Ich bin positiv überrascht.

»Wir befinden uns auf einer wichtigen Mission«, beginne ich und mache eine beidhändige Bewegung, die Sammy und mich umschließt, »sie heißt Weltrettung. Wir haben den Tipp bekommen, dass Sie als Ex-Psychopathin am ehesten von allen Lebewesen geeignet seien, uns zu helfen. Es geht um nichts Geringeres als die Rettung unserer Zivilisation!«

Dann erkläre ich der Schlange im Groben den Sachverhalt. Nach einiger Zeit hat auch Sammy genug Vertrauen gefasst, um mich ergänzen oder korrigieren zu können. Penny hört aufmerksam zu, nickt hin und wieder mit dem Kopf. Im Grunde stellt sie den Spiegel zu Herrn Sorglos dar, der in exakt derselben Pose neben ihr sitzt und partiell nickt. Nur seine Stirnfalten zu kopieren wird ihr nie im Leben gelingen. Lediglich der Advokat fällt etwas ab. Er gähnt ungeniert und guckt ansonsten Löcher in die Luft. Ich habe fast alles gesagt, was ich wollte, da unterbricht mich Sammy.

»Ich habe eine Idee«, sagt er, »in fünf Minuten ist es 18 Uhr. Ich könnte mein Radio einschalten, dann wären wir ohne viel weiteren Redens auf dem neuesten Stand.«

Sorglos, Penny und ich stimmen sofort zu, während Flavio gedankenversunken vor sich hin züngelt. Wir warten nicht auf eine Reaktion. Sammy holt seinen Recorder aus dem Rucksack und drückt den Einschaltknopf. Eine freundliche Weibchenstimme begrüßt die Zuhörer an den angeschlossenen Geräten.

»Bad Essen«, beginnt sie ihre erste Nachricht. »Nach zahlreichen Angriffen aus Reihen der weltweiten Fauna gegen menschliche und animale Zivilisten hat sich heute der Ältestenrat der deutschen Pflanzenwelt zu Wort gemeldet. Ihr Vorsitzender, die Pinie Gerrit aus Lohne-Dinklage, verurteilte die Anschläge auf das Schärfste, gab jedoch zu bedenken, dass sich im Umgang mit der Weltfauna dringend etwas ändern müsse. Er warnte vor weiteren Ausschreitungen und gab gleichzeitig zu, die Lage nicht mehr unter Kontrolle zu haben. Ihnen seien – so wörtlich – die Äste gebunden, da die Hauptgefahr von Pflanzen ausgehe, die von einem Virus befallen seien, das sie unzurechnungsfähig und gewalttätig gemacht habe. Im Namen des Pflanzenältestenrats drückte er seine uneingeschränkte Solidarität mit den Opfern aus und versprach unbürokratische Hilfe, warnte aber gleichzeitig vor übereilten Strafmaßnahmen. Die Suche nach dem Urheber des Virus' und die Entwicklung eines Impfstoffes seien jetzt die vorrangigen Aufgaben aller an der Wiederherstellung regulärer Zustände interessierter Kräfte. Das gelte weltweit und speziesübergreifend.«

Sie räuspert sich.

»Gütersloh. Nach Angaben der Interessenvertretung ›Pro Katze‹ müssen die Preise für Fresswaren gerade auf dem Hähnchenfleischsektor dringend und zeitnah gesenkt werden, um die faire und flächendeckende Versorgung …«

An dieser Stelle schaltet Sammy den Apparat aus. »Okay, ich denke, das reicht fürs Erste!«

Penny sitzt wie angewurzelt auf ihrem Blumenkübel. Sie schaut zu Flavio, der gerade den von vornherein zum Scheitern verurteilten Versuch gestartet hat, seinen Hinterkörper in Katzenmanier mit der Zunge zu säubern. Ihm muss sterbenslangweilig sein.

»Wusstest du das?«, zischt Penny.

»Nö.« Fiesemöppka stoppt sein Unterfangen, schaut hoch, richtet sich auf und schleicht ganz langsam zur Zimmermitte, wo eine schwarze Aktentasche platziert ist. Er öffnet sie geschickt mit dem Maul, fördert einen Golfball zutage, stoppt diesen mit dem Schwanz, holt mit dem Hinterkörper weit aus und pfeffert den Ball haarscharf an Sammys Kopf vorbei an die Wand. »Ich habe andere Interessen.«

Sammy schaut ihn wie paralysiert an. »Was soll das?«

»Training. Für den Fall der Apokalypse muss ich in Form bleiben. Wisst ihr wirklich nicht, wie in Reptilienkreisen Geschäfte ausgehandelt werden?«

Herr Sorglos, Sammy und ich schütteln sehr bedächtig unsere Köpfe.

»Man trifft sich zum Golf. Das wird im Fall eines ›Jüngsten Gerichts‹ nicht anders sein. Ich möchte bei den dann anstehenden Verhandlungen möglichst entspannt und leistungsfähig sein.« Das Puffottermännchen richtet seinen Kopf auf. »Mein Handicap liegt zurzeit bei null Komma sieben fünf. Da wird der ein oder andere Entscheidungsträger ins Schwitzen kommen und dann …«

Er holt in aller Seelenruhe einen zweiten Ball aus der Aktentasche und haut ihn mit Schmackes gegen die nackte Glühbirne direkt über uns. Sie zerspringt. Glas prasselt auf den Tisch.

»Dann ist meine Zeit gekommen. Wenn die Konzentration des Gegners auf dem Nullpunkt ist, kannst du ihm mit Sicherheit ein paar Bedingungen unterjubeln, deren Zweifelhaftigkeit er sonst durchschaut hätte.« Fiesemöppka züngelt zynisch. »Das Spiel gewinnt er natürlich schlussendlich doch noch. Er soll ja mit einem guten Gefühl nach Hause schleichen und meine Konditionen übernehmen.«

Wir alle starren das Reptil fassungslos an, Penny inklusive.

»Gilt so eine Einstellung schon als geläutert?«, fragt Sammy und schaut Herrn Sorglos an.

Der Therapeut klatscht in die Pfoten. »Ich glaube, es ist genug für heute. Ich nehme an, Sie bleiben noch ein paar Tage, Herr Kater und Herr Wunn?«

Wir schauen uns an. Sammy zuckt mit seinen schmalen Katzenschultern. »Ja«, antwortet er, »wir haben nicht die Wahl.«

10 Elchtest

Unser Zimmer ist überraschend schön. Das Kissen auf meinem Bett hat sogar einen Knick.

»Den habe ich da reingehauen«, sagt Bernd-Pascal stolz und schlägt mit der Klauenkante ein Loch in die Luft. Sein neu formierter Fliegenschwarm scheint sich ebenso stolz mitzubewegen. Nur ein Insekt wirkt unzufrieden.

»Um was für Gesocks man in unserem Beruf so alles rumschwirren muss …«, mosert das Tier.

Wir schauen uns wortlos an und beschließen, es zu ignorieren. Defätisten sollte man nicht auch noch unterstützen.

Unser Zimmer liegt in einer Art Gästehaus am Rande der Farm.

Der ›Dunkle Lord‹ selbst, wie wir das Schabrackenhyänenmännchen höflichkeitshalber weiterhin nennen, hat uns vorbei an verlassenen Hühnerställen und ehemaligen Gefängnisverschlägen hierhergeführt. Falls die Region Sauerland in Zukunft vorhaben sollte, einen Morbiditätspreis auszuloben, wird man an dieser Immobilie kaum vorbeikommen. Auch den ehemaligen Appellplatz haben wir passiert. Er ist vermüllt, die Fahnenstange in der Mitte durchgebrochen. Nun steht sie versehrt und traurig wie eine Kiefer nach einem Wirbelsturm des Ausmaßes von ›Kyrill‹ oder

›Xaver‹ in der Gegend herum. ›Morbid ohne Butter, aber extra lang‹, fährt mir durch den Kopf. Auch nach mehreren Stunden gelingt es mir nicht, einen Sinn in diesem Satz zu erkennen. Vielleicht wird er deshalb nie benutzt.

Sammy hat sich in den liebevoll gepolsterten Katzenkorb gekuschelt und schläft seinen Baldrianrausch aus. Der Geruch alter Strümpfe liegt in der Luft. Ich atme möglichst flach. Morbid? Vielleicht. Aber diesmal ist das ist nicht Pennys Schuld.

Wir bleiben ein paar Tage und haben uns bereiterklärt, an Herrn Sorglos' Reflexions- und Erlösungsprogramm teilzunehmen. Im Gegenzug gewährt uns Penny Einblick in ihre auch unter forensischen Gesichtspunkten schwer gestörte Psyche. Sammy und ich nehmen gemeinsam an Gruppentherapien von ihr und Fiesemöppka teil. Besonderer Höhepunkt ist die Skype-Gruppe, bestehend aus rechtskräftig verurteilten Untoten aller Couleur. Als Sozialarbeiter habe ich viele Schicksale gesehen, doch diese Gruppe toppt alles. So ist eine delinquente Bergziege aus Gevelsberg dazu verknackt worden, ununterbrochen mit der S-Bahn-Linie 8 zwischen Wuppertal-Oberbarmen und Hagen-Hauptbahnhof hin und her zu fahren. Lebenslänglich und ohne Ermäßigungsticket. Lediglich einmal im Monat hat sie die Möglichkeit, bis Erkrath durchzufahren und am Kiosk in Bahnhofsnähe eine Limonade mit Bienenhoniggeschmack zu erstehen. Diese Erleichterung hat ihr Anwalt vor ein paar Wochen für sie herausgeholt. Ein Kakadu aus Moers wurde mit der verpflichtenden Teilnahme an einem Dauergesangskurs im Gospelbereich bestraft und der Piranha Paul, ehemaliges Unter-Wasser-Raubein aus dem hessischen Bad Sooden-Allendorf, ist gezwungen, bis ans Ende aller Tage veganen Kannibalismus nach Dr. Piwiane Boll zu praktizieren. Ferner gehören der Gruppe ein Lama, das in Zeiten des Corona-Virus' ohne Mundschutz und ersichtlichen Grund wildfremde Passanten bespuckt hat, sowie ein kleptomaner Otter an. Wir erfahren einiges über die Psyche delinquenter Tiere, lediglich Fiesemöppka beteiligt sich kaum. Nach ein paar Tagen hat er sein Aftershave gewechselt und ist auf ›Persiflage‹ von Yves Rocher umgestiegen, seine einzige nennenswerte Aktivität. Ich glaube, vor dem Jüngsten Gericht wird er gutriechend einschlafen. Wenigstens schnarcht er nicht.

Die Puffotter selbst ist reizend. Sie lässt uns durch Bernd-Pascal Blumen aufs Zimmer bringen, die Sammy leider schon nach sehr kurzer Zeit auffrisst. Ich schäme mich ein wenig, sage aber nichts.

In der Therapie erfahren wir, dass Penny früher verheiratet war und Kinder hatte. Ein Schicksalsschlag hat alles zerstört. Penny und ihr Gatte Lindemann waren zu einem Wochendausflug nach Bochum-Langendreer aufgebrochen. Als sie wiederkamen, waren beide Kinder zum nihilistischen Glauben konvertiert und hatten bereits jedweder Gewalt abgeschworen, selbst dem Beißen von zufällig vorbeikommenden Passanten aus rein sportlichen Gründen. Es klingt plausibel, dass Penny ihre Kinder verstoßen und für immer in die Eifel verbannen musste. Sie hatte keine Wahl. Danach war ihre Ehe nicht mehr das, was sie war. Penny versuchte zu kämpfen und holte professionelle Hilfe ins Boot. Doch fünf Minuten nach der ersten Eheberatungssitzung bei Frau Pestilenzia Pellworm ging ihr Mann stiften. Sie hat nie wieder etwas von ihm gehört. Gerüchten zufolge soll er nach Indien ausgewandert sein und lieber mehrmals täglich mit einem alternden Schlangenbeschwörer vor Publikum auftreten, als an der Seite seiner ehemals treusorgenden Ehefrau ohne Nachwuchs im Sauerland zusammenzuleben. Durch diese Schicksalsschläge wurde Penny auf Dauer bösartig und versuchte, ihr Leid durch das Durchsetzen alter Allmachtsfantasien zu kompensieren.

»Eine schwere Zeit«, sagt Penny heute und ihre Augen glänzen verräterisch, bevor sie vollends in Tränen ausbricht, »ich habe andere Tiere bis aufs Blut gequält. Das alles hat mir viel mehr wehgetan als ihnen.«

Ich bin da nicht so sicher, reiche ihr aber ein Taschentuch, in das sie herzhaft hineinschneuzt.

»Am schlimmsten aber war dieser Hass, der mir entgegenschlug. Dabei könnte ich doch gar nichts dafür.«

Erneut reiche ich ihr mein Taschentuch. Wieder schneuzt sie hinein. Bis zu ihrer Erlösung wird es noch eine Weile dauern.

Im Laufe von zwei Wochen erfahren wir mehr über das Seelenleben delinquenter Faunaangehöriger, als der Durchschnittsbürger je erfahren wird, je erfahren will und – ehrlich gesagt – auch uns lieb ist. Allein die Spur zum Täter fehlt uns. Die schlechten Nachrichten aus dem Pelztierradio häufen sich und werden immer dramatischer. Die Einschläge kommen näher, gleichzeitig erhärtet sich unser Verdacht, hier auf Pennys Farm zwar eine wichtige Grundlage für die Tätersuche legen zu können, dass die Lösung aber woanders zu finden sein wird. Nach dem Konsum einer Sondersendung zum Thema ›Dem Bösen auf der Spur – Psychogramm einer delinquenten Elchpopulation am Polarkreis‹ im ›Reptilien-TV‹, dem einzigen empfangbaren Sender in unserer Unterkunft, beschließen Sammy und ich, diese Region aufzusuchen. Mir ist völlig klar, dass wir eine derartige Entfernung nicht zu Lande werden überbrücken können. Deshalb erkläre ich mich ohne längere Bedenkzeit einverstanden, als der Kater vorschlägt, Faruk ein zweites Mal zu kontaktieren. Der kurze Flug von der Atta-Höhle nach Lennestadt hat mir einen Teil der Sicherheit wiedergegeben, die mir der turbulente Kratzbaumflug mit Moniquedesiree und Sammy genommen hatte.

Am Abend vor unserem Abflug entscheiden wir uns noch zu einem kleinen Spaziergang auf dem Farmgelände. Ich genieße die mein Gesicht ganz sauerlandunähnlich lau umschmeichelnde Luft, als aus einer Ecke der Farm, in die wir sonst nicht gelangen, ein schwacher Lichtschein dringt. Sammy nimmt seine in freier Natur obligatorischen Stöpsel aus den Ohren und horcht.

»Da schreit eine Pflanze«, ruft er, seine Aufregung kaum verbergend.

»Nichts wie hin«, antworte ich, schon im Laufschritt.

»Ich bin so von den Socken, wenn ich kann wurzelschocken«, singt eine raue, dissonant, aber engagiert klingende Stimme. Ich bleibe wie angewurzelt kurz vor der geöffneten Tür stehen, bis mir das Ungeheuerliche unserer Entdeckung in seiner ganzen Konsequenz klar wird. In diesem Raum befindet sich Bernd-Pascal und quält unschuldige Pflanzen. Wurzelschocken ist so ziemlich das Schlimmste, das man einer Angehörigen der weltweiten Fauna antun kann. Tränen schießen mir in die Augen und behindern die Sicht. Als ich das Dilemma endlich per Taschentuch gelöst habe, ist Sammy längst in den Holzverschlag gestürmt und stellt das Hyänenmännchen zur Rede.

»Bist du wahnsinnig geworden?«, ruft er.

So aufgebracht habe ich meinen Begleiter noch nie erlebt.

Als ich eintrete, dreht sich Bernd-Pascal gerade um. Er hat einen grün-rot-gestreiften Gartenschlauch in der Klaue, sein obligatorischer Fliegenschwarm schwirrt fanatisch um seinen Kopf herum. Man muss kein Hellseher sein, um zu begreifen, dass das Wasser in diesem Schlauch nur eiskalt sein kann und dass die betroffenen Pflanzen unter dieser ›Behandlung‹ fürchterlich leiden müssen. Sammy springt behände wie ein Panther auf das andere Tier und nimmt es in den Schwitzkasten. Beim letzten Mal, als ich einen derartigen Satz gesehen habe, war ich vielleicht zwölf Jahre alt und im Fernsehen lief ›Serengeti darf nicht sterben‹. Mit einiger Mühe unterdrücke ich den typisch menschlichen Impuls, schlichtend einzugreifen, als mein Freund und Kater beginnt, seinen Widersacher ganz katzenunlike zu würgen. »Gewürgt wird, wem Würgen gebührt« brabbele ich vor mich hin und bemerke noch während des Sprechens, dass man das so pauschal nun auch wieder nicht sagen kann. Mit einer unwirschen Handbewegung wische ich meine Bedenken sowie einzelne versprengte Angehörige von Bernd-Pascals Umschwirrformation weg und begebe mich zu den Pflanzen.

»Nicht«, ruft Bernd-Pascal, dem es gelungen ist, Sammys Würgegriff zu lockern und den außer Rand und Band geratenen Kater zumindest so weit zu distanzieren, dass er nicht mehr um sein Leben fürchten muss, »die Pflanzen starren vor Pestiziden. Sie sind mit einem hochgiftigen Chemikaliencocktail behandelt worden. Wenn du sie nur anfasst, bist du in Lebensgefahr!«

Ich schaue mich weiter um. Nun etwas vorsichtiger. In der Zwischenzeit hat Sammy eine Unaufmerksamkeit des Dunklen Möchtegernlords genutzt, wieder besseren Zugriff auf seine Kehle bekommen und würgt, dass es uns, nicht aber Bernd-Pascal eine wahre Freude ist.

Die Pflanzen sind wunderschön gleichmäßig gewachsen, nicht ein unerwünschtes Insekt bevölkert ihre Blätter, nicht einmal ein versprengter Borkenkäfer oder eine vorwitzige Blattlaus. Nichts. Dafür mehren sich die

Anzeichen für bewusst unkontrollierten Anbau. Der Pflanzendünger stinkt ungefähr hundert Mal penetranter nach Chemie als ein durchschnittliches Campingklo. Ich ziehe mein Oberhemd vors Gesicht. Penny hat oft über eitrige Ekzeme geklagt. Jetzt weiß ich, warum. Je weiter ich mich bewege, desto mulmiger wird mir. An der Seite stehen große Kästen mit Aufschriften wie: ›Vorsicht Pestizide!‹, ›E 605‹, oder ›Pestizidmischung des Hauses – giftig, griffig, gut.‹ Dazu hängen vor Zynismus nur so strotzende Plakate an der Treibhauswand, deren Aufschriften alles über die kranke Psyche des Täters aussagen. Manchmal ist der Täter halt doch der Gärtner!

›Toxisch am Morgen, nix Kummer, no Sorgen‹, lese ich, oder ›Pestizid am Mittag bringt Glück am dritten Tag (spätestens).‹ Ganz besonders zynisch wirkt der Satz ›Kannst du mich nicht meiden, musst du heute leiden – denn ich hab‘ Bock auf Wurzelschock.‹ Die letzte Aussage ist in Schönschrift geschrieben.

Mit Tränen in den Augen kehre ich zum Eingang zurück, fest entschlossen, Sammy beim Bernd-Pascal-Würgen behilflich zu sein. Doch der Kater hat in der Zwischenzeit von ihm abgelassen. Der Delinquent selbst sitzt an beiden Klauen gefesselt auf einer Stufe vor dem Ausgang. Sein Fliegenschwarm hat jede Ordnung verloren und schwirrt wild durch die Anlage. Es ist sicher kein Zufall, dass ihre Mitglieder den Kontakt zu den anwesenden Pflanzen meiden.

»Warum machst du das?«, schreie ich und komme Bernd-Pascal so nahe, wie es meine persönliche Ekelgrenze maximal zulässt.

Ich muss diesen Satz drei Mal wiederholen, bis das Schabrackenhyänenmännchen reagiert. Langsam hebt er den Kopf und schaut mich mit traurigen Augen an. Auch sie sind mit Wasser gefüllt. »Warum heulen wir heute eigentlich alle?«, frage ich mich, doch das ist jetzt nicht das relevanteste Thema.

»Ich musste es tun …«, flüstert Bernd-Pascal so leise, dass ich seinem Gesicht näherkommen muss, als ich es mir in meinen schlimmsten Träumen hätte ausmalen können. »Ich hatte nicht die Wahl.«

»Man hat immer die Wahl!«, ereifere ich mich, »man hat immer die Wahl, ob man Pflanzen mit hochdosierten Chemikalien quält oder ihnen ein pflanzenwürdiges Leben lässt. Das ist auch eine Frage des Respekts!«

»Ich habe Respekt«, antwortet er und sein Fliegenschwarm surrt so traurig, wie ein Fliegenschwarm nur surren kann. »Ich wollte das alles nicht. Monsieur Fiesemöppka hat gesagt, wenn ich meinen Job behalten will, muss ich mich um die Pflanzen kümmern. Ich habe ihn noch gebeten, die Pestizide nicht ganz so hoch dosieren zu dürfen. Da hat er gesagt, ich solle mich nicht so schakalartig anstellen. Ich sei wahrscheinlich sowieso keine echte Hyäne, sondern nur ein kleiner, jammernder Präriehund. Er hat sogar infrage gestellt, ob diese Fliegen freiwillig um mich herumschwirren oder ob ich sie für ihren Dienst bezahle.« Geräuschvoll zieht er die Nase hoch. Ich widerstehe dem Impuls, ihm ein Taschentuch zu reichen. »Da habe ich gefragt: Wovon denn, Herr Fiesemöppka?«

Kontinuierlich mit der rechten Hand wedelnd, schaue ich in seine dunklen Augen. »Hat er dich erpresst?«

Bernd-Pascal nickt. »Er muss irgendwo erfahren habe, dass mein Großvater ein Schakal war. Er stammte aus der Sonora-Wüste und mein Vater war ein Seitensprung. Mehr weiß ich nicht«, weint er. Wahre Sturzbäche fließen auf seine erdverkrustete Arbeitshose. »Aber das Schlimmste ist: Irgendwann habe ich begonnen, Spaß an meiner Aufgabe zu empfinden.« Verzweifelt schlägt er mit der rechten Klaue abwechselnd auf seine Hinterläufe. »Dafür werde ich mich immer hassen!«

Ich schaue Sammy an, der das Schauspiel schweigend betrachtet. Er nickt mir fast unmerklich zu.

»Weiß Penny davon?«, frage ich.

»Nein.«

»Dann sag ihr auch nichts. Morgen müssen wir sehr früh los, aber wir kommen wieder. Da könnt ihr einen drauf lassen! Was hältst du von einem Deal?«

Er zuckt mit seiner Hyänenschulter. »Kommt drauf an. Groß die Wahl habe ich wohl nicht, oder?«

»Nein«, ich schüttele den Kopf, »groß die Wahl hast du nicht, aber ich könnte ein gutes Wort bei der Arbeitsagentur für dich einlegen. Mein Schwippschwager arbeitet dort.«

Das ist gelogen, aber der Zweck heiligt die Mittel. Es geht um Pflanzenquälerei. Das ist kein Kavaliersdelikt.

»Okay. Was muss ich tun?«, flüstert die Hyäne.

»Lass dir nichts anmerken. Führe erst einmal alles fort, als sei nichts gewesen, aber bitte, bitte, bitte, quäl die Pflanzen nicht noch mehr als unbedingt nötig, um den Schein aufrecht erhalten zu können. Schlimm genug, dass wir die Angelegenheit nicht sofort auflösen und ihnen helfen können. Pflanzen sind Lebewesen wie wir! Wir werden wiederkommen und die Sache klären!« Ich schaue in seine immer noch wässrigen Augen. »Okay?«

»Okay.« Er nickt.

Sammy und ich drehen uns um und verlassen diesen schrecklichen Ort. Bernd-Pascals Fliegenschwarm surrt zum Abschied leise »Servus.«

Als wir unser Zimmer erreicht haben, ruft Sammy bei Faruk an und bestellt sein Taxi vor. Zum Glück ist das möglich. Wir beide können nach dem heutigen Vorfall keine sentimentalen Abschiedsszenen ertragen.

So schleichen wir uns im Morgengrauen aus der Farm, vor deren Toren das Wiesel mit seinem fliegenden Teppich bereits auf uns wartet.

Sammy schlägt dem Kumpel auf die Schulter. »Wie isset?«

»Muss«, antwortet Faruk, womit der Tagesordnungspunkt ›Begrüßung‹ schon einmal abgehakt wäre. Während er sein Fluggerät startklar macht, bindet Sammy sein Baldriantuch in inzwischen erprobter Manier vor das Gesicht.

»Du riechst nach alten Socken!«, ruft das Wiesel und lacht.

Ich lache nicht. Es ist die Wahrheit und so langsam habe ich die Schnauze von den Gerüchen, Gegebenheiten und Verhaltensweisen der Tierwelt voll. Ich sehne mich nach menschlicher Gesellschaft, aber so schnell wird das wohl nichts. Ich seufze. Wir müssen ja erst noch mal kurz die Welt retten! Darunter geht in meinem Leben wohl nichts.

Während ich mich medikamentös und mit Entspannungsübungen auf den, mit ziemlicher Sicherheit, ersten Fliegender-Teppich-Langstreckenflug der Moderne vorbereite, legt uns Faruk warme Kleidung auf die Plätze. Am Polarkreis ist es traditionell sehr kalt und Faruk ein Schatz. Er hat an alles gedacht. Ohne sein Organisationstalent wären wir verloren.

Als ich mich anziehe, bin ich froh, dass es noch früh ist. Der Frühling ist zwar schon ziemlich weit fortgeschritten, aber über den Wolken wird es verdammt kalt, auch der Polarkreis ist nicht für besonders hohe Temperaturen bekannt. Dementsprechend dick ist unsere Kleidung. Trotzdem schwitzend und mit einer gehörigen Portion Respekt im Gepäck, besteige ich Faruks Fluggerät. Ich platziere mich auf dem einzigen Campingstuhl, für Sammy steht ein Katzenkorb bereit. Das Wiesel reicht uns Helme, Fliegerbrillen und jedem einen weißen Muff. Während er den Teppich noch einem letzten Check unterzieht, mumme ich mich ein, schalte den bordeigenen MP3-Player an und versuche, mir meine Aufregung nicht anmerken zu lassen. Ein Seitenblick verrät mir, dass Sammy bereits eingeschlafen ist. Ich schlucke vorsichtshalber noch eine meiner tollen Tabletten und harre der Dinge, die da kommen.

Als wir abheben, bin ich glücklich. So glücklich, wie man nur sein kann, wenn man viel zu große Mengen viel zu starker Medikamente zu sich genommen hat. Ich nehme an, aus dem gleichen Grund ist Sammy bereits in Tiefschlaf gefallen. Seine Baldrianfahne wäre auch bei Windstärke 10 kaum zu überriechen. Wie gut, dass sich unser Pilot lediglich mit Traubenzucker dopt. Ich möchte nicht aus Versehen in Wagadugu oder Nordenham landen. Der Pilot muss nüchtern bleiben.

Obwohl unser Flug knapp fünf Stunden dauert, bekomme ich nur wenig mit. Ein bisschen von dem Storchenpärchen, das uns die Vorfahrt nimmt und anschließend einen Vogel zeigt, etwas mehr von der Cessna, die Faruk überholt und danach einen Extralooping fliegt, um den geschlagenen Piloten zu demütigen, dem sich sein Ansinnen wahrscheinlich nicht einmal ansatzweise erschließt, am allerwenigsten von der Windböe, die Sammy sein Baldriantuch aus dem Gesicht reißt und den Kater ungeschützt zurücklässt. Ich schlafe hauptsächlich den Schlaf der Betäubten, ob ich gerecht bin, mögen andere entscheiden. Möglich wäre es aber schon. Die Landung verpenne ich komplett.

Das Erste, was ich nach dem Aufwachen sehe, ist ein riesiger, auf mich gerichteter Gewehrlauf, gefolgt von einer Pelznase beeindruckenden Ausmaßes und einem noch beeindruckenderen Geweih.

»Hände hoch!«, röhrt mich ein hirschartiges Tier an. Es hält besagte Schusswaffe in den Vorderläufen, spricht mit skandinavischem Akzent und schaut dabei so böse, dass mir in diesem Moment selbst Leute wie

Freddy Krueger, Hannibal Lector oder ein sehr weit entfernter Verwandter, über den ich keinesfalls sprechen möchte, lieber wären.

Mit seiner Waffe dirigiert mich der nordische Aggressor in ein vergammeltes Holzgebäude. Ich hebe die Nase. Es riecht nach Schimmel und Elchscheiße. Am Polarkreis scheinen wir schon mal angekommen zu sein. Nur den Empfang hätte ich mir anders vorgestellt und von Sammy und Faruk gibt es auch keine Spur. Ich werde in einen fensterlosen Raum geführt und warte dort mit dem grimmigen Elch, der mir Angst macht, weil er gleichzeitig dumm und unzurechnungsfähig wirkt. Keine gute Kombination. Nach viel zu langer Zeit trampelt ein weiterer Polarhirsch in den Raum. Er schickt den Kollegen raus und bietet mir eine Zigarette an. Nicht, dass sie mich falsch verstehen, liebe Leser, ich bin nicht pingelig, aber auch sie stinkt nach Elchexkrementen und das ist mir dann doch etwas ›too much‹. Ich lehne ab. Und das nicht nur, weil ich schon sehr lange Nichtraucher bin.

»Und?«, röhrt der neue Elch in bestem Hochdeutsch und bläst mir eine übelriechende Rauchwolke ins Gesicht. Ich verziehe es nicht. Gegen Bernd-Pascals Körperausdünstungen riecht seine Zigarette, sagen wir mal, unauffällig. »Sie wollen also ein Elch sein?«

»Nein«, antworte ich wahrheitsgemäß, »ich bin ein menschlicher Niedersachse und finde das auch gut so. Hier wollte ich mich einfach mal im Elchmilieu umschauen«, ich lasse meinen Blick wandern, »sieht ja ganz nett aus.«

Das ist eine Lüge, aber darauf kommt es jetzt nicht an. Der Zweck heiligt die Mittel. Der Elch schmeißt die beiden vorderen seiner vier Hufe auf den Tisch und stößt eine mächtige Rauchschwade in die Luft.

»Du hast Glück, Kleiner!«, röhrt er und sein herausfordernder Blick sagt mehr als tausend Worte. »Ich habe in Bad Hersfeld Skandinavistik studiert, meine Frau ist eine deutsche Milchkuh und unsere Kinder gehen in Rovaniemi auf das deutsche Hirschinternat! Deshalb werde ich dich unversehrt lassen. Mein Kumpel da draußen …«, er zeigt zur Tür, »… hätte euch platt gemacht. Das kommt bei ihm hin und wieder mal vor!«

Ich lächle höflich, weil ich glaube, dass er das jetzt von mir erwartet und frage nicht, warum er in Bad Hersfeld Skandinavistik studiert hat, wenn er doch selbst ein skandinavisches Tier ist und seine Heimat nicht erst theoretisch kennenlernen muss.

»Ich werde jetzt den Elchtest durchführen«, fährt er fort, »der ist für Einreisende nach Elchien obligatorisch.«

Ich horche auf. »Elchien?«

»Ja. Elchien. Freie Republik Elchien. Was glaubst du denn, wo wir hier sind? In der Karibik? Dann zeig mir mal die Palmen!«

Er steht auf. Ich habe mal gehört, Elche würden eine maximale Schulterhöhe von zwei Metern dreißig und ein Gewicht von 800 Kilo erreichen. Dieses Tier wirkt doppelt so groß und dreimal so schwer. Eher noch ein bisschen mehr.

»Fangen wir mit dem Brunftschrei an!«

Ich habe nie behauptet, ein Elch zu sein. Ich bin auch keiner. Warum jetzt ein Test? Gerade will ich diese Frage stellen, da röhrt das Hirschtier kurz und laut vor sich hin. Nur ganz kurz. Das reicht, um mir jeglichen Mut zu nehmen.

»Röhr«, rufe ich und schäme mich jetzt schon.

»Wie? Röhr?«

Der Elch hat sich wieder, nein, nicht auf seinen Stuhl gesetzt. Er hat sich mit Karacho und ohne Rücksicht auf Verluste auf ihn geworfen. Einen Moment frage ich mich, ob das Sitzmöbel eigentlich aus Stahl sei, doch ich äußere mich nicht. Er macht erste Notizen und setzt ein Pokerface auf.

»Gut. Nächster Programmpunkt: einen Elchjoint drehen.«

Mein Gegenüber reicht mir Tabak, Blättchen und ... ja: Elchscheiße. Ich lasse mir möglichst wenig anmerken und drehe einen windschiefen, eigentlich gar nicht inhalationsfähigen Joint á la Carsten Wunn. Wie im zivilen Leben auch. Ich hatte schon immer zwei linke Hände und koordinationsunfähige Wurstfinger. Der Elch nimmt meinen Möchtegernjoint entgegen und zerpflückt ihn wortlos. Dann steht er auf, drückt eine Taste und röhrt etwas für mich Unverständliches in einen Apparat. Wenige Minuten später ist der Raum voller Elchbullen und Elchkühe. Ungefähr im Verhältnis 48 zu 52.

»So«, der Prüfungselch hebt auffordernd beide Vorderhufe, »jetzt tanz!«

»Wie? Tanz?« Ich schaue ihn ungläubig an.

»Na Huftanz. Ich denke, du willst ein Elch sein?«

Ich will kein Elch sein. Ich wollte noch nie ein Elch sein, aber das erwähne ich jetzt besser nicht. Die Zuschauermenge ist beeindruckend. Wenn ich irgendwelchen Tieren nicht unter die Hufe kommen will, dann ihnen.

Ich tanze. Ich tanze Foxtrott, Cha-Cha-Cha, Tango, Boogie. Alles mit mir selbst. Sogar die Rock'n'Roll-Hebefigur, mit der der Tänzer seine Tanzpartnerin meterweit durch die Luft wirbelt, gelingt mir alleine. Ich werfe mich einfach selbst in die Höhe. Keine Ahnung, wie mir das gelingt, aber ich habe Erfolg. Als meine Performance nach viel zu vielen, viel zu langen Minuten endet, klatscht das Publikum frenetisch Beifall. Ich verbeuge mich, obwohl mir so gar nicht nach Verbeugen ist. Ich will nach Hause. Aber das spielt in diesem Moment keine Rolle. Mein Prüfer kommt auf mich zu und schlägt mir mit Wucht und dem rechten Huf auf die Schulter. Ich taste sie ab. Wahrscheinlich nicht gebrochen. Das Tier mit Bad-Hersfeld-Hintergrund nimmt mich zur Seite.

»Du bist kein Elch«, sagt er, »aber du tanzt wie der Teufel! Da können sich deine Kumpels mal eine Scheibe von abschneiden. Ich werde euch kein Visum ausstellen können, aber ihr bekommt freies Geleit. Euer Teppich steht startbereit auf der Rollbahn!« Er hebt seine Stimme. »Holt die Weicheier!«, ruft er in Richtung Kollegen. Er wendet sich wieder mir zu. »Nichts für ungut. Grüß Bad Hersfeld von mir!«

Er schlägt mir ein weiteres Mal auf die Schulter. Damit habe ich fast gerechnet und halte mit Körperspannung dagegen. Auf dem Weg zu unserem Teppich betaste ich sie erneut. Maximal angebrochen. Nichts wie nach Hause. Warum sind wir eigentlich hierher geflogen?

11 Notfall in den Wolken

»Musstest du auch einen Huftanz vorführen?«, frage ich Sammy, als wir uns, von zwei Elchen eskortiert, auf der Rollbahn Richtung Teppich bewegen. Er springt mir nicht ins Gesicht, würde aber gerne. Das kann ich seiner Miene ohne größere Probleme entnehmen. Faruk schaut genauso. Ich spreche ihn nicht an.

Während das Wiesel die nötigen Vorbereitungen für unseren Rückflug trifft, holt der Elch mit Bad-Hersfeld-Bezug sein Handy aus der Seitentasche.

»Du hast heute den Ewigkeits-Publikumspreis gewonnen«, röhrt er. »So was haben wir hier noch nie erlebt.«

Er schaltet die Videowiedergabe an, hält sie hoch und nickt anerkennend mit seinem Geweih. Während ich peinlich berührt Löcher in den lappländischen Abendhimmel starre, vollzieht er mit dem Kopf jede auch noch so ungelenk wirkende Bewegung meines Körpers mit. Hin und wieder schnalzt er mit der Zunge.

»You can dance, you got rhythm«, röhrt er.

Ich finde, finnisches Englisch klingt noch schrecklicher als deutsches. Um Fragen aus der Kategorie: »Bist du eigentlich Profitänzer?« beziehungsweise »Wie – um Himmels Willen – hast du diesen großartig vorgetäuschten Sturz hinbekommen? Hast du denn immer noch keine Kopfschmerzen?« aus dem Wege zu gehen, rette ich mich mit einem beherzten Sprung auf Faruks Teppich.

»Mein lieber Herr Gesangsverein! Der röhrt dir ja ein Loch ins Knie«, murmele ich, während der Elch noch ein paar Abschiedsfotos schießt. Sehr zum Ärger von Faruk, wie sich postwendend herausstellt.

»Was soll das? Ich habe heute Vormittag die erste Flugteppichlandung Skandinaviens hingelegt! Nach weit über tausend Jahren! Und woran erfreut sich der originäre Elch? An den zweifelhaften Tanzkünsten eines gescheiterten Sozialarbeiters!«

Er verzieht sehr, sehr verächtlich sein Gesicht. Ich lasse mir nichts anmerken, doch den letzten Satz habe ich mir gemerkt.

Die Rückkehr selbst gestaltet sich nicht ansatzweise so harmonisch wie der Hinflug. Sammy ist nervös und aufbrausend – die Elche haben seine kompletten Baldrianreserven konfisziert – und Faruk ist wegen der Ignoranz der Polarhirsche beleidigt. Sie müssen seinen Brunftschrei während des Elchtests wohl mit dem Ruf aus einer Kuckucksuhr verglichen haben. Das entnehme ich den in unregelmäßigen Abständen ausgedrückten und mit Fäkalausdrücken versetzten Wortfetzen, die er von sich gibt. Dabei ist Faruk Sauerländer und nicht Schwabe, wie sein Onkel Rahman, der schwäbisch mit arabischem Akzent spricht. Das klingt zwar durchaus cool, was Faruk aber in diesem Moment gerade nicht anerkennen will. Er ist beleidigt. Ich erwähnte es.

In der Luft ist es saukalt. Faruk fliegt möglichst tief, damit wir nicht völlig einfrieren. Wir treffen das Storchenpaar wieder. Sie grüßen nicht, dafür werden wir nach der Landung Vogelkot von Faruks Teppich entfernen müssen. Ich bin gerade in Begriff, meinen Kampf gegen den Schlaf zu verlieren, was gefährlich wäre, da verspüre ich ein Vibrieren in meiner Hosentasche. »Rock, Rock, Rock, Rock, Rock'n'Roll Highschool«, begleitet mein Handyklingelton den Gesprächsannahmeprozess. Ich habe ihn für genau solche Fälle besonders laut eingestellt. Die Ramones haben ihren Wunsch, lediglich ein paar Kicks haben zu wollen, soeben erwähnt – wer will das nicht –, da bin ich mit Verzögerung in der Lage, das Gespräch anzunehmen. Mit dem Muff auf einem Display herumzuwischen, ist auch kein Zuckerschlecken. Das sach ich Sie, oder wahlweise Ihnen. Je nach Herkunft und grammatikalischem Verständnis.

Am Apparat ist Horst. Ich kann ihn bei dem Flugwind kaum verstehen, doch seine Stimme wirkt verzweifelt.

»Ich hau hier ab«, identifiziere ich seine Botschaft im dritten Versuch, »kaum bin ich ausgenüchtert, da wollen die mich zum Unkenberater umschulen. Ich hasse Unken!«

Das stimmt. So lange ich Horst kenne, hat er immer fiese Unkenwitze gemacht. »Kommt 'ne Unke beim Veterinärmediziner« und so. Ich habe diese Probleme nicht, aber mich will auch niemand in diesen Bereich stecken.

»Das wird schon seine Gründe haben«, brülle ich gegen den Wind an, »ist Frau Wellensiep noch deine Fallmanagerin?« Ich bewerte sein Grunzen als Zustimmung und fahre fort: »Die ist doch eigentlich ganz in Ordnung, streng dich einfach mal an, dann wird das schon ...«

Die folgende Antwort kann ich verstehen. Wahrscheinlich gilt das für auch Sammy, Horst, Faruk und die Bewohner des Dorfes mit den roten Backsteinhäusern, das wir gerade überfliegen.

»Nein«, brüllt der Schwanzlurch durch die Leitung, »Frau Wellensiep ist nicht in Ordnung! Sie will, dass ich arbeite! Mit Unken! Verstehst du? Mit Unken! Das sind diese widerlichen, schuppigen ...«

»Pass auf, Horst!«, unterbreche ich ihn. »Ich bin gerade ein bisschen im Stress. Wir sind auf dem Rückflug vom Polarkreis. Faruk und Sammy haben sich beim Elchtest fürchterlich blamiert. Ich nicht, aber durchgefallen bin ich trotzdem. Die Sache mit dem Virus ist auch noch nicht ausgestanden. Wir haben nicht eine heiße Spur. Außerdem fliegt gerade ein Storchenpaar ziemlich aggressiv auf unseren Teppich zu ...«

Faruk reißt sein Fluggerät in letzter Sekunde nach oben, die Vögel fliegen ins Leere. Ich halte mich mit einer Hand am Campingstuhl fest, seine Sicherheitsgurte entpuppen sich in diesem Moment als besonderer Segen. Während sich Sammy in die hinterste Ecke seines Katzenkorbs verkriecht, gelingt es mir, das Handy wieder an mein Ohr zu führen.

»Also, ich mach mich vom Acker!«, höre ich gerade noch. »Lass dir was einfallen!«

Dann legt er auf. Ich lasse das Besetztzeichen noch einige Augenblicke auf mich wirken, dann schließe ich das Display. Das ist nicht der Horst, den ich einmal kannte! Natürlich werde ich mich um eine Unterkunft kümmern. Schon allein der Unken wegen. In der Haut der Kröten, die von Horst beraten werden, will ich nicht stecken. Während der Wind um meine Ohren pfeift, denke ich an Horsta, seine Tochter, und unsere Unterhaltung im ›Café Dezentral‹. Auch sie braucht meine Unterstützung.

Als unser Teppich wieder ruhiger in der Luft liegt, streckt Sammy seinen Kopf vorsichtig mit der Nase zuerst in den Wind.

»Sag mal, Sammy«, beginne ich, »du hast doch bestimmt noch gute Beziehungen zur ›Südwestfälischen Fachhochschule für Pelz- und Nagetiere‹ in Hagen-Haspe?«

Ehe ich mich versehe, ist Sammys Kopf wieder verschwunden. Er kommt auch nicht mehr zum Vorschein. Als wir den deutschen Luftraum schon fast erreicht haben und unser Flug bei wärmeren Temperaturen in ein angenehmes Trudeln übergeht, kriecht der Kater so weit aus seinem Korb nach draußen wie in der aktuellen Situation möglich. Der ganze Kater.

»Hör mal, Carsten«, sagt er und er sagt es sehr ernst, »du wolltest doch immer wissen, was ich mit dem ›gesellschaftlichen Nahtoderlebnis‹ meinte, über das wir gesprochen haben …«

Ich recke meinen Oberkörper und nicke bedächtig. »Schieß los!«, antworte ich.

Auch Sammy richtet seinen Oberkörper auf. Auf die Vorderpfoten gestützt sitzt er neben mir. Ich drehe mich seitlich zu ihm. Keine optimale Sitzposition für eine Lebensbeichte, aber die Gegebenheiten sind nun mal nicht anders. Wahrscheinlich ist schon Faruks fliegender Teppich als Umfeld für eine Lebensbeichte ungeeignet, noch wahrscheinlicher aber gibt es dieses geeignete Umfeld gar nicht. Beichten sind nie angenehm, Lebensbeichten schon mal gar nicht.

»Es war einmal«, sage ich, um die Situation etwas aufzulockern, immerhin befinden wir uns auf einem fliegenden Teppich. Keine gute Idee, wie sich herausstellt.

»Pass auf«, sagt Sammy, »damit eins ganz klar ist: Ich erzähle keine Märchen. Entweder hörst du mir zu und nimmst mich ernst, oder wir lassen das Ganze!«

Ich hebe beschwichtigend meine Hände. »Sorry! Alles gut! Ich bin ganz Ohr!«

Der Kater schließt die Augen und atmet tief ein.

»Es war auf der Diplomabschlussfeier meines Kratzbaumtechnikstudienjahrgangs«, beginnt er seinen Monolog, »ich war nicht nur Jahrgangsbester, sondern hatte zusätzlich bereits einen lukrativen Vertrag bei einer großen Firma für Pelztierfreizeitbedarf in der Tasche. Mein Prototyp sollte ohne Änderungen in Serie gehen. Das hatte ich mir vertraglich zusichern lassen. Mein Mentor, Herr Professor Doktor Doktor Doktor Dösig, lobte mich im Rahmen seiner Einführungsrede ausdrücklich und bezeichnete mich als Jahrhundert-, vielleicht sogar Jahrtausend- oder Jahrmillionengenie. Bei allem Respekt vor seiner Person vielleicht doch ein bisschen zu viel des Guten. Professor Dösig ist schon immer sehr begeisterungsfähig gewesen. Aber die Tendenz war klar und ich stolz wie Oskar, genau wie meine Eltern, die mit der ganzen Verwandtschaft aus Hannover angereist waren. Inklusive Fredegar und Anhang. Wir hatten ein riesiges Fest in der Hagener Pelztiermeile, dem größten Shopping-Center Westfalens, vorbereitet und die Location zu diesem Zweck komplett angemietet. Monique war extra aus Slowenien angereist und hatte mir eine besondere Überraschung versprochen. Ich weiß bis heute nicht, worum es sich dabei gehandelt hat. Anfangs lief alles nach Plan. Professor Dösig hat uns Absolventen unsere Diplomurkunden überreicht. Unfallfrei, wie es sich gehört. Aber dann …«

Sammy versagt die Stimme. Ich würde ihm gerne ein Glas Wasser reichen, doch ich habe keins zur Hand. Diese Aufgabe übernimmt Faruk für mich, der plötzlich sooo lange Ohren bekommen hat. Egal. Seine Zuhörerschaft spielt jetzt auch keine Rolle mehr, außerdem macht er sich gerade nützlich. Sammy nimmt ganz langsam einen Schluck, sammelt sich wieder und fährt fort.

»Es gibt da diesen speziellen Brauch in Haspe. Habt ihr schon einmal davon gehört?« Wir schütteln unsere Köpfe. »Also: Nach der Diplomübergabe verlangt es die Tradition, dass die Absolventen des jeweiligen Abschlussjahrgangs vor versammeltem Publikum die Statuen der Hochschulgründerin Caipirinha Klopstock und des Hochschulgründers Koriander

Trummelskopp umarmen. Mein ehemaliger Mitbewohner, der Biber Brögelmann – heute ein renommierter Dammbauingenieur und Skulpturennager –, hat sie einst mundgenagt und später der Fachhochschule geschenkt.

Ich bin ungefähr als Zehnter an der Reihe und steige für meine Verhältnisse behände und souverän auf den Sockel des Denkmals. Ich war schon ganz erleichtert, denn wirklich sicher war ich meiner Sache nicht. Auf dem Sockel aber wird mir mein neuerworbenes Übergewicht zum Verhängnis. Ich habe mich während der Lernphase vor der Prüfung fast nur noch von Thunfischpizza und Entenburgern ernährt. Da sind ein paar Kilo zu viel auf den Rippen eigentlich kein Wunder.«

Sammys Pfote wandert in seine Hosentasche. Sie greift ins Leere. Er sammelt sich für einen Moment und fährt trotzdem fort.

»Auf dem Sockel verliere ich durch eine Unachtsamkeit das Gleichgewicht, versuche, mich an der Trummelskopp-Statue festzuhalten, rutsche aber ab, falle gegen die Figur von Frau Professor Klopstock, beide kippen um, direkt auf Professor Doktor Dösig, der unglücklicherweise direkt davorsteht und versucht, bei seiner Frau Halt zu finden, was genauso misslingt, wie ihr Versuch, sich am nächstbesten Zuschauer festzuhalten, der sich ebenfalls erfolglos an seinen Nachbarn klammert, und so weiter. Am Ende sind 47 Festteilnehmer verletzt, der Sachschaden geht in die Millionenhöhe. Am nächsten Morgen, nach durchwachter Nacht …«, mit ungeschickter Pfote reibt er sich ein Tränchen aus dem Augenwinkel, »… am nächsten Morgen gehe ich Frühstücksfutter holen. Im Laden liegt der ›Pelztier-Express‹ aus. Ich habe es tatsächlich auf Seite Eins geschafft. Nur anders, als ich wollte. Mein Bild ist mit einem Balken über den Augen versehen. Die in fetten Lettern gedrückte Überschrift lautet:

»Skandal! Adipöser Kratzbaumtrottel sprengt Diplomfeier – Sachschaden in Millionenhöhe!«

Darunter muss ich lesen: ›Der Kratzbaumtechnikabsolvent Sammy K. aus H. hat bei der jährlichen Diplomabschlussfeier der ›Südwestfälischen Fachhochschule für Pelz- und Nagetiere‹ im Hagener Nobelvorort Haspe für einen Eklat gesorgt …‹ Und so weiter und so fort. Ich habe mich danach wochenlang nicht mehr auf die Straße getraut und meine Wohnung wurde tagelang von Reportern belagert. Viel schlimmer aber wogen das ausgefallene Fest in der Hagener Pelztiermeile, die sofortige Abreise meiner kompletten Verwandtschaft und die bereits am nächsten Tag von meinen Eltern eingeleiteten Enterbungsformalitäten, die folgenden Schadensersatzforderungen der verschiedensten Zeremonieteilnehmer sowie eine Auszeichnung als ›Vollidiot des Jahres‹, verliehen von der weltweit erscheinenden Zeitschrift ›Animal Guardian‹.«

Für einen Moment herrscht Stille. Faruk und ich sind aufrichtig betroffen. Wenige Augenblicke später fasst sich Sammy hektisch an die Brust.

»Meine Pumpe«, presst er hervor und sackt zusammen.

Ehe ich etwas sagen kann, drosselt Faruk das Tempo, greift in seine Latzhosenbrusttasche, fördert ein Seil zutage, ruft »Hey, Carsten!« und wirft es nach hinten. Mit einem mich selbst überraschenden Reflex bekomme ich es zu fassen und schaue nun ratlos aus meinem Campingstuhl.

»Los«, brüllt Faruk, »mach das Tau an deinem Sitz fest und hangele dich zu Sammy.« Er schaut mir in die Augen. »Wie eine stabile Seitenlage geht, weißt du doch noch, oder?«

Ja, ich weiß noch und irgendwie auch nicht mehr. Aber meine Gedanken und Ängste sind in dieser Situation nicht von Belang. Ich muss jetzt funktionieren. Wie ferngesteuert stehe ich auf, binde meinen Bauch an den Campingstuhl, wie ich es zumindest so ähnlich in zahlreichen von den öffentlich-rechtlichen Sendern ausgestrahlten Bergretter-Dokus gesehen habe und hangele mich zu Sammys Katzenkorb. Sein Atem ist zu meiner Erleichterung ruhig, vielleicht ein bisschen schneller als üblich. Ohne groß nachzudenken, verfrachte ihn in eine stabile Seitenlage und bewege mich vorsichtig zurück zu meinem Platz.

»Alles klar?«, ruft Faruk.

Ich hebe den rechten Daumen. Faruk schaut nach unten. Er scheint allen Ernstes ohne Navigationsgeräte auszukommen zu wollen. Es bleibt ihm allerdings auch nichts anderes übrig. Außer einem Steuerrad hat sein Teppich nichts Derartiges zu bieten.

»Isernhagen NB Süd!«, ruft er. »Das ist ja großartig! Wir können in wenigen Minuten landen. Ich suche uns einen Landeplatz in der Nähe der Tierärztlichen Hochschule. Man kann auch Glück haben!«

Ich schaue in Richtung Sammy. Er linst mit einem Auge aus seiner stabilen Seitenlage zu uns hinüber. Als er meinen Blick bemerkt, schließt er es blitzartig wieder. Kein gutes Zeichen. Irgendwie beschleicht mich das Gefühl, dass hier etwas nicht stimmt. Ich sage nichts, auch nicht Faruk gegenüber, beschließe aber, die Situation im Auge zu behalten. Sammy scheint das bemerkt zu haben und stöhnt jetzt besonders laut. Vielleicht eine Spur zu laut. Ich weiß es nicht. Auf jeden Fall müssen wir landen. Sicher ist sicher, zumal mir beim besten Willen keine Konstellation einfällt, in der unser Herr Kater eine Landung in seiner maximal hassgeliebten Heimatstadt Hannover ohne Not forcieren würde.

Es sind keine zehn Minuten vergangen, da setzt Faruk mit seinem Flugteppich zur Landung an. Ich halte mich fest, während Sammy in seiner stabilen Seitenlage verharrt. Lediglich sein Katzenkorb rutscht ein wenig hin und her. Ich bin stolz auf mich. Die von mir kreierte Position scheint wirklich stabil zu sein. Fast könnte man von ›in Stein gemeißelt‹ sprechen, aber das wäre übertrieben. Bleiben wir bei ›fast‹.

Sanft senkt sich unser Teppich über das Gelände der Tierärztlichen Hochschule Hannover. Noch ein Schlenker, dann setzen wir auf. Ich habe noch nicht zu Ende geklatscht, da springt Sammy auf, als wäre nie irgendwas auch nur ansatzweise Problematisches vorgefallen. Fassungslos schauen wir dem behände vom Fluggerät hüpfenden Kater hinterher.

»Unglaublich«, murmele ich, während Faruks Kommentar weniger freundlich ausfällt. Ich kenne seinen Ausdruck nicht, er klingt Arabisch, doch manchmal macht der Ton die Musik. Und diesen Ton kann ich phonetisch sehr klar zuordnen. Er deckt sich auch mit den Ereignissen. Ich entschließe mich, seinem Beispiel zu folgen. Und weil wir die nächsten Minuten wahlweise auf Hochdeutsch, Arabisch oder Sauerländer Platt fluchend auf Faruks Teppich verbringen, bemerken wir die Tiere nicht, die sich uns auf leisen Pfoten nähern.

Ich habe gerade irgendwas in Richtung »Arschlochpottsausuppenkasperschweinepriestervollidiot« in die laue Morgenluft gebrüllt, da stößt mich eine bekrallte Pfote ganz sachte von der Seite aus an. Ich drehe meinen Kopf und blicke in tiefblaue Frettchenaugen.

12 Baldrianentzug und andere Unannehmlichkeiten

»Wo ist Sammy?«, fragt Fränky, während ich mir im Gegenzug die Frage stelle, warum uns ausgerechnet ein baldriandealendes Frettchen mit nicht wegzudiskutierender Tequilaaffinität als Ersthelfer zugeteilt worden sein soll. Das kann doch nur eigentlich schiefgehen! Um seine Fönfrisur mache ich mir auch Gedanken, aber andere. Ich bin noch zu keinem Ergebnis gekommen, da erhalte ich in dieser – und nur in dieser – Hinsicht aus einer Ecke Unterstützung, mit der ich nie im Leben gerechnet hätte.

Sammy Kater, also das Tier, das noch vor wenigen Minuten scheinbar halbtot vor meinen Augen zusammengebrochen ist, springt jetzt munter wie ein Laubfrosch im Hormonrausch auf uns zu und ruft: »Da seid ihr ja! Klasse, dass du meine Nachricht erhalten hast, Fränky! Wo ist das Zeug? Hast du auch an die Tücher gedacht?«

»Klar«, grinst das Frettchen noch frecher und frettchenhafter, als Angehörigen seiner Spezies ohnehin schon nachgesagt wird, »10 Schnuffeltücher à 5 Kronkorken und drei Kilo Baldrian à 20 machen insgesamt 110 Kronkorken, minus drei Prozent Skonto plus Nachtzuschlag, Notfallpauschale und Anwesenheitsprämie. Alles in allem bekomme ich 756 Kronkorken, 11 Lüttje Lagen und einen frettchengerechten Freizeitkratzbaum der Luxusklasse.« Er verzieht anerkennend seine Schnauze und nickt dabei. »Ein Schnäppchenpreis! Nur für dich. Du bist ein zäher Verhandler, Sammy Kater!«

Ich schaue beide abwechselnd und in immer kürzeren Intervallen an und frage mich, ob ich mich noch auf dem Boden unserer freiheitlich-demokratischen Grundordnung bewege, wenn ich die beiden würge und falls ja, wen ich mir zuerst vornehmen sollte. Verdient hätten es beide.

»Kann ich die Kronkorken bei dir anschreiben lassen?«, durchbricht Sammy meine Gedankengänge.

»Aber sicher«, antwortet das Frettchen und setzt sich damit genau so lange auf die Pole Position meiner Carsten-Wunn-internen Hass-Liste, bis mir wieder einfällt, dass sein Opfer vor noch gar nicht so langer Zeit einen Herzinfarkt simuliert hat, um Faruk aus niedrigsten Motiven zur Landung zu zwingen. Ich habe Sammy gerade den Zuschlag für eine Spezialbehandlung gegeben, da höre ich eine hochgradig aufgeregt fiepende Stimme aus dem Hintergrund: »Fliegt ihr in Richtung Ruhrgebiet? Könnt ihr mich vielleicht mitnehmen?«

Diese Worte lenken mich einen Moment ab und geben Fränky und Sammy die Gelegenheit, unversehrt zu entfleuchen und sich in eine ruhigere Ecke zu verziehen.

»Wer fiept denn da bei Nacht und Wind?«, denke ich bei mir, habe aber selbst langsam die Nase von abgenudelten Kalauern dieser Art voll. Ich reiße mich also zusammen und schaue in Richtung des Fiepsstimmenbesitzers. Sein Fell ist rotweiß gestreift, die schwarze Schlägermütze hängt schief auf dem Kopf und seine Zwille lugt zur Hälfte aus der Hosentasche. Jetzt erkenne ich ihn. Es ist Hennes Boll, der Dichter aus ›Knuts Kleintier Klause‹. Er verständigt sich heute auf Prosa.

Seine Frage ist natürlich nicht an mich gerichtet, sondern an unseren Piloten, auch wenn mir die richtige Antwort schon eingefallen wäre. Ich hätte seinem Ansinnen nicht positiv gegenübergestanden. So viel kann ich verraten.

Faruk sieht das anscheinend nicht ganz so eng. »Wo genau willst du denn hin?«, fragt er und ich muss zugeben, dass mich seine Libertinage rasend macht. Mein Gefühl sagt mir, dass uns dieses Tier noch jede Menge Ärger bereiten wird, wenn wir es mitnehmen. Und mein Gefühl hat mich noch nie im Stich gelassen. Außer hin und wieder mal, bei einzelnen Frauenbekanntschaften in meiner Jugend und natürlich der Sache mit Eddy, dem Schweißhund. Von wegen Begnadigung und so. Aber sonst ist mein Gefühl untrüglich und das sagt mir: Finger weg, Pfoten weg, Krallen weg! Je nachdem.

»Wir fliegen bis Hagen. Würde das reichen?«, antwortet Faruk und übersieht mein wildes Winken und Gestikulieren im Hintergrund geflissentlich. Denn zu übersehen ist es nicht.

»Klar«, sagt Hennes, »von da aus komme ich gut nach Gelsenkirchen.«

Mit einer einladenden Handbewegung fordert ihn unser Pilot auf, einzusteigen. Da ist sie wieder: die böse Fratze des Kapitalismus. Faruk nimmt ein höchstwahrscheinlich minderjähriges, bewaffnetes, erwiesenermaßen literarisch komplett unfähiges Katzentier mit, das uns wahrscheinlich den Rest des Fluges mit der piepsstimmigen Rezitation hirnloser Möchtegernlyrik zur Hölle machen wird. Ich seufze. Und weshalb? Weil er zahlt! Warum kann nicht jeder so integer sein wie ich? Dann wäre unsere Welt eine bessere.

Nach viel zu kurzer Verhandlung einigen sich beide auf einen absolut branchenunüblichen Dumpingpreis. Faruk gibt dem Rotgetigerten einen Klaps auf den Rücken.

»Ich war auch mal so ein Rumtreiber wie du«, sagt er, während ich mir langsam Gedanken machen muss, ob ich meinen Mageninhalt schon auf dem Teppich loswerden soll oder ob ich es noch nach draußen schaffen könnte. Das alles beschäftigt mich, als ich neben mir eine freundliche Weibchenstimme registriere.

»Was machst du denn hier?«, fragt mich das Katzenmädchen und es dauert ein bisschen, bis ich sie erkenne.

»Wir fliegen zurück nach Hause«, antworte ich wahrheitsgemäß.

Jorinde stößt mich sanft an. »Pass bitte ein bisschen auf Hennes auf. Er hat ein Herz aus Gold, ist aber ein Meister darin, sich komplett unnötig in Schwierigkeiten zu bringen. Auf Onkel Sammy kann ich mich wohl kaum verlassen. Er deckt sich gerade bei Fränky mit Baldrian ein, der alte Sack!«

»Ach, weißt du«, sage ich und nehme sie zur Seite, »so einfach ist das nicht! Wusstest du eigentlich, dass dein Onkel einmal die Grottenolme in der Atta-Höhle aus den Klauen einer Wahnsinnigen befreit hat und überhaupt einer der prominentesten und begabtesten Kratzbaumtechniker des Landes ist? Glaube ich jedenfalls ...«

Ja, und dann erzähle ich ihr die Geschichte, die Sammy selbst als gesellschaftliche Nahtoderfahrung erlebt hat, aber einer pubertierenden Jungkatze wie ihr als pure Anarchie im allerbesten Sinne erscheinen muss.

Immer wieder unterbricht Jorinde meine Ausführungen. »Hat Onkel Sammy echt über 100 Millionen Kronkorken Sachschaden verursacht?«, fragt sie. »Cool! Und er war echt in der Zeitung? Mit Balken vor den Augen? Ich lach mich schlapp!«, ruft sie begeistert, beziehungsweise: »Und die Lücke, an der früher die Gründerdenkmäler standen, gibt es wirklich noch? Könnt ihr mir die mal zeigen?«

»Bestimmt wird Sammy das gerne tun«, antworte ich, »schließlich ist er dein Onkel!«

Ich atme tief ein und recke meinen Oberkörper, denn jetzt kommt das Totschlagargument. Außerdem habe ich Rückenschmerzen.

»Die Denkmalslücke heißt übrigens seit seiner Aktion Sammy-Kater-Krater. Sie befindet sich mitten auf dem Campus und gilt heute als wichtige Pilgerstätte für arbeitsscheue Studenten, vor allem von der kratzbaumtechnischen und geisteswissenschaftlichen Fakultät. Keine Ahnung, warum.«

Während Jorinde mit zunehmender Begeisterung zuhört, bemerke ich, dass gerade die Gäule mit mir durchgehen. Ich muss den Ball flacher halten und wieder mal ein paar Fakten einfließen lassen, sonst verkommt meine Erzählung von Sammys Lebensdrama zur dokumentationsfreien Lügengeschichte eines übergewichtigen, mittelalten Mannes aus dem Westfälischen ohne eine Spur von Migrationshintergrund, aber mit mehr Fantasie als nötig.

Ich kriege die Kurve gerade noch, und als Sammy, bis zur Halskrause mit Baldrianextraktfläschchen und Schnuffeltuchmengen im zweistelligen Bereich bewaffnet, zu uns stößt, hat er einen Fan mehr. Allerdings nicht nur das.

Sammy hüpft auf Faruks Teppich zurück, beträufelt ein Tuch mit dem übelriechenden Nass, führt es zur Nase und atmet tief und hektisch ein.

»Wenn du so weitermachst, Onkel Sammy, bist du in zwei Jahren ein Wrack! Ich habe vor drei Wochen mein freiwilliges soziales Pelztierjahr angetreten. Ich könnte dir helfen, das Zeug loszuwerden, wenn du willst!«

Ich unterdrücke ein Grinsen, drehe mich um und pruste in mein selbstverständlich baldrianfreies Taschentuch. Einerseits finde ich ihre Reaktion rührend und den Versuch, Sammy zur Vernunft zu bringen, großartig, andererseits hat ihr Onkel die Schwelle zum Wrack im Katerpelz schon lange überschritten. Vielleicht nicht unumkehrbar, aber für das geübte Auge deutlich zu erkennen. Das wiederum habe ich. Ich bin eben nicht nur Sozialarbeiter, sondern selbst suchtmittelerfahren genug, um zu wissen, dass es schon außergewöhnliches Glück wäre, wenn sich die Folgen seines immensen Baldriankonsums als nicht von Dauer herausstellen würden.

Ich drehe mich zurück. Ich habe ausgelacht. Am besten ich beobachte die beiden. Irgendwann ist auch mal gut mit der Selbstanklage. Warum immer vor der eigenen Tür kehren, wenn genügend fremder Schmutz rumliegt, den aufzufegen nicht so schmerzt? Mich jedenfalls nicht.

Sammy ist ebenfalls gerührt, das sehe ich. Aber im Moment hat er keine Wahl. Er muss die Welt retten. Notfalls auch im Wrackgewand. Also druckst er herum, schnappt nach Luft wie ein Koi-Karpfen auf dem Sofa, ohne die richtigen Worte zu finden. Ein Kastanienbaum aus der Nachbarschaft erlöst ihn von seinem Leiden, wenn auch auf Faruks Kosten.

Unser Pilot ist gerade in Begriff, seinen Teppich zu straffen, da schnellt ein Ast auf seinen Hinterkopf, schlägt kurz, aber fest zu, um ebenso temporeich zurückzuschnellen. Zack! Ein ansatzloser Überraschungsschlag und Faruk ist k.o.! So einfach kann das Leben sein. Während sich das Wiesel vor Schmerzen windet, steht der Baum wieder an seinem Platz, als wäre nichts gewesen. Mir wird kalt.

»Lass uns so schnell wie möglich los!«, rufe ich, während Jorinde Erste Hilfe leistet.

»Gib mir bitte noch ein paar Minuten«, stöhnt unser Pilot, »mir ist ganz schummerig. In diesem

Zustand setze ich den Teppich mit Sicherheit an die erstbeste Straßenlaterne und dazu ist er mir zu schade.« Er stöhnt erneut. »Ihr mir selbstverständlich auch …«

Ja. Wir selbstverständlich auch. Ich habe die Reihenfolge durchaus bemerkt und sauber abgespeichert. Gut zu wissen, wen der saubere Herr al Fischmann als in erster Linie schützenswert erachtet, denn so selbstverständlich klang seine Aussage nicht. Eher so nach dem Motto: »Oh, die muss ich auch noch schnell erwähnen, sonst kriege ich Ärger.«

Ich lasse den Pelzjammerlappen links liegen und wende mich an Jorinde. »Wo ist eigentlich Joringel?«

Das Katzenmädchen wechselt den Eisbeutel an Faruks Kopf. »Der hat heute ein Seminar. ›Weißbrot im Wandel‹«, gähnt sie. »Langeweile in Reinkultur. Mein Bruder halt!«

»Okay.« Ich nicke. Doch da wäre noch eine Sache, die mich die ganze Zeit beschäftigt. »Sag mal …«, druckse ich herum.

»Ja?«

»… ähm, ich meine, äh, habe ich richtig verstanden, dass einer deiner Brüder auf den Namen Joghurt hört?«

»Ja.«

Jetzt muss ich aufpassen, vorsichtig fragen. Nicht aus Versehen verletzend werden. Die Fettnäpfchen stehen eng beieinander um uns herum.

»Hat das irgendwelche Gründe?«

»Ja.«

»Ähm, äh, welche so?«

Meine Herren, bin ich neugierig! Peinlich, aber ich muss das wissen, sonst kann ich heute Nacht nicht schlafen. Dieser Name lässt mich nicht los.

»Joghurt ist nur sein Spitzname. Eigentlich heißt er Erdbeerjoghurt, aber in seiner Klasse heißen fast alle Jungs so. Papa sagt immer: ›Erdbeerjoghurt ist kein Name, das ist ein Sammelbegriff!‹

Ich lache höflich, ohne zu verstehen. Andere Spezies, andere Sitten.

Nach vielleicht zwanzig Minuten rappelt sich Faruk auf.

»Wir müssen los«, sagt er und schüttelt endlich seinen Teppich, »noch ist es früh. In einer Stunde werden wir uns vor Schaulustigen kaum noch retten können.« Er zeigt auf den roten Kater. »Du hältst dich mit beiden Krallen an Sammys Korb fest. Ich weiß: das hat mit den Vorschriften der Luftverkehrsordnung nicht viel zu tun, aber bei den Mengen an Drogen, die Sammy mit sich führt, sind wir sowieso geliefert, wenn uns die Polizei stoppt.« Er grinst. »In Wirklichkeit hält niemand einen fliegenden Teppich an. Nicht in Deutschland. Auch nicht, wenn darauf ein Eisbär Samba tanzen würde. Die Polizisten halten mich normalerweise für eine Halluzination. Das hat durchaus seine Vorteile. Bis die realisiert haben, dass ich zumindest theoretisch real vor ihnen fliegen könnte, bin ich über alle Berge.«

Zu meiner Überraschung wirkt der kleine Kater überhaupt nicht ängstlich. Im Gegenteil. Er klatscht euphorisch mit den Pfoten. »Geil«, ruft er, »Flying Carpet Surfing! Wenn ich das meinen Kumpels erzähle!«

Als wir anderen schon auf unseren Plätzen sitzen, nimmt ihn Jorinde noch einmal in die Vorderpfoten. »Pass auf dich auf, Hennes!«, flüstert sie. »Ich brauche dich noch.«

Der Kater gibt ihr einen langen Nasenkuss, es folgt eine intensive Umarmung. Als Faruk hupt – ich hätte das ja schon viel früher getan –, lösen die beiden ihre Formation. Hennes richtet noch einmal Helm und Brille, dann krallt er seine Pfoten in Sammys Korb. Wir sind startbereit.

Den knapp einstündigen Flug verbringen die beiden Kater ab Bad Eilsen hauptsächlich damit, unschuldig staunenden Stauopfern auf der A2 zuzuwinken. Besonders Hennes beteiligt sich mit wachsender Begeisterung an dieser hochgradig hirnverbrannten und albernen Aktion. Einpfotig an Sammys Kratzbaum gekrallt und waagerecht in der Luft liegend, versteht sich. Schon deshalb bin ich erleichtert, als die ersten Häuser Hagens in meinem Blickfeld auftauchen und Faruk mit seinem fliegenden Teppich Kurs auf ›Haspe Pelztier Airport‹, den neugebauten Flughafen der Faunametropolregion ›Hasper Wald‹, nimmt und wenig später sicher wie eh und je landet.

13 Alte Wunden

Am Flughafen empfängt uns Monique.

»Sammy hat mir eine WhatsApp-Nachricht geschickt«, ruft sie und ich ahne etwas. Ich denke an unsere Notlandung in Hannover, an Sammys langen Katzenkorbinnenraumaufenthalt während des Fluges und an Fränkys promptes Erscheinen nach unserer Ankunft. Es scheint, als sei das Frettchen informiert gewesen. Ich befürchte, dass der Kater unseren Zwischenstopp mit unlauteren Mitteln erzwungen hat, um sich mit Baldrian einzudecken und seiner Sucht in Folge wieder ungestört frönen zu können. Ein Vertrauensbruch ersten Ranges. Doch die Bedeutung meiner Gedanken schwindet schnell. Monique hat eine schlechte Nachricht aus ihrer slowenischen Wahlheimat mitgebracht.

»Fiesbert ist ausgebrochen«, sagt sie, »mit der Privatschatulle des Höhlenkönigs von Postojna im Gepäck! Da sollen mehr als hunderttausend Kronkorken drin sein. Der König wusste die genaue Summe auch nicht mehr so genau. Er hat sich ganz auf ihn verlassen. Fiesbert hat zuletzt seine Finanzen verwaltet. Für den König die billigste Lösung. Und für den Mäuserich natürlich wichtig im Hinblick auf eine endgültige Resozialisierung und so. Ihr wisst schon …«

Ich weiß und ich weiß nicht. Während der Vorbereitungen zu meinem Roman ›Unter Olmen‹, der ja in Wirklichkeit Sammys Geschichte ist, hat er mir auch von dem Mäuserich Fiesbert Flockenwickler erzählt. Die beiden haben sich in einem Verlies der Postojna-Olme kennengelernt, in das Sammy zu Unrecht geraten war. Im Gegensatz zu seinem Zellengenossen, auch wenn man über die Haftbedingungen sicher streiten kann. Fiesberts Lebensgeschichte spielt in unserem Buch durchaus eine Rolle. Deshalb verfüge ich über gewisse Vorinformationen zu seiner Person. Es entbehrt nicht einer gewissen Komik, dass die Grundlage für seine Delinquenz nur einen missglückten Steinwurf der kürzeren Art von hier entfernt, auf dem Gelände der ›Südwestfälischen Fachhochschule für Pelz- und Nagetiere‹, gelegt wurde. Ich habe große Lust, diesen Teil meines Buches mit einer Überschrift wie ›Aufstieg und Fall des Fiesbert Flockenwickler‹ zu versehen. Das klingt griffig, bedeutungsschwanger und sogar ein klein bisschen nach Edgar Allan Poe, aber über den Aufstieg des delinquenten Mäuserichs weiß ich nichts. Meine Informationen betreffen lediglich seinen Fall und der könnte tiefer nicht sein.

Fiesbert Flockenwickler erblickt an einem wunderschönen, sonnigen Tag im Mai 2016 als erster Sohn des zweiten Wurfs von Froderick und Ovomaltine Flockenwickler aus Bielefeld-Sennestadt das Licht der Welt. Ich gebe zu, dass ich über keinerlei Informationen hinsichtlich der damaligen Wetterlage verfüge, aber der Mai ist ein sonniger Monat, die Wahrscheinlichkeit guten

Wetters ist also hoch. Außerdem steigert dieser harmonische Start in sein Leben die Fallhöhe der Geschichte noch ein bisschen. Ich hoffe, Sie verzeihen mir diesen gar nicht so eleganten dramaturgischen Kniff, liebe Leser! Schließlich ist ›Die Flora schlägt zurück‹ keine Biographie – schon gar nicht die von Fiesbert Flockenwickler –, sondern ein Roman. Ein Genre, das größere Freiheiten bietet. Eine Prise Dramatik hat noch keinem Buch geschadet und nicht zuletzt will man ja auch hin und wieder mal eins verkaufen …

Vieler Zeilen kurzer Sinn: Fiesbert wurde geboren, wuchs auf, schloss die Schule ab und schrieb sich als Student der Mauswirtschaft in Hagen-Haspe ein. An dieser Stelle beginnt seine von ihm selbst gegenüber Sammy verifizierte Geschichte.

Anstatt Vorlesungen zu besuchen, begann der bis dahin noch aufstrebende Mäuserich, auf dem Campus Brettspielturniere bis hin zu Fachhochschulmeisterschaften zu organisieren. Ob ›Spitz pass auf‹, ›Tempo kleine Schnecke‹ oder von mir aus ›Malefiz‹ oder ›Wer kennt wen?‹ (Ach, nee. Das war was anderes). Egal, Fiesbert organisierte sie alle. In Turnierform, mit After-Show-Party, fachschaftsübergreifend und mit Stachelschweinbeteiligung! Doch damit nicht genug: Auch vor Karaokeabenden machte er nicht halt. Selbst an Abenden, an denen Sammy Kater auftrat, also dem Anlass, zu dem ich alles unwiderruflich hingeschmissen hätte. Fiesbert tat das nicht. Die Strafe folgte auf die Hinterpfote. Er fiel krachend durch sämtliche Prüfungen. Wir erinnern uns: Anlass meiner Ausführungen war der Beginn eines Studiums. Das ging zuletzt ein wenig unter. In Folge wurde er exmatrikuliert und geriet durch falsche Freunde auf die schiefe Bahn. An diesem Punkt wird es widerlich: Er betrog den brett- und freiluftspielsüchtigen Sohn eines Quartalshöhlenkönigs der Grottenolme aus Postojna um Unsummen und manipulierte die Ergebnisse von Eierlauf- und Gummitwistturnieren. Immer zu Ungunsten des armen Königsohns natürlich. Irgendwann flog er auf und landete im Verlies der Postojna-Olme, wo er auf Sammy Kater traf, der sich später erfolgreich für seine Resozialisierung einsetzte. Im Rahmen eines extra für seinen Fall geschaffenen Täter-Opfer-Ausgleichprogramms musste er Slobodan – so hieß der junge Lurch – bei Volkseierlaufevents assistieren. Mein letzter Stand war, dass er sich gut gemacht habe, nach und nach größere Aufgaben kostenlos übernehmen konnte und sich – vor allem aufgrund des finanziellen Aspekts – bei den Bewohnern der Postojna-Höhle allergrößter Beliebtheit erfreute, was ein absehbares Haftende mit Sicherheit nicht gerade begünstigt hat.

Nun wird der nette Herr Flockenwickler von Interpol gesucht, der faunistischen Version der internationalen Polizeibehörde. Möglicherweise soll er bewaffnet sein, hat Monique erfahren. Eventuell drohe Gefahr von ihm. Es sind Aufzeichnungen gefunden worden, die diesen Verdacht zumindest nahelegen. Die Nachricht ist auch nicht neu, wir haben sie nur erst vor Kurzem erhalten.

»Er ist wohl schon vor zwei Monaten getürmt«, sagt Monique, »bis vorgestern wurde diese Information aus ermittlungstaktischen Gründen unter Verschluss gehalten. Es fehlt weiterhin jede Spur von ihm.«

Ich zucke mit den Schultern. Nun bin ich auch nicht besonders erfreut über Fiesberts Ausbruch, aber einen Grund zur Angst sehe ich nicht. Flockenwickler ist ein kleiner Mäuserich. Rein von den Größenverhältnissen her wäre es mir ein Leichtes, den Delinquenten von Hand ins Jenseits zu befördern. Das will ich aber gar nicht. Grundsätzlich nicht. Fiesbert ist und bleibt ein Lebewesen, auch wenn ich seine Taten verachte. Er macht mir keine Angst. Aufkommende Gedanken an das Monty Python'sche Killerkarnickel wische ich zur Seite, auch das Bild des im Drogenrausch agierenden Hunds Puffy aus ›Verrückt nach Mary‹ ficht mich nicht an. Jedenfalls nicht so richtig. Ein bisschen vielleicht, aber im Großen und Ganzen stehe ich da drüber. Ich bin Profi und das Leben ist kein Kinderspiel und wenn, dann eher im Sinne von ›War Games‹ …

Wir verabschieden Faruk und den kleinen Hennes, der mir versehentlich einen Kirschkern ins Auge spuckt. Dem Vernehmen nach hatte er rechts neben mich gezielt. Wir beschließen, einen Tag Pause einzulegen, während Monique versuchen wird, Horst irgendwo auf dem FH-Campus unterzubringen. Sie hat ihn in der Nähe der Atta-Höhle aufgegriffen. Zum Dank ruft er in fünfminütigen Abständen an und fragt, wo sie blieben. Die Zeit für einen weiteren Tapetenwechsel wäre also reif. Wir beschließen, uns für 24 Stunden zu trennen. In der Zwischenzeit versuchen die beiden Katzen ihren Gast wieder loszuwerden, bevor er zum lebenden Inventar mutiert und ich, ja, ich habe frei! Pelztierfrei, reptilienfrei, schwanzlurchfrei, alles gleichzeitig …

In meiner Wohnung angekommen, lüfte ich erstmal, schmeiße mich aufs Bett und schlafe augenblicklich ein.

Nach fünf Minuten wanduhrgestoppter Zeit weckt mich mein Festnetztelefon. So ungefähr nach dem dreizehnten Klingelton gebe ich auf und schleppe mich fast noch im Halbschlaf zum Apparat.

»Was ist?«, frage ich, denn wer es sein wird, weiß ich besser, als mir lieb ist.

»Schalte mal das ZDF ein!«, befiehlt Sammy. »Den Menschensender! Sie zeigen eine Dokumentation über die Flora-Krise!«

»Ich bin hundemüde«, stammele ich mehr, als dass ich mich klar artikuliere.

»Schalt ein«, wiederholt der Kater, »es ist wichtig! Sehr wichtig!«

Ich grunze zustimmend, lege den Hörer auf die Telefonstation und schmeiße mich erneut ins Bett. Zeitgleich mit dem Aufprall auf meine Matratze bin ich hellwach und wälze mich unruhig hin und her. An Schlaf ist nicht mehr zu denken. Dann kann ich auch gleich Nachrichten schauen. Ich schalte ein.

»Weitere Waldgegenden in Nordrhein-Westfalen gesperrt«, verkündet die Moderatorin mit angenehmer Stimme, »halten Sie sich von Bäumen, Sträuchern und Pflanzen aller Art fern.«

Es folgen Zahlen. Statistiken, Prognosen, alarmierende Berichte aus anderen Ländern wie Turkmenistan und Elchien. Ich erkenne den Elch mit der hessischen Frau. Er äußert sich besorgt, aber wer tut das in diesen Tagen nicht? In Recklinghausen ist ein Rentner von Schlingpflanzen angegriffen worden und ein Dackel hat im Kampf mit einer Seeanemone böse Verletzungen erlitten. Die Anemone ist flüchtig. Eine Dokumentation löst die nächste Sondersendung ab und die wieder eine Doku. Dazwischen Kommentare, Gesprächsrunden, Pressekonferenzen. Alles unter dem Eindruck der aktuellen Naturangriffe. Abends folgen Talkshows zum Thema Floradelinquenz. Eine Psychologin analysiert ihre Hintergründe mit Blick auf die angeblich einförmige, empathielose Erziehung in Baumschulen und Waldkindergärten. Gegen Mitternacht ist das Schlimmste vorüber. Jedenfalls programmtechnisch. Ich weiß jetzt alles über die aktuelle Krise und noch viel mehr. Viel zu viel mehr. Ich zappe ein bisschen durch die privaten Sender.

»Ruf mich an!«, fordert eine Dame im Fernsehen eine Spur zu bestimmt. Finde ich jedenfalls.

Ich verlasse den Kanal fluchtartig. Die hat mir gerade noch gefehlt! Soll sie doch mit irgendjemand anderem telefonieren. Horst oder so. Hauptsache, ich komme endlich zur Ruhe.

Irgendwann muss ich doch noch eingeschlafen sein. Das liegt nahe, denn sonst hätte mich das penetrante Klingeln meines Telefonapparates nicht wecken können. Der Anruf erreicht mich noch vollständig bekleidet auf dem Sofa.

»Wo bist du?«, brüllt Sammys Katerstimme aus dem Hörer. »Wir warten schon!«

Eine rhetorische Frage, nehme ich an. Er hat mich auf meinem Festnetztelefon erreicht. Diese Information müsste auch ein Herr Kater in Fakten umwandeln können.

»Komme gleich«, antworte ich müde. Gut, dass ich die Wäsche noch nicht ausgepackt hatte. Es folgt eine kurze Körpersäuberungsaktion, in Menschenkreisen missverständlich als Katzenwäsche bekannt. Wer Katzen wirklich kennt, wird diesen Begriff nicht benutzen. Er basiert auf Vorurteilen und Fehleinschätzungen. Ich hätte auch gar kein Fell, das ich notfalls lecken könnte. Selbst wenn ich wollte.

Wir treffen uns am Campus. Als ich dort eintreffe, ist Horst bereits verschwunden. Monique und Sammy warten vor der Aula. Im Hintergrund singt ein Knabenchor. Wildschweine und Luchse aus der Region. Ein lange angekündigtes Konzert, doch Sammy machen sie rasend. Es ist in diesen Zeiten nicht schwer, ihn zum Rasen zu bringen.

»Veronika, der Lenz ist da«, trällert das Wildschwein-Luchs-Ensemble, »die Mädchen singen trallala.«

»Wieso singen die Mädchen trallala?«, brüllt der Kater gerade.

Monique verdreht die Augen. »Warum nicht? Wo ist das Problem?«

»Kein Mädchen singt trallala. Oder hast du mal ein Mädchen gesehen, das trallala gesungen hat? Nein.« Er senkt seine Stimme. »Vielleicht hoppsassa. Oder chalala, Wenn überhaupt! Aber trallala …«

Jetzt hat Monique mich gesehen. Sie schaut schamvoll zur Seite. Sie weiß nicht, was ich mit Sammy schon durchgemacht habe. Für mich ist diese Situation eine der harmloseren.

»Hallöchen«, rufe ich und platziere meinen Rucksack geräuschvoll auf dem Boden, »ich favorisiere ja immer noch das gute alte lalala.«

»Bist du wahnsinnig geworden?«, faucht mich der Kater an. »Lalala singt heutzutage keiner mehr. Das ist sowas von out! Man merkt, wie alt du geworden bist, Carsten! Du gehörst schon lange zum alten Eisen. Glaub mir das!«

Ich schlage ihn nicht. Ich wusste, dass etwas in dieser Richtung kommen würde. Eine kleine, feine Provokation gönne ich mir hin und wieder. Das hebt die Stimmung. Meine jedenfalls.

Monique wendet sich mir zu. »Schön, dass du da bist, Carsten! Alles im Lot?« Sie blickt mich entschuldigend an. »Sorry. Du weißt ja, wie schwer es Sammy fällt, hierherzukommen. Ich glaube, er schämt sich immer noch ein bisschen für die Sache bei der Diplomübergabe. Seitdem wir hier sind, geht das so. Er ist permanent gereizt. Das ist seine Art, mit der Situation umzugehen.«

Ich winke ab. »Kein Problem. Sowas hatte ich befürchtet. Ich kann Sammy sogar ein bisschen verstehen. Hier, an diesem Ort, hat die größte Enttäuschung seines Lebens stattgefunden. Vom Gesichtsverlust ganz zu schweigen. Das nimmt jeden mit. Also alles im grünen Bereich«, antworte ich und dann erzählt sie von Horst. Sie haben tatsächlich einen WG-Platz für ihn auftreiben können.

»Der Biber Brögelmann hat uns sehr geholfen«, sagt sie und lächelt, »ein stattliches Männchen. Alle Achtung! Ich stehe ja auf den reiferen Typ. Graumeliertes Fell und so. Naja, Sammy hat andere Qualitäten.« Sie lächelt freundlich. »Dafür rettet er die Welt. Es gibt schlimmere Partner.«

Ich nicke höflich. Wenn sie es so sieht, dann will ich ihr nicht widersprechen.

»Richtig«, nickt Sammy, der zu uns gestoßen ist und sich halbwegs beruhigt hat. »Brögi ist echt cool geworden. Er hat Horst in der WG seines Neffen einquartiert. Schumbrutzki, oder so. Die haben alle so komische Namen, die Biber!«

Ich habe von der Thematik keinen Schimmer und lächle ihn freundlich an. Vielleicht merkt er dann nichts.

Sammy winkt ab. »Stimmt. Mit Namen hattest du es ja nicht so. Ich vergaß.« Er klingt wieder fröhlicher. »Wir mussten erst noch so ein blödes Eichhörnchen rausmobben. Das war Schumbrutzki schon lange ein Dorn im Auge. Hat aber nicht lange gedauert. Ein paar Scherze auf seine Kosten, ein bisschen Chili in seinem Futter, irgendwann ist es heulend rausgerannt.« Sammy grinst selbstgefällig. »Du kennst mich ja.«

Ja, ich kenne ihn. Vor allem kenne ich ihn anders. Monique und ich schauen uns vielsagend an.

»Wir retten jetzt erstmal die Welt«, flüstere ich ihr ins Ohr, »dann sehen wir weiter.« Ich zwinkere ihr zu. »Ihr schafft das.«

Monique legt ihre Stirn kurz in Falten, dann zwinkert sie zurück. »Auf geht's!« Sie zeigt mit der rechten Pfote zur Campusmitte. »Da hinten steht unser fliegender Kratzbaum. Ich habe ein paar Veränderungen vorgenommen. Du wirst sehen.«

14 Kratzbaum to Nowhere

»Da drüben«, ruft Monique und zeigt mit der Pfote geradeaus. Ich kann ihre Freude nicht teilen. Zu traumatisch ist mein erster Flug mit der windanfälligen Kratzbaumschaukel verlaufen. Am liebsten würde ich flüchten, doch ich habe mir geschworen, diesem Impuls zu widerstehen. Ich habe einen Ruf zu verlieren. Als Mann, als Mensch, als potenzieller Retter unserer Zivilisation. Okay, von der Rettersache wissen jetzt noch nicht so viele, aber mein Anspruch an mich selbst sieht Kneifen nicht vor. Ich quäle mich also noch ein paar Meter weiter, bis mein Blick auf ihn trifft. Ihn, den Traum in neongelb!

»Gestatten: ›The Flying Kratzbaum‹! Konzipiert und gebaut von Sammy Kater, zur Vollendung gebracht von Moniquedesiree Klosterkemper!«

Mir gehen fast die Augen über. Moniques feierlicher Tonfall ist mehr als angemessen – er ist Pflicht. Aus der alten, wackligen Flugkratzbaumgurke mit eingebauter Würg- und Brechreizgarantie ist ein modernes Reisegefährt geworden. Vielleicht das Reisegerät der Zukunft. Jedenfalls, was das Pelztiermilieu und ihm angeschlossene animale Gesellschaften betrifft. Wäre ›The Flying Kratzbaum‹ nicht ursprünglich ein rein zum Krallenschärfen von Pelzträgern konzipierter Einrichtungsgegenstand, würde ich selbst übergewichtigen Tieren wie Elefanten, Nilpferden oder Hochlandrindern zum Kauf eines solchen Fluggerätes raten. Selbstverständlich nur, wenn der Käufer in Besitz eines gültigen Faunapilotenscheins wäre. Das versteht sich schließlich von selbst! Monique hat das Ursprungsmodell derart stabil und doch sichtbar aerodynamisch verstärkt und weiterentwickelt, dass ich nicht nur glaube, sicher zu Pennys Farm gelangen zu können – ich weiß es!

»Du kannst dich auf das Sonnendeck legen!«, lacht Monique, während sich Sammy mit seinem Schnuffeltuch beschäftigt.

Ja, sie haben richtig gehört, liebe Leser, dieser Kratzbaum hat ein Sonnendeck. Ein Sonnendeck, das mein Gewicht trägt. Ich steige hinauf, leise Cocktailmusik ertönt, der Barmixer kredenzt mir einen Longdrink …

Soweit zu meinen Träumen. In Wirklichkeit besteht das Sonnendeck aus einer riesigen, verstärkten Kratzbaummulde, ganz in beige. Ich platziere mich in der Kuhle, Hinterteil unten, Beine und Kopf nach oben. Sagen wir mal so: Rückenfreundlich geht anders und würdevoll auch, aber ich fühle mich sicher und das ganze Fluggerät wirkt nicht so windanfällig wie sein Vorgängermodell. Ich öffne meine Weißbierdose und harre der Dinge, die da kommen.

Tatsächlich entwickelt sich dieser Flug zum entspanntesten meines Lebens. Laue sauerländer Landluft umweht meine Nase, die Sonne umschmeichelt die Haut. Sie bräunt meinen Teint und verschafft meinem Gesicht eine leichte Segelbräune. Das Weißbier mundet, es geht mir gut. Einziger Haken: die Landung beziehungsweise das, was nach der Landung auf uns wartet. Falls Sie jemals in Verlegenheit kommen sollten, die Welt retten zu müssen, vermeiden bitte Sie einen Fehler: Entspannen Sie nicht zu sehr. Das geht auf Kosten der Konzentration.

Als uns Monique in der Nähe von Pennys Farm abgesetzt hat und längst wieder in der Luft schwebt, bin ich relaxter als der Durchschnittsdeutsche beim Sonnenbaden auf Ibiza. Ein lustiges Liedchen auf den Lippen – nein, nicht ›Veronika, der Lenz ist da‹ und auch nicht die Sache mit dem grünen Kaktus –, wandere ich pfeifend in Richtung Grauen …

Irgendwann wird es meinem Begleiter zu bunt. Sammy springt mir ansatzlos in die Beine und bohrt seine Krallen mit einer derartigen Wucht in meinen Oberschenkel, dass mir die Luft wegbleibt.

»Bist du wahnsinnig geworden?«, brüllt er mich an. »Das ist hier kein Kaffeekränzchen! Es geht um Leben und Tod. Nicht nur für uns.«

Dann zieht er mich weg, der kleine Kater. Sekunden später schlägt eine riesige Kiefer neben mir ein. Jetzt bin ich wach. Und möglicherweise dauerhaft traumatisiert, aber das spielt in dieser Situation keine Rolle.

Sammy schaut mich an. »Siehst du?«

Ich sehe. »Danke«, stammele ich.

»Pass auf«, sagt Sammy, »wir suchen uns jetzt eine halbwegs ruhige Ecke. Dort bereiten wir uns mental auf unseren Einsatz vor. Wie lange und auf welche Art, entscheidest du. Gerne auch durch Meditation und, wenn es sein muss, sogar Yogisches Fliegen. Ich bin da ganz offen! Alles klar?«

Ich nicke geschockt. Mehr geht nicht. Mit wackligen Knien entfernen wir uns einige hundert Meter vom Ort des Schreckens und nehmen Platz. Mir wird von einem Moment auf den anderen sonnenklar, dass auch die Grashalme, auf denen ich sitze, Teil der Flora sind. Genau wie Moosflechten, Flieder und Farn. Jetzt wird es kritisch. Ich habe begonnen nachzudenken. Gut, dass es Sammy gibt. Während seines Hagen-Aufenthaltes muss etwas passiert sein.

»Kennst du ein paar Entspannungsübungen?« Er schaut mir streng ins Gesicht.

Ich nicke erneut. So zwei, drei habe ich in meinem Repertoire.

»Dann versuch jetzt, die Übungen durchzuführen, die nötig sind, um wieder runterzukommen. Geht das?«

Ich nicke nochmals. Das geht. Ich zwinge mich zur Konzentration und lege meine Unterarme geöffnet auf die Beine. Erst Entspannung nach Jakobsen – habe ich mal in der Reha gelernt –, später Atemübungen aus Sprechtraining früherer Zeiten. Es gelingt mir tatsächlich, die wichtigsten Übungen abzurufen. Als mein Programm beendet ist und ich wieder halbwegs geerdet bin, riskiere ich einen Seitenblick und erkenne in einiger Entfernung die Silhouette eines in langsam fließende Tai-Chi-Übungen versunkenen Katers. Kein alltägliches Bild. Nicht in unseren Breitengraden.

Es vergeht noch einige Zeit, bis wir in Richtung Schlangenfarm aufbrechen. Ich bin selten so entspannt gewesen wie heute, aber gegen Sammy ist das gar nichts. Seine Aggressivität ist wie weggeblasen. Hin und wieder greift er nach seinem Baldriantuch. Auch jetzt noch, aber er nutzt es mit Würde. Ich weiß nicht, was in der Zwischenzeit passiert ist, aber ich bin sicher, dass es etwas mit Monique zu tun hat. Sie scheint ein Glücksfall für ihn zu sein. Das Gefühl habe ich schon bei unserem ersten gemeinsamen Treffen gehabt.

Über einen Schleichweg gelangen wir auf Pennys Anwesen. In seinem Verfall wirkt es düster, fast gruselig. Wir wissen beide, dass hier schreckliche Dinge vorgefallen sind. Das spürt man. Wände vergessen nicht. Ich könnte jetzt behaupten, die Schreie der Gequälten zu hören, ihr Leid zu spüren, ihr Unglück förmlich zu sehen, aber das wäre unseriös, denn es wäre gelogen. Hier ist es einfach nur dunkel. Außerdem befinden wir uns im falschen Genre. Es ist nicht nötig, Spannung aufzubauen. Die Spannung war bereits vor uns hier und ist geblieben.

Aus dem Wohnzimmer dringt Licht. Ich höre lautes Lachen. Es klingt bösartig und stammt unzweifelhaft von Penny. Ihre Stimme würde ich noch im Background der Fischer-Chöre identifizieren.

»Ich bin toxisch, Tag und Nacht. Ich bin superfies«, intoniert sie gerade. Es wird noch schlimmer. Und zwar in dem Moment, ja, in dem Moment, in dem die beiden Reptilien auf Karnevalsmusik umsteigen. Ich neige mich zum Schlüsselloch. Dahinter erkenne ich zwei schemenhaft schunkelnde Schlangengestalten.

»Rucki zucki!«, grölen sie aus vollem Hals und »Alles hat ein Ende, nur die Wurst hat zwölf!« Beim Ententanz entferne ich mein Auge langsam von der Schlüsselöffnung und blicke aus Sicherheitsgründen lieber gegen die auffällig gemaserte Holztür. Nicht, dass mein Sehnerv noch aufgibt und mich dazu verurteilt, mein Leben mit Blindheit geschlagen fortzusetzen. Auf jeden Fall kommen wir dem Horrorgenre schon näher.

»Absinth, Absinth, das himmlische Kind«, höre ich Fiesemöppkas Stimme und klappernde Gläser. Ich verstehe.

»Wo ist eigentlich Sorglos, die alte Faltenfresse?«, lallt Penny.

»Der kann nicht kommen! Hat sein Gesichtsglätteisen verlegt!«, prustet ihr Anwalt.

»Ich mochte Boxer ja schon immer«, kontert Penny mit sich überschlagender Stimme, »aber nur gepökelt!«

Wieder grölendes, bösartiges Gelächter.

»Und – jetzt pass auf – als Boxerbirne! Ha, ha, ha, ich lach mich tot!«

Erneutes Gelächter.

»Damit der Idiot so etwas wie einen Boxeraufstand gar nicht erst in Betracht zieht! Ha, ha, ha!«

Mir wird schlecht. Widerlich. Der arme Herr Sorglos. Was für niveaulose Kalauer.

»Gut, dass der Nacktmull nicht mehr hier ist. Erinnerst du dich noch an den? Den Bekloppten mit dem künstlichen Erdmännchenfell?«

Wieder lachen die Reptilien herzlos.

»Aber sicher«, der Advokat verschluckt sich fast vor Lachen, »weißt du, was ich dachte, als der damals bei uns aufgetaucht ist?« Kunstpause. »Da brat mir doch mal einer ’nen Lurch! Hahaha!«

Grölendes, fast hysterisches Gelächter.

Ich muss schlucken, gleichzeitig schwillt mir der Kamm. Diese Anspielungen gelten Horst. Während seines Inkognitoaufenthalts mit Sammy hatte er seine naturgegebene Schwanzlurchblöße mit einem Kunstfell kaschiert, um seine Identität zu verschleiern. Und ja, diese Erdmännchenverkleidung hat ihm weniger Glück als frühe Enttarnung gebracht. Trotzdem hat er es nicht verdient, von Tieren wie Penny und Flavio mit Hohn und Spott übergossen zu werden. Er war in einer Notlage. Das ist nicht komisch. Ich schüttele unwillkürlich den Kopf. Und Horst in der Pfanne? Als Fraß für diese Widerlinge? Mir wird schlecht. Von wegen, Penny sei geläutert! Dieses Tier wird nie wirklich animalische Züge bekommen! Ich bin entsetzt und froh zugleich, dieses Gespräch belauscht zu haben. Dieses Monster wird mich nie mehr täuschen! Ich werde mich so schnell wie möglich an Sorglos wenden. Dann kann sie sich warm anziehen. Und ihr Speichellecker auch. Ich winde mich vor Ekel. Igitt! Gerade will ich mich an Sammy wenden, um flüsternd meine Empörung loszuwerden, da spüre ich ein leichtes Ziehen am Ärmel. Wie lästig. Ich versuche den oder das abzuschütteln. Einmal, zweimal, dreimal. Ohne Erfolg. Ich schaue nach unten, um zu sehen, wer mir da so permanent auf die Nerven geht. Mein Blick trifft auf bernsteingelbe Katzenaugen.

»Hennes«, flüstere ich, »was machst du denn hier?«

»Das Gleiche könnte ich dich fragen.«

»Das ist mir egal. Ich habe zuerst gefragt. Also wie – um Himmels Willen – kommst du ausgerechnet hierher? Das ist gefährlich. Nichts für kleine Kater!«

Hennes zuckt mit den Schultern. Sein Gesichtsausdruck wirkt trotzig. »Irgendein Arschloch hat mich in die falsche Richtung geschickt. Sauerland statt Gelsenkirchen. In Lennestadt bin ich dann ausgestiegen. Tolle Wurst!«

Ich nicke. Wo er recht hat, hat er recht. Vor allem mit der Wurst.

»Sei erst mal leise«, flüstere ich, »das Gespräch beginnt gerade, sehr aufschlussreich zu werden.«

»Wen haben wir denn da?«, vernehme ich eine weitere, wohlbekannte Stimme. Ihr Besitzer zerrt mich am Ohr nach oben. Ich schaue auf. Bernd-Pascal. Sein Atem weht mir ins Gesicht. Mir wird übel. Das Hyänenmännchen hat sein T-Shirt gewechselt. ›Wo früher meine Leber war, da hab ich jetzt 'ne Minibar‹, steht auf dem ganz in Schwarz gehaltenen Kleidungsstück. Bernd-Pascals Fliegen surren leise. Ich bin nicht sicher, ob er bewaffnet ist, also zwinge ich mich zur Vorsicht.

»Ich? Nichts Bestimmtes«, druckse ich herum und mir ist klar, dass ich in diesem Moment nicht unglaubwürdiger wirken könnte. Das Hyänenmännchen packt mich mit beiden Klauen an der Schulter und zieht mich hoch. Seine Fliegen schwirren synchron mit. Mir ist schlecht.

»Komm her!«, sagt er. Bernd-Pascal winkt Sammy und Hennes heran. »Ihr auch.« Dann legt er die rechte Klaue vor sein Maul. »Psst. Und jetzt folgt mir!«

Ich weiß nicht, was passiert ist, aber dieser Bernd-Pascal ist nicht mehr der unreife Praktikant, der gerne Dunkler Lord spielen möchte. Dieser Bernd-Pascal hat Format. Mir bleibt keine andere Wahl, als ihm zu folgen. Sammy und Hennes scheint es ähnlich zu gehen. Wobei … Ich schaue mich um, Hennes ist schon wieder verschwunden. Also folgen wir dem Hyänenmann – der in diesem Augenblick wirklich ein Mann ist – durch allerhand Gänge in Richtung Eingangsbereich. Unser Weg endet im Warteraum. Bernd-Pascal bedeutet uns mit einer Klauenbewegung, Platz zu nehmen. Auf dem Couchtisch in der Mitte des Raumes liegt eine Avocado. Sie schaut mich an und … springt direkt auf mich zu. Wenn ich ihr jetzt nicht ausweiche, wird sie in meinem Gesicht landen. Genau zwischen den Augen. Schützend reiße ich meine Arme hoch.

»Was ist mit dir?«, vernehme ich eine freundliche Stimme aus meiner direkten Umgebung, bevor mir die Frucht ins Gesicht springen kann. Die landet nicht.

»Ruhig Blut«, meldet sich die Stimme erneut. »Du bist ja völlig fertig!«

Ich nicke mechanisch. Ja, ich bin mit meinen Kräften am Ende. Ich kann nicht mehr. Eine pelzige Pfote ergreift meine Hand. Ich blicke in Richtung Tisch. Die Avocado liegt noch dort, als sei nichts gewesen. Ich schaue zur Seite und sehe Monique.

»Alles gut!«, sagt sie und hält ein rotes Tüchlein in die Höhe. Es riecht nach alten Socken.

»Nein!« Ich verziehe mein Gesicht. »Nein. Das stinkt.«

Monique lächelt. »Vielleicht aus deiner Sicht.« Sie zieht das Tuch zurück. »Aber gut. Wer nicht will, der hat schon!«

»Rhabarberschorle gefällig?«, unterbricht sie der ehemalige Dunkle-Lord-Verschnitt.

»Gerne.«

Ich setze mich auf. Nicht, dass er zu selbstbewusst wird. Unsere letzte Begegnung ist schon etwas her.

Bernd-Pascal schaut mir fest in die Augen. Ich kann es kaum glauben, aber sämtliche Fliegen tun desgleichen. Nur eine flirtet demonstrativ mit Moniquedesiree, bevor sie von Sammy verscheucht wird und ihren Blick fortan ebenfalls auf mich richtet.

»Ich habe mich an eure Vorgaben gehalten und mir intern nichts anmerken lassen. Penny und Flavio sind ahnungslos.«

Der Hyänenmann gießt Whisky auf die Eiswürfel in seinem Glas, nimmt einen Schluck und verzieht fast unmerklich das Gesicht. Seine Fliegen verziehen mit. Also alle bis auf die eine, die sich langsam als Querulantin entpuppt.

»Aber extern habe ich heimlich Kontakt zu ›Animals for a Free Life in Northrhine Westphalia‹ und ›Pflanzen für den Frieden‹ aufgenommen. Sie wollen uns helfen, diese unerträglichen Zustände aufzudecken. Wir sind ständig in Kontakt. Ich kann mich jederzeit von ihnen psychologisch beraten lassen. Die

›Pflanzen für den Frieden‹ haben die Befürchtung, dass die beiden Puffottern etwas mit dem Virus zu tun haben.«

»Gibt es denn Anzeichen dafür?«, mischt sich Sammy in unser Gespräch ein. Sein Schnuffeltuch stinkt wie drei Tonnen ungewaschene, zum Ausgleich dafür tausendmal getragene alte Socken. Ich schlucke meinen Ekel herunter. Seine Dosierung muss sehr hoch sein. Wenigstens funktioniert er jetzt besser. Eine zynische Einstellung – ich weiß –, aber Schwächen können wir uns auf diesem Niveau nicht erlauben.

»Bisher nicht, aber irgendwas läuft hier noch krumm. Da bin ich sicher. Die ›Animals For a free Life‹ haben herausgefunden, dass Penny voriges Jahr ebenfalls eine Hilfsorganisation gegründet hat. Sie heißt ›Fairkel fighting for a funny future in freedom with Freude, Friede, Eierkuchen‹. Mit ihrer Unterstützung wird zum Schlachten auserkorenen Jungschweinen eine Berufsausbildung finanziert, bevor sie ihrer Bestimmung zugeführt werden.«

»Aber das klingt doch gut«, antworte ich, »ein löbliches Vorhaben. Der Name ist vielleicht eine Spur zu lang, aber sonst …«

»Das ist auch gut. Du weißt doch: Bildung ist das Wichtigste im Leben! Wobei …« Der Kater macht erst eine nachdenkliche, dann eine wegwerfende Pfotenbewegung. »Was das Nutzen ihrer Qualifikation anbetrifft, wird es allerdings später etwas eng. Egal. Schlachtvieh bleibt Schlachtvieh! Das ist der Haken.«

Sammy holt tief Luft. »Also, die ›Animals‹ haben recherchiert. In dem kompletten Zeitraum hat diese Organisation nur ein einziges Tier gefördert.« Er stellt sein Glas geräuschvoll auf der Tischkante ab. »Ein 33-jähriges Warzenschwein aus Bad Rothenfelde. Das stinkt doch zum Himmel!«

»Inwiefern?«, frage ich.

»Das kann doch nur eine Tarnorganisation sein. Zum Beispiel, um als geläutertes Guttier wahrgenommen und später begnadigt zu werden.«

Das klingt plausibel. »Was sagt Sorglos dazu?«

»Sorglos ist spurlos verschwunden. Wusstet ihr das nicht?«

Nein, das wussten wir nicht, aber wenn der Verdacht von Bernd-Pascal realistisch wäre, hätten wir es mit einer völlig neuen Qualität von Delinquenz zu tun. Ich hoffe, wir täuschen uns!

Ich nippe an meiner Rhabarberschorle. »Oder hat er vielleicht Urlaub?«

Der Hyänenmann schüttelt den Kopf. Sein Schwarm folgt in synchron aufeinander abgestimmter Formation. Fast jedenfalls. Die Querulantenfliege will ich an dieser Stelle nicht unter den Tisch fallen lassen. Ich stütze mein Kinn auf die rechte Hand und nicke bedächtig.

»Kein gutes Zeichen.« Dann wende ich mich meiner Sitznachbarin zu. »Und was machst du hier, Monique?«

»Ich betreue euch. Sammy hat mich zurückgerufen. Er ist krank. Andernfalls wird eure Mission scheitern.

Und das …«, sie macht eine jetzt mal aber so richtig wirkungsvolle Kunstpause, »… das könnte den Untergang unserer Zivilisation, unserer Spezies, der ganzen Welt bedeuten! Das Risiko ist viel zu hoch, um fahrlässig oder gar nicht zu handeln!«

»Danke.«

Ich lächle sie an. Wortloses Nicken von Monique, mit einem freundlichen Lächeln garniert. Im Hintergrund läuft ›Sunday, Bloody Sunday‹. Ich stehe auf.

»Und der kleine Hennes? Hat den jemand gesehen?«

Es haben noch nicht alle ihren Kopf geschüttelt, da stürmt der eben noch erwähnte kleinwüchsige, freche Kater in den Raum. Seine rosa Nase bebt.

»Ich habe etwas entdeckt!«, ruft er völlig außer Atem. »Schnell! Kommt mit!«

Ich springe auf. Monique springt auf. Alle springen auf.

»Da lang!«, bedeutet uns Hennes. Wir folgen. Ich habe Mühe, das Tempo des kleinen Rackers mitzugehen. Die anderen scheinen ähnliche Probleme zu haben. Gerade will ich wild schnaufend um eine Tempoverlangsamung bitten, da bleibt der Kater stehen. Er zeigt auf den Boden.

»Schaut mal!«, ruft er. »Hört ihr das Klopfen auch?«

15 Die Falltür des Grauens

»Ich höre nichts«, antworte ich.

»Doch, da! Konzentrier dich!«

Ich konzentriere mich. Ja, vielleicht. Ein ganz schwaches Geräusch.

»Ich mache die jetzt auf!« Sammy prescht vor und gräbt seine Krallen in die Ritze. Ich halte ihn zurück.

»Nicht so hektisch! Wer weiß, was da drin ist!«

Während ich alle Hände voll zu tun habe, um den Kater zu bändigen, dreht sich Bernd-Pascal um, hebt seine Klauen und stellt sich schützend vor die vermutete Bodenöffnung.

»Stopp!«, sagt er. »Wir müssen da systematisch rangehen!«

Ich weiß nicht, aber irgendwie gefällt mir die offensive Vorgehensweise des Halbschakals nicht. Wir haben ihn immerhin kürzlich als Pflanzenquäler enttarnt, wenn auch als gezwungenen. Seine Bäume sollten nicht in den Himmel wachsen. Wobei: Bäume? Ich schaue mich um. Puuh! Keiner in der Nähe. Langsam werde ich nervös. Wir sollten die Welt möglichst zeitnah retten, einfach, um mein Nervenkostüm zu entlasten.

»Du«, fährt der Dunkle Ex-Lord fort und zeigt auf Sammy, während seine Fliegen artig folgen, »sicherst den Rückraum. Falls da jemand rauskommt, der fliehen will! Und du …« Er zeigt auf Monique: »Du gehst am besten schon mal in den Wartebereich und übernimmst das Catering. In der Küche findest da alles, was du brauchst. Der kleine Kater«, er nimmt Hennes zur Seite, »wird dir helfen!«

Ich stehe immer noch in den Startlöchern, um den Wichtigtuer zu bremsen, doch vorerst steigt lediglich meine Körperspannung. Kurz bevor ich platze, bekomme ich von einer Seite Unterstützung, mit der ich im Leben nicht gerechnet hätte.

»Wird er nicht!«, ruft ein dünnes Stimmchen und surrt dabei, dass es eine Freude ist.

»Was? Wie bitte?«

Bernd-Pascal schüttelt irritiert seinen bepelzten Kopf.

»Ich habe keinen Bock mehr auf deine autoritäre Art, du Chauvinist!«

Wir alle stehen völlig verdattert vor der Falltür, die wir eben noch öffnen wollten, um bei dieser Gelegenheit vielleicht sogar schon die Welt retten zu können.

»Ohne uns bist du ein Nichts, Bernie!«, schreit das Insekt in höchsten Tönen. »Ohne uns wärst du morgens noch nicht einmal in der Lage, dir ein neues T-Shirt rauszusuchen!« Ihre Stimme wird noch lauter und schriller. »Außerdem hast du Mundgeruch! Wie oft habe ich dir gesagt: ›Bernie, du musst dir die Zähne putzen! So kriegst du nie eine Frau, einen Job oder eine halbwegs geruchsneutrale Wohnung!‹«

»Genau!«, ruft ein weiteres Stimmchen. »Wasch dich endlich mal! Unsere Arbeitsbedingungen sind kaum auszuhalten. Ich habe mir schon vor Wochen eine Mikrowäscheklammer für die Nase gekauft, um das Ausmaß deiner Geruchsbelästigung wenigstens einigermaßen ertragen zu können.«

Als ich bemerke, wie entsetzt Bernd-Pascal auf die Vorhaltungen seines direkten Umfelds reagiert, wird mir klar, dass jemand anders die Führung übernehmen muss. Der Hyänenmann ist durch die Angriffe aus dem eigenen Lager handlungsfähig geworden und wird in dieser Frage erstmal keine Hilfe sein.

»Pass auf, Bernd-Pascal«, sage ich und klopfe dem Angesprochenen auf die Schulter, während alle Fliegen wild durcheinanderschwirren. Ein Sinnbild für den Zustand ihrer Formation. »Klärt ihr erst mal eure internen Angelegenheiten. Was hältst du davon, wenn ihr euch um das Catering kümmern würdet? Du bist doch schon lange eingearbeitet und kannst das mit Sicherheit am besten!«

»Genau«, meldet sich die besonders freche Fliege erneut zu Wort, »Weltrettung ist was für Erwachsene, Calli!«

Bevor ich mich oder andere fragen kann, wie viel Alias- und Spitznamen das Hyänenmännchen – und so ein kleines Männchen ist er in diesem Augenblick wieder – zusätzlich noch hat, kralle ich meine Fingerspitzen ohne nachzudenken in die Fugen im Boden. Mit einem Ruck und Sammys und Moniques freundlicher Unterstützung reiße ich die Tür hoch und wir starren kurz darauf in einen Hohlraum. In dem Raum ist nichts! Gar nichts. Ein Hohlraum halt. Lediglich eine einsame Gasleitung klopft vor sich hin und verursacht die Geräusche, die Hennes auf die Bodenöffnung aufmerksam gemacht hatten. Ich lasse die Tür fallen. Sie knallt zurück auf den Boden und verfehlt Sammys Schwanz nur knapp.

»Blinder Alarm! Lasst uns gehen!«, winke ich ab und lasse den geschockten Kater schimpfend zurück.

»Da hinten ist noch eine!«, meldet sich der kleine Hennes, der bereits einige Meter weiter geschlichen ist.

»Was suchst du eigentlich hier?«, brummt Bernd-Pascal, der an dem Tagesordnungspunkt »Gehen und das Catering vorbereiten« genauso wenig interessiert wirkt wie der Kleine.

»Bernd-Pascal!«, meldet sich erneut das dünne Stimmchen aus dem Fliegenschwarm. »Hast du nicht gehört, was der Herr gesagt hat? Wir sollen unsere internen Angelegenheiten klären. Da trifft es sich gut, dass ich kürzlich einen Forderungskatalog erstellt habe.«

»Ruhe!«, brummt der Hyänenmann.

Ich schaue ihn mir genauer an. Die dunklen Ränder unter seinen sowieso schon dunklen Augen sprechen Bände. Ein bisschen kann ich mich in ihn hineinfühlen. Unzufriedene Mitarbeiter können einem das Leben zur Hölle machen. Das weiß ich aus meiner Zeit als Second-Hand-Shop-Besitzer. Allerdings habe ich mich auch immer korrekt verhalten.

»Nein«, meldet sich das dünne Stimmchen wieder und überschlägt sich fast, »jetzt rede ich …«

»Noch eine Falltür!«, meldet sich Hennes erneut.

»Halt den Mund!«, antworten Bernd-Pascal und seine abtrünnige Mitarbeiterin aus dem Fliegenschwarmensemble gleichzeitig. »Wir Erwachsenen haben was zu bereden!«

»Da klopft aber wirklich jemand!«

»Halt die Backen!«, antwortet die Hyäne und reagiert mit einer wegwerfenden, hochgradig aggressiven Klauenbewegung.

»Also, jetzt rede ich«, wiederholt das Stimmchen, »und ich fordere für alle Angehörigen unserer Formation eine monatliche Extraportion verdorbenes Fleisch und die 48-Minuten-Stunde bei vollem Lohnausgleich, sowie drei Freiflüge im Jahr, Elternzeitmöglichkeit bei Kindern im Larvenalter, einen Betriebskindergarten und regelmäßige Fortbildungen im Summ-, Surr- und Schwirrtechnikbereich!«

Bernd–Pascal antwortet nicht. Er ballt seine Klauen und zittert am ganzen Körper. »Du bist entlassen, James!«, zischt er. »Wer James folgen will, soll das tun. Querulanten kann ich nicht gebrauchen!«

Sekunden später hat sich der Schwarm fast gänzlich aufgelöst, seine Angehörigen orientieren sich in Richtung Ausgang.

»Bin wieder frei!«, singt eine. »Frei, frei, frei, frei, frei! Uhuuuuu!«

»Bernd-Pascal hat 'nen Knall!«, skandieren andere. Angehörige einer weiteren Gruppierung derselben Formation rufen: »Bernd-Pascal: internationale Fliegenmordzentrale!«

»Ich geh dann schon mal in die Küche!«, sagt das Hyänenmännchen, sichtbar um Fassung ringend. Drei Fliegen folgen. Seine letzten Follower.

»Hier ist noch eine Falltür!«

Diese kleine Pelztiernervensäge gibt aber auch gar keine Ruhe! Kann nicht mal einer seine Eltern anrufen? Ich schaue mich um. Wohl eher nicht. Meine Mitstreiter sind mit anderen Dingen beschäftigt. Zum Beispiel sich selbst.

»Schön für dich, Hennes!« antworte ich folgerichtig gönnerhaft. »Am Wichtigsten ist doch, dass dir das Falltürensuchen selbst gefällt!«

Gerade will ich mich mit Sammy und Monique aus dem Staub machen, da höre ich ein lautes Geräusch. Es folgt ein bellendes Stöhnen, dann schwere Schritte und eine wohlbekannte Stimme.

»Danke, mein Kleiner!«, sagt sie freundlich.

Ich schaue mich um. »Was machen Sie denn hier, Herr Sorglos?«, schreie ich in höchster Aufregung und werde nicht ruhiger, als ich registriere, wer ihm noch so aus dem Schacht folgt. Zuerst erscheinen die Köpfe zweier schwarzer, mit Sicherheit auch als Höllenhundattrappen einsetzbarer Kampfhunde, nacheinander sechs völlig identisch aussehende schlammbraune Puffottern, eine weitere, definitiv männliche Puffotter – sie trägt einen Schnurrbart – sowie ein Flamingo im völlig verdreckten Borussia-Dortmund-Trikot.

Ich habe mich von dem Anblick noch nicht ganz erholt, da kehrt der abtrünnige Teil von Bernd-Pascals Fliegenschwarm zurück.

»Macht kaputt, was euch kaputt macht!«, skandieren sie und »Lall, lall, lall, weg mit Bernd-Pascal!«, bevor sich die Insekten kollektiv umdrehen und mit den vor Ironie triefenden Liedzeilen »Auf Wiedersehen, Auf Wiedersehen, wir bleiben lange fort« gen Ausgang fliegen, was auch langsam Zeit wird, wie ich finde. Wir wollen die Welt retten. Da stören hemmungslos in der Öffentlichkeit ausgelebte Privatfehden anderer Leute nur unnötig.

Als der Spuk vorbei ist, wende ich mich wieder unseren Befreiten zu. Sie haben das unwirkliche Schauspiel mit mehr oder weniger großen Augen verfolgt. Je nach Mentalität und Erschöpfungsgrad. Nun sind sie endlich in Freiheit und geraten direkt in ein Scharmützel der allerunnötigsten Art. Alle, Schlangen wie Hunde haben die Ereignisse um Bernd-Pascal und seine Fliegen wie Falschgeld beziehungsweise Falschkronkorken auf dem Gang von Pennys Farm herumstehend verbracht. Ihre Befreiung haben sie sich mit Sicherheit anders vorgestellt. Irgendwie euphorischer, nehme ich an. Monique übernimmt den Part, sie anzusprechen und in unsere Erlebniswelt zu integrieren.

»Wo kommt ihr denn her?«, fragt sie. »Was ist denn hier los?«, beziehungsweise »Wer seid ihr eigentlich?« und »Kann ich etwas für euch tun?«

Leider, ohne den Angesprochenen Zeit für eine Antwort zu geben. Auch sie ist aufgeregt. In dieser Situation kann ich das gut erkennen. Ein solcher Fauxpas würde ihr sonst nie im Leben unterlaufen. Das sagt mir schon meine gesunde Pelztierkenntnis. Gut, dass es einen Herrn Sorglos gibt, der auch in dieser schwierigen Situation die Übersicht behält und die Initiative übernimmt.

»Darf ich vorstellen: Das sind Pennys Schwestern«, er zeigt auf sechs völlig identisch aussehende Puffotter-Penny-Verschnitte, »Jenny, Henny, Flenny, Renny, Kenny, Stenny und rechts daneben, der Herr mit dem Schnurrbart, ist Stefan, ihr Bruder.« Sorglos schaut die Schlangen mit einem Blick an, wie er fragender nicht sein kann: »Richtig?«

»So halbwegs«, antwortet das am linken Rand postierte Reptil, »die Namen stimmen – die Reihenfolge nicht! Aber …«, sie lächelt leise, »… das ist für Angehörige anderer Spezies auch zu viel verlangt.«

Sorglos lächelt zurück und wirkt dabei noch eine Spur verknautschter als sonst: »Die beiden Herren zu meiner Rechten sind Pennys ehemalige Wachhunde Zerberus und Dieter.«

Die beiden Hunde nicken freundlich. Eine absurde Situation. Wir haben diese Tiere gerade aus einem Kellerverlies befreit und Herr Sorglos stellt sie uns ganz förmlich unter Einhaltung sämtlicher Regeln der Etikette vor. Doch sein Vorgehen ergibt Sinn. Wenigstens wissen wir jetzt, wen wir vor uns haben. Gerade, was Pennys Geschwister betrifft, eine nicht zu unterschätzende Information. Sammy hat sich gerade in Pose geworfen, um uns im Gegenzug vorzustellen, da legt das Schicksal noch eine Spur Absurdität obendrauf. Die ehemaligen Fliegen des noch ehemaligeren Dunklen Lords sind auf eine Stippvisite zurückgekehrt und intonieren vielstimmig die gar nicht so schöne Liedzeile »Und wir trinken das schäumende Bier und wir scheißen Pascal auf die Theke …« Und fliegen von dannen.

»Tut mir leid!«, murmele ich. »Niveau kann man nicht erzwingen.«

Zerberus winkt ab. »Ach, weißt du«, sagt er, »wenn man so lange in einem Kerker eingesperrt war und gerade eben befreit worden ist, dann hat man ganz andere Prioritäten als Benehmen, Sangeskunst oder gar Sinn und Verstand der Aktionen anderer einzufordern!« Er schaut mich fest an. »Aber ein Napf Wasser hat noch keinem geschadet.«

Gerade will ich mich auf den Weg machen und seinen Wunsch erfüllen, da fällt mein Blick erneut auf den Flamingo. Er steht entrückten Blickes auf einem Bein am Rande der Gruppe. Den Kopf hat er in den Nacken gelegt. Ich tippe ganz leicht an sein Federkleid.

»Und du? Wie heißt du eigentlich?«

Der Vogel legt den Kopf zur Seite. Sein Blick ist ernst. »Flamingo«, sagt er, »nenn mich Flamingo.«

Bei einem Napf Wasser, ein paar Hundekuchen und anderen – wie ich finde – maximal semi-köstlichen Tierspezialitäten kommen wir ins Gespräch, wohl wissend, dass die Delinquenten noch in Freiheit sind. Allerdings gibt mir mein früher Blick durchs Schlüsselloch eine gewisse Sicherheit. Die Prognose geht dahin, dass beide noch lange an ihrem Absinthmissbrauch werden zu knabbern haben. Ich glaube kaum, dass von ihnen in absehbarer Zeit eine Gefahr ausgehen wird. Bis Pennys Schwester Henny beginnt, aus dem Nähkästchen zu plaudern.

»Ich habe in der Zeit da unten«, sie zeigt mit dem Hals in Richtung Falltür, »viel Muße gehabt, darüber nachzudenken, was alles falsch gelaufen sein muss, dass sich Penny derart von uns entfremden konnte.«

Henny schaut in die Runde. Nicht alle erwidern ihren Blick, auch nicht jede Schwester. Ich bemerke, dass Stefan Mühe hat, seinen Blick zu halten. Andere schauen zu Boden. Hennys Augen spiegeln ihren Schmerz überdeutlich wider. Ich verstehe sie und gleichzeitig verstehe ich sie nicht. Ich weiß aus Sammys Erzählungen, dass Penny zeitweise von ihren Geschwistern mehr als nötig unterstützt worden ist. Auch bei zweifelhaften Vorhaben wie der Besetzung der Atta-Höhle. Ich spreche das Thema nicht an, noch nicht. Es ist nicht der richtige Zeitpunkt für Schuldzuweisungen.

»Wir haben ihr viel zu lange die Stange gehalten. Sicher, sie ist sie unsere Schwester, aber es war ein Fehler!« Ihre Stimme klingt verzweifelt. »Ich habe schnell bemerkt, dass es dieser Fiesemöppka nicht gut mit ihr meint.« Sie verzieht ihre Schlangenschnauze. »Was für ein widerlicher Typ! Sie war ihm hörig, ist es vielleicht heute noch. Gerade, weil er sie nie ranließ, der alte Snob mit seinem ›Sulfur Man‹-Gestank! Eigentlich ein tolles Aftershave, doch an seiner Haut stank es! Es stank nach Durchtriebenheit, nach Manipulation, nach Betrug! Fiesemöppka hat sie von vorne bis hinten hintergangen. Wie viele Schlangen musste ich von der Farm entfernen, damit Penny nichts merkte! Ganz junge Dinger! Sie war ihm schon immer zu alt, nicht attraktiv genug, was weiß ich? Auf jeden Fall nicht sein Typ. Fiesemöppkas Betrug zu erkennen, hätte sie zerstört. Sie hat immer höhere Ziele angestrebt, um ihm zu gefallen. Königin von Nordrhein-Westfalen werden und so ein Schwachsinn! Die Atta-Höhle zu besetzen, war auch so ein Beispiel. Irgendwann hat sie damit angefangen, sich eine Zigarettenschachtel auf den Kopf zu setzen und einen Thron bei IKEA zu kaufen. Von da an begann sie, uns endgültig zu entgleiten.«

An dieser Stelle versagt ihre Stimme. Doch sie sammelt sich und kann fortfahren.

»Als wir die Schlacht um die Atta-Höhle verloren hatten, war das demütigend, aber ich habe gedacht: Vielleicht gibt sie jetzt endlich Ruhe! Vor allem aber: Hoffentlich verschwindet jetzt dieser Winkeladvokat. Dieser Dr. Flavio Fiesemöppka! Allein sein Name ist für mich ein Schimpfwort! Aber nein! Was passierte? Er blieb.« Ihre Stimme nimmt einen tiefironischen Unterton an. »Der Herr Akademiker hat es ihr angetan. Immer schon. Penny selbst hatte schon als Jungreptil sogar in den einfachsten Fächern wie ›Selbsthäutung‹ und ›Giftspritzen‹ eine Sechs und musste die Reptilienfachganzunterschule wegen angeblich erwiesener unglaublicher Doofheit unehrenhaft ohne Abschluss, Zukunft und Plan B verlassen. Meines Erachtens völlig zu Unrecht. Ihr Potenzial ist einfach nicht erkannt worden. Im Rahmen eines Aushilfsjobs bei einem hessischen Schlangenbeschwörer hat sie dann Fiesemöppka kennengelernt. Der hat ihre Fähigkeiten gesehen und für sich zu nutzen gewusst. Er war der Erste, der ihr Komplimente gemacht hat, ihr das Gefühl gab, wertvoll zu sein. Das hat ihr so geschmeichelt, dass sie darüber erst größenwahnsinnig und auf Dauer komplett meschugge geworden ist.«

»Okay«, werfe ich ein, »das klingt zwar durchaus plausibel, aber wie seid ihr dann später in den Kerker gekommen? Daraufhin zielte meine Frage eher.«

Die Schlange zischt genervt. »Warte ab!«, sagt sie. »Ich bin noch nicht fertig!«

Henny holt tief Luft. Ich ahne, dass sie das, was sie jetzt sagen wird, sehr belastet und es ihr nicht leichtfallen wird, sich derart zu offenbaren.

»Wir alle zusammen haben sie nach dem Atta-Höhlen-Desaster und ihrer Verurteilung zu lebenslangem Untotenstatus auf Widerruf unter unsere Fittiche genommen. Immerhin ist sie unsere Schwester! Flenny hat sich als ihre Betreuerin bestellen lassen. Denn sie brauchte eine. Soweit war es inzwischen schon gekommen.« Henny atmet tief durch. Jetzt wirkt sie richtig verzweifelt. »Ja. Und dann hat Stefan beim Staubsaugen mal eine besonders entlegene Ecke in seinen Säuberungsprozess mit integrieren wollen und ist dort auf eine Mappe gestoßen.«

Pennys Schwester schluckt. Ich habe den Eindruck, sie zwingt sich, gegen ihren eigenen Willen weiterzusprechen.

»In der Mappe fanden wir Pläne für einen Überfall auf das Siegerland. Dort wollte sie die ›Freie Republik Siegerland‹ installieren. Eine knallharte Ökodiktatur mit gekreuztem Bratapfel und Vollkornbrot im Wappen. Als Hauptstädte waren Hilchenbach und Bad Berleburg im täglichen Wechsel geplant. Selbstverständlich nach Ausbau zu riesigen Metropolen mit Wolkenkratzern und so, errichtet von zwangsrekrutierten Wanderratten. Wir haben ja die Unterlagen gesehen. Ein komplett irrsinniger Plan! Penny hatte bereits Kämpfer für ›The Great Siegerland War‹, wie sie ihn genannt hat, rekrutiert. Der Termin für den Angriff ihrer Truppen stand auch schon fest. Ja, und dann …«

Ihr versagt die Stimme. Doch sie will sprechen. Das spüre ich mit jeder Faser meines Körpers. Meine eigenen Gedanken gehen jedoch erstmal in eine andere Richtung. Schlange und Apfel? Hatten wir das schon einmal? Ich seufze. Arme Eva. Glückliche Siegerländer. Hoffentlich!

»Dann haben wir sie zur Rede gestellt«, fährt Henny fort. »Sie hat alles abgestritten. Aber wir hatten ja die Beweise für ihre Pläne aus der Mappe. Irgendwann im Verlauf unserer Streitigkeit hat Jenny erwähnt, dass sie Namensforschung betreibe und dass Fiesemöppkas Familie schon vor Ewigkeiten charakterlich verdorben gewesen sein muss. Da hat Penny einen Knopf gedrückt, ein Netz senkte sich blitzschnell von der Decke auf uns und eine Drüse nebelte uns ein. Als wir aufwachten, waren wir unter Tage und gefangen.«

Henny bewegt ihren Kopf bedächtig hin und her. Sie schließt mit den Worten: »Das ist die traurige Wahrheit«, und zieht ihren Oberkörper zurück.

»Wir müssen sie dingfest machen«, ergänzt Stefan, »sie ist gemeingefährlich geworden! Von Flavio ganz zu schweigen!«

Allgemeines Kopfnicken.

»Trotzdem hätte ich noch ein paar Fragen an euch andere«, sage ich. »Penny und Fiesemöppka neutralisieren sich gerade selbst. Mit Absinth!« Ich schaue die Höllenhunde an. »Wie seid ihr in Pennys Kerker gelandet?«

»Sagen wir mal so«, antwortet Dieter, sein norddeutscher Dialekt ist beim besten Willen nicht zu überhören, »missglückte Vertragsverhandlungen! Wir waren als Torwächter auf der Farm beschäftigt. Über eine Gehaltserhöhung hatten wir verschiedene Ansichten. Es kam zum Streit und eins zum anderen. Penny drückte auf ihren Knopf. Am nächsten Morgen sind wir im Verlies wieder aufgewacht.«

Das sagt er ganz cool, doch ich glaube ihm nicht. Seine Augen sprechen eine andere Sprache.

Als Nächstes ist Flamingo an der Reihe. Sein Fall ist der Einfachste.

»Jo«, sagt er, »während die Schlangen in das Verlies gebracht wurden, war ich gerade im Keller, um Fliesen zu legen. Ich wollte wieder raus. Durfte ich nicht. Ich hätte keinen Pass, sagte Penny, ich könnte ja auch eine verkleidete Schlange sein!« Er zuckt mit den Flügeln. »So musste ich bleiben. Ich hatte keine Wahl!«

Ich drehe mich zu dem Psychotherapeuten im Boxergewand um. »Ähm … und Sie, Herr Sorglos?«

Mir ist die Frage schon etwas peinlich, immerhin ist Herr Sorglos eine respektable Persönlichkeit. Allein durch seinen Psychotherapeutenstatus. Aber auch durch seine Ausstrahlung und sein abgeklärtes Verhalten. Wie konnte ausgerechnet er den beiden Bekloppten auf den Leim gehen? Das muss ich wissen, um den beiden dauerhaft etwas entgegensetzen zu können. Die Frage ist Herrn Sorglos sichtlich peinlich, doch er zeigt Größe und gibt uns eine ehrliche Antwort.

»Wildlachswürfel«, flüstert er in die Runde, als er die traurige Wahrheit ausspricht, »auch ich habe Schwächen. Sie haben Wildlachswürfel ausgelegt und ich war so hungrig! Ich liebe Wildlachs über alles, selbst als Eis und in Gelee! Das müssen Penny und Flavio gewusst haben. Ich habe mich in einen Rausch gefressen und entgegen meinen sonstigen Prinzipien alle Vorsicht fahren lassen. Gerade als ich in Begriff war, mir das letzte Leckerli vorzunehmen, spürte ich einen harten Schlag auf meinen Hinterkopf. Mir wurde schwarz vor Augen. Als ich wieder erwachte, befand ich mich in dieser illustren Gesellschaft hier«, er zeigt beidpfotig in die Runde, »im farmeigenen Kerker wieder.« Er lächelt. »Danke, dass ihr uns befreit habt. Es war höchste Zeit. Für uns, für das Siegerland, für die Welt!« Seine Augen glänzen.

Sammy klatscht in die Vorderpfoten. »Auf geht's!«, ruft er. »Nicht, dass sie uns doch noch entkommen!«

Der Kater nimmt er einen tiefen Zug aus seinem Schnuffeltuch und springt auf.

16 Der Prozess

Wir können die absinthgeschwängerten Stimmen von Penny und ihrem Haus- und Hofadvokaten schon von Weitem hören. Oder besser ausgedrückt: Wir müssen! Denn das, was sie zu sagen haben, ist an Jämmerlichkeit kaum zu überbieten.

»Mein Glas ist schon wieder leer!«, lallt die verhinderte Ökodiktatorin. »Fairfickt noch mal!« Sie bricht in schallendes Gelächter aus. »Fair natürlich mit ›ai!‹«

Lautes Gegröle beider Reptilien.

»Ich hab noch 'nen Schluck in der Flasche!«, brüllt ein hochgradig euphorisierter Fiesemöppka. »Ich habe mal wieder genug Schnaps geholt. Das habe ich noch nie …«, er macht eine kurze Kunstpause, »… fairsemmelt!! Ha, ha, ha. Ich lach mich tot!«

Grölendes Gelächter.

»Ja, wenn statt Wasser im Rhein nur Absinth wär«, singen die Puffottern lallend und intonieren das Lied derart weit abseits jeder angemessenen Note, dass ich mir instinktiv die Ohren zuhalte, um meinen Griff kurz darauf wieder zu lösen. Wenn ich alles mitbekommen will, muss ich da jetzt durch.

»Dann möcht' ich so gern ein Fischlein sein!«, fahren die alkoholisierten Giftschlangen fort. Ich nicht. Ich möchte alles, nur kein Fisch im absinthgefüllten Rhein sein. Und natürlich nicht hier und jetzt an genau dieser Stelle stehen und mir das jämmerliche Gelalle und Gegröle der alkoholisierten Reptilien anhören. Ebenso wenig möchte ich ihre dumpfen Sprüche und Parolen ertragen und von ihrem widerlich einfältigen, zynischen Weltbild belästigt werden.

Ich hebe meine Nase. Es stinkt im Flurbereich, als wären drei mit Schnaps beladene Lastwagen umgekippt und das ganze Zeug liefe jetzt aus. Sammy bindet sich sein Baldriantuch vor die Schnauze und reicht mir auch eins. Meine Rettung! Blitzschnell verknote ich das Tuch vor dem Gesicht, um es Sekundenbruchteile später wieder herunterzureißen. Er riecht nach alten Socken. Ich vergaß. Dann doch lieber Absinthgestank!

Für ein paar Augenblicke stehen wir alle fassungslos vor dem Raum mit den beduselten Reptilien.

»Nehmt euch in Acht«, flüstert Sören Sorglos, »beide sind Giftschlangen. Sie könnten unkontrolliert um sich beißen. Das sollten wir möglichst verhindern.« Er holt einen alten Strick aus seiner Jeanshosentasche. »Am besten, wir fesseln sie direkt. Hilfst du mit, Zerberus?«

Während der Hund noch nickt, ist es Monique, die sich als Erste entschließt, die Tür zu öffnen. Mit festem Katzenschritt tritt sie ein. Kurz darauf hören wir einen Schrei, als sei sie gerade auf Frankensteins Monster getroffen.

»Wie sieht das denn hier aus!«, brüllt sie in den Raum. »Das ist ja ekelhaft! Ist Bernd-Pascal in der Nähe? Hier müsste mal einer aufräumen! Und die beiden schaffen das im Leben nicht mehr!« Sie zeigt auf die lallenden und sabbernden Reptilien.

»Bernd-Pascal ist in der Küche. Ich habe ihn zum Schnittchenstreichen abkommandiert. Hier hätte er nur gestört. Die gespannte Atmosphäre mit seinen Fliegen war ja kaum noch zu ertragen! Er würde unseren Zugriff auf die Schlangen nur behindern«, antworte ich und folge ihr an den Ort des Geschehens.

Moniques Ekel erschließt sich mir sofort. Dumpfe Erinnerungen aus längst vergangenen Zeiten bahnen sich aus den Untiefen meines Gedächtnisses ihren Weg an die Oberfläche meiner Wahrnehmung. Ich wedele unkoordiniert und ohne jegliche Erfolgsaussichten mit meiner rechten Hand vor dem Gesicht herum. Es ändert nichts. Meine Erinnerungen bleiben. Wenigstens befinde ich mich in der Realität, meine Wahrnehmung täuscht mich definitiv nicht. Ich muss da jetzt durch, auch wenn die Gegenwart sogar noch ein bisschen schrecklicher daherkommt als meine traumatischen Jugenderinnerungen.

Ich atme tief ein und bewege mich in Richtung Penny, Herr Sorglos nähert sich hingegen dem Anwalt. Als Fiesemöppka den Therapeuten erkennt, stellt er seinen wackligen Oberkörper auf.

»Sorglos, Sorglos!«, skandiert er. »Who the Fuck is Sorglos?«

Ich schaue den Boxer an. Er schüttelt den Kopf, lässt sich aber ansonsten nichts anmerken und nähert sich dem Absinthopfer von hinten. Als er hinter Fiesemöppka steht, wartet er einen Augenblick und packt das Tier blitzschnell am Kragen. In diesem Moment scheint der bewegungsunfähige Reptilienanwalt zu realisieren, dass er in des Therapeuten Gewalt ist, und versucht, sich wild fluchend zu befreien. Doch was ist mit Penny? Ich schaue genauer hin. Sie bemerkt jetzt auch die Gefahr und schickt laut züngelnd gezischte Schimpfkanonaden in Richtung des Hundes. Ich ziehe mich zurück. Eine aggressive, hochgiftige Schlange in meiner nächsten Umgebung hat mir gerade noch gefehlt. Ich habe nie viele Worte zu diesem Thema verloren, aber Tiere ihrer Spezies waren mir noch nie ganz geheuer. Ich habe dieses Gefühl bis zum jetzigen Zeitpunkt medikamentös unterdrücken können. Medikamentös wie mental. Doch jetzt packt mich das nackte Grauen. Ich ziehe mich zurück und beobachte aus einer sicheren Ecke des Raumes, wie sich Monique von hinten an die völlig außer Kontrolle geratene Puffotter heranschleicht und lauernd auf eine gute Gelegenheit wartet. Als sich ihr diese bietet, schnappt die Katze zu und fixiert den Nacken des Untiers mit den Zähnen. Während Sorglos und Monique die alkoholisierten Giftschlangen unter größter Gefahr festhalten, begeben Sammy und ich uns auf die Suche nach einem geeigneten Behältnis für sie. Es dauert lange, sehr lange, bis wir eine passende Kiste gefunden haben. Nach ihrer Ankunft versenken Herr Sorglos und Monique die delinquenten Reptilien ganz langsam im Kisteninneren. Als ihre Pfoten die Nacken von Penny und Fiesemöppka loslassen, ziehen sie sich blitzschnell zurück und Sammys Part beginnt. Mit einer geschickten Pfotenbewegung schlägt er den Deckel des Behälters zu. Die Aggressoren sind gefangen. Während sie wild pöbelnd in ihrer Kiste randalieren, setzt sich der Flamingo obendrauf.

»Ich will meinen Anwalt sprechen!«, brüllt die alkoholisiert-enthemmte Penny von innen.

Der Flamingo grinst.

»Mach doch«, sagt er, »er sitzt neben dir. Du könntest seine Rechtsberatung in der Kiste in Anspruch nehmen. Wenn das mal kein kurzer Weg ist!«

Ich lache schallend, stehe damit komplett allein. Während sich Sören Sorglos und Monique erschöpft in eine ruhigere Ecke zurückziehen, ist Sammy verschwunden. Ich schaue mich im ganzen Raum um. Hier tobt das Chaos, aber ohne den Kater. Da ich die Puffottern wortwörtlich unter den Fittichen des Flamingos weiß, verlasse ich ihn, um meinen Gefährten zu finden.

Draußen muss ich nicht lange suchen. Schon als ich auf den Gang heraustrete, höre ich laute Stimmen. Eine davon gehört Sammy. Das ist keine Überraschung. Er könnte mit Bernd-Pascal sprechen, der während der dramatischen Ereignisse nicht vor Ort war. Doch die zweite ist nicht die Stimme der Schabrackenhyäne. Nie im Leben. Die ist rau und heiser, die Stimme, die ich höre, außergewöhnlich tief, warm und kräftig. Eher verwechsle ich einen Thunfisch mit einem Piranha als diese beiden. Einziger Haken: Das Organ des Fremden habe ich meinen Lebtag noch nicht vernommen. Daran würde ich mich erinnern, markant, wie sie klingt. Ich beschließe, mich mehr auf den Inhalt des Gesprächs als auf phonetische Klänge zu konzentrieren.

»Du hast Nerven!«, ruft die fremde Person. »Mein Terminkalender ist rappelvoll. Wo soll ich denn da auch noch einen Strafprozess reinquetschen?«

»Der Prozess ist von allergrößter Bedeutung«, antwortet Sammy mit unverwechselbar knarzender Stimme, »es geht um Leben und Tod!« Sie klingt mehr als nur ein bisschen verzweifelt. Sein Gesprächspartner scheint ein schwerer Brocken zu sein.

»Warum?«, schallt es aus dem Off.

»Wir haben den Verdacht, dass die beiden etwas mit den Faunaangriffen zu tun haben könnten. Wenn er sich erhärtet, müssen wir sie sofort aus dem Verkehr ziehen!«

Er schluckt.

»Und wenn nicht, dann auch!«

Es geht noch eine ganze Weile hin und her, bis sich ein dünnes Stimmchen einschaltet, wie es auch aus der Atta-Höhle stammen könnte. Ein Schwanzlurchstimmchen der ganz besonders fisseligen Art.

»Chef«, sagt es, »ich habe mich in der Zwischenzeit informiert. Alle seriösen Stellen im Himmelsministerium raten uns zu einem Prozess. Einem sofortigen Prozess! Moment, ich bekomme gerade eine neue Nachricht auf der Telepathieleitung …«

Einen kurzen Augenblick herrscht so etwas wie Stille. Ich würde sie so gerne genießen! Aber das geht natürlich nicht. Ich muss mich konzentrieren. Nicht, dass ich das Ergebnis verschlafe! Längst bin ich überzeugt, einem Gespräch Sammys mit dem Einheitsschwanzlurchgott Nihil und seinem Assistenten Eberhard beizuwohnen. Das erleichtert mich sehr. Auf Dauer wären wir mit den Schlangen überfordert und sie alleine ihrem Schicksal zu überlassen, zu gefährlich. Sie würden einen Weg aus ihrer Gefangenschaft finden. Außerdem steht noch die Frage nach ihrer Verantwortung für die aktuellen Virusangriffe im Raum. Ich selbst glaube – ehrlich gesagt – nicht daran. Penny war bereits damit beschäftigt, einen Überfall auf das Siegerland vorzubereiten. Parallel dazu noch die komplette menschliche und faunische Zivilisation auslöschen zu wollen, halte ich für ein äußerst ambitioniertes Vorhaben. Andererseits sind beide Puffottern unberechenbar und haben erwiesenermaßen nicht ansatzweise noch alle Tassen im Schrank. Möglich wäre es also schon. Meines Erachtens wird der Anteil Fiesemöppkas an dem ganzen Chaos sowieso sträflich unterschätzt. Stille Wasser sind tief und sein Einfluss auf Penny ist mit Sicherheit deutlich größer, als es auf den ersten Blick erscheint. Davon bin ich fest überzeugt. Im Gegenteil: Ich glaube sogar, dass er ähnlich größenwahnsinnig, wie Penny ist und seine Absichten lediglich besser kaschieren kann als die Narzisstin auf ihrem Blumenkübelthron. Und Größenwahnsinnigen ist außer Selbstreflexion grundsätzlich alles zuzutrauen. Aus dieser Perspektive gesehen, erschiene ihre Beteiligung am multiplen Völkermord schon wieder realistischer. Ein aufklärender Prozess wäre dringend erforderlich!

Das Nächste, was ich höre, ist ein Knall. Kein besonders lauter Knall, eher so mittel. Und dann noch einen. Ohne Blitz, ohne spezielle Effekte. Sekundenbruchteile später stehen sie vor mir auf dem Gang: Nihil und Eberhard. Der Gott aller Grottenolme und sein Assistent. Live und in Farbe. Ich traue meinen Augen nicht. Gerade, weil sie so unprätentiös daherkommen.

Nihil sehr bleich, artgerecht haarlos, aber von außergewöhnlich kräftiger Statur und doppelt so groß wie Otto-Normal-Grottenolm. Von ihm geht eine unglaubliche, trotz seiner Größe an nichts Körperlichem festzumachende Stärke und Präsenz aus. Sein Assistent Eberhard bildet den genauen Gegenpol. Er ist selbst für einen Schwanzlurch von extrem geringem Wuchs und auffallend schmächtig und ebenfalls sehr bleich. Nochmal eine Spur bleicher als sein Meister und, bei genauer Betrachtung, als jeder Grottenolm, der mir bisher begegnet ist. Eberhard trägt einen grauen Anzug, in der rechten Kralle hält er eine Aktentasche mit der Aufschrift: ›Götter im Einsatz‹.

Nihil legt seine linke Vorderkralle von hinten um Sammys Oberkörper. Seit ihrem gemeinsamen Einsatz im Vorfeld der Atta-Höhlen-Befreiung kennen sie sich. Der Schwanzlurchgott hatte den Kater und die komplette ›Schnelle Eingreiftruppe‹ der slowenischen Postojna-Olme ohne Umwege in die Höhle teleportiert und sich anschließend in den Urlaub auf dem Olymp verabschiedet.

»Sammy«, sagt er und schaut seinem Gesprächspartner aus nächster Nähe in die Augen, »wir sind abkommandiert worden, um im Rahmen eines Schnellgerichts über die Schuld von Frau Penny und Herrn Fiesemöppka zu entscheiden. Befehl von ganz oben.

Würdest du Eberhard bitte bei der Organisation des Verfahrens helfen? Den Aufbau von Tischen und Stühlen koordinieren? Er ist ein absoluter Profi und wird dir die nötigen Anweisungen geben. Es ist nicht unser erster gemeinsamer Prozess, aber der erste, der so Knall auf Fall vom Zaun gebrochen wird. Ich nehme an, die Situation um die wohl von einem Killervirus ausgelöste Attentatswelle aus Reihen der Fauna ist der Grund dafür.«

Eberhard nickt, wirft seine Aktentasche ganz unhalbgottmäßig in die Ecke und spuckt in die Pfoten.

»Auf geht's«, ruft er und schlägt Sammy von unten übergreifend auf die bepelzte Rückenpartie, was die Wucht natürlich bremst. Was mal als kräftiger Klaps konzipiert war, endet als harmloser Streichler.

Doch Sammy weiß, wie Eberhards Aktion gemeint war und grinst. Ich glaube, in Gesellschaft der Götter fühlt er sich sicher. Die beiden werden das Schiff schon schaukeln! Ich ertappe mich bei ähnlichen Gedanken. Nihil stellt qua seines Status' eine übergeordnete Autorität dar, die Verantwortung übernimmt. Von meiner Last befreit, bin ich gerne bereit, auf Anweisung Tische und Stühle zu schleppen. Ich habe ein Stück Glauben und meine ganze Zuversicht wieder. Nur absolute Lichtgestalten sind ohne Worte in der Lage, derartige Zuversicht zu erzeugen. Nihil hat das Repertoire und das Auftreten einer solchen Lichtgestalt. Auch ich bin erleichtert und lasse mich fallen. Der Gott Nihil – streng genommen gar nicht für mich zuständig – wird schon das Richtige tun! Eine nicht ganz ungefährliche Haltung, aber sie entspricht am heutigen Tag meinen emotionalen Sehnsüchten und dem Grad meiner Erschöpfung.

Ich bin meiner eigenen Erleichterung über das Erscheinen Nihils noch kaum gewahr geworden, da folgt bereits der erste Wermutstropfen. Bernd-Pascal betritt, von zwei seiner noch verbliebenen Fliegen umschwirrt, laut schreiend die Szenerie.

»Ein Anschlag!«, ruft er und fuchtelt wild mit den Vorderkrallen. Seine Restfliegen schwirren gelangweilt ein bisschen hin und her: »Drei riesige Nadelbäume haben sich in suizidaler Absicht auf unser Eingangstor geworfen und fast komplett zerstört! Glaube ich jedenfalls«, schickt er hinterher.

Ich zucke mit den Schultern. Auch das noch. Dann beschließe ich, den Wermutstropfen an mir abperlen zu lassen wie Wasser an einer imprägnierten Windschutzscheibe, wie Sekt am Champagnerglas, wie Regen an einem Schirm, oder, oder, oder … Die nächsten 32 Vergleiche erspare ich ihnen besser, liebe Leser. Sie müssten jetzt eigentlich wissen, worum es mir geht. In puncto Anschaulichkeit oder gar Niveau ist keine Steigerung zu erwarten. Ich könnte meine Argumentation lediglich in der Breite verstärken.

»Mir egal!«, antworte ich folgerichtig und besonders mürrisch. »Dann reparier es halt! Wo ist überhaupt die dritte Fliege?«

Treffer. Versenkt.

»Schwindelanfall beim Schwirrtraining«, murmelt das Hyänenmännchen, »ich baue dann das Tor mal wieder auf«, und trollt sich. Ich kann den absteigenden Ast förmlich sehen, auf dem er sich befindet.

»Mach uns noch ein paar Schnittchen!«, rufe ich dem Tier hinterher. Seine Antwort verstehe ich nicht. Sie klingt ein bisschen wie »Arschloch«, aber da könnte ich mich auch täuschen.

Schon wenige Minuten nach Ankunft der göttlichen Hoffnungsträger haben wir uns in voller Mannschaftsstärke in Pennys ehemaligem Audienz-, Residenz- und Wohnzimmer versammelt. Nihil erläutert kurz, knapp und präzise, was uns in den nächsten Tagen erwartet.

»Das höchste Göttergerichtsgremium des Universums hat mich zum alleinigen Richter im Prozess gegen die Puffotter Penny, wohnhaft auf Pennys Farm in Lennestadt, Flavio Fiesemöppka, ebenfalls dort lebend, und Bernd-Pascal Besenbinder-Maluszewski aus Werdohl, zurzeit auch wohnhaft auf Pennys Farm, bestellt. Dieses Verfahren wird nach den Regeln eines Halbschnellgerichts durchgeführt. Ich, der Gott Nihil, fungiere als alleiniger Richter, mein Assistent Eberhard als Staatsanwalt, die Angeklagten werden von Herrn Flavio Fiesemöppka als anwaltlichem Beistand vertreten. Als Nebenkläger werden Jenny, Henny, Renny, Kenny, Flenny, Stenny und Stefan Puffotter sowie die Kampfhunde Zerberus und Dieter, der Flamingo Flamingo sowie aus mir bisher noch völlig schleierhaften Gründen 611 Fliegen aus dem ehemaligen Team Bernd-Pascal auftreten. Als Gutachterin habe ich vor fünf Minuten Frau Dr. Piwiane Boll, Dozentin für ›Angewandte Reptilienwissenschaften‹ an der Animalischen Universität Hannover-Buchholz, bestellt. Sie wird so schnell wie möglich anreisen.«

Ich lächle. Es ist schön, Piwi bald wiederzusehen, auch wenn die Umstände so gar nicht positiv sind.

»Die Anklage«, fährt Nihil fort, »lautet: Vorbereitung eines Angriffskriegs, Freiheitsberaubung, blödes Gelaber in Tateinheit mit absurd schlechter Laune und, was Frau Penny und Herrn Fiesemöppka betrifft, Umweltverschmutzung durch illegale Häutung auf öffentlichen Wegen ohne anschließende Entsorgung. Die Verhandlung ist für drei Tage und ohne Schöffen angesetzt. Der Angeklagte Bernd-Pascal Besenbinder-Maluszewski ist zeitweise von der Anwesenheitspflicht befreit, um bei Bedarf in der Lage zu sein, Schnittchen und kleinere Snacks zuzubereiten. Prozessbeginn ist morgen um acht Uhr dreißig sauerländischer Mountain Time.«

Nihil klopft mit einem alten Hammer auf den noch älteren Couchtisch, der aber stehenbleibt.

»Geil«, wendet er sich an seinen Assistenten, »das mit dem Hammer wollte ich schon immer mal machen. Ich habe als Nachwuchsgott oft ›Quincy‹ geguckt. Irgendwie hat das was, so als Bestimmer aufzutreten. Alternativ zu meiner Götterlaufbahn wäre Richter meine zweite berufliche Wahl gewesen.«

Eberhard grinst. »Darf ich Sie zwischendurch mal vertreten, Chef? Das wäre was für Mutters Larven!«

Nihil nickt. »Klar. Zum Schluss, wenn alles gelaufen ist.« Er lacht laut. »Man muss seine Mitarbeiter schließlich bei Laune halten!«

Während Eberhard das Lufttaxiunternehmen von Faruk al Fischmann mit dem Transfer der Gutachterin von Hannover nach Lennestadt beauftragt, rekrutiert der internationale Schwanzlurchgott Nihil höchstselbst aus dem Fundus der Farm eine ebenso illustre wie umfangreiche Auswahl an Hämmern aller Art.

Da ich mir beim Aufbau des Gerichtssaals bereits nach wenigen Minuten eine schmerzhafte Gesäßmuskelzerrung zuziehe, habe ich anschließend genügend Zeit, das Geschehen genauer zu beobachten.

Während Sammy und der Flamingo ungeahnte Kräfte mobilisieren, überwacht Eberhard den ordnungsgemäßen Aufbau der Gerichtsmöbel. Gleichzeitig überprüft Monique die Akustik und Bernd-Pascal betätigt sich als männliche Kaltmamsell. Der kleine Hennes nutzt die freie Zeit, um konsequent Maulaffen feilzuhalten. Auch alle anderen in den Prozess involvierten Tiere pausieren.

Vielleicht eine Stunde später kommt Nihil mit einem klapprigen Bollerwagen zurück und lädt aus. Nach und nach fördert er eine Anzahl von Hämmern im niedrigen dreistelligen Bereich zutage, die er nur auf dem Gelände gefunden haben kann, und verteilt sie fein säuberlich auf die um das Richterpult angeordneten Tische.

Ich schaue genauer hin und erkenne Vorschlaghämmer, Maurerhämmer, Schlosserhämmer, Gummihämmer, Spalthämmer, Schieferhämmer, Spitzhämmer, Holzhämmer, Latthämmer, einen alten Regionalexpress-Nothammer, einen abgenutzten Hufhammer und sogar einen original Richterhammer, der von Fiesemöppka stammen muss.

»Der Presslufthammer war zu groß«, sagt Nihil. Seine Augen leuchten trotzdem. »Er wäre auch eventuell eine Spur zu laut gewesen. Und den Fliesenlegerhammer hat mir der Flamingo geklaut.«

Nach dreieinhalb Stunden steht in Pennys ehemaligem Residier- und Wohnzimmer ein kompletter, wenn auch provisorischer Gerichtssaal. Eine weitere Stunde darauf rauscht die sich ob ihrer Verspätung mehrfach entschuldigende Frau Doktor Piwiane Boll herein. Die Verhandlung kann beginnen.

Nachdem Nihil die Anklage verlesen und mit einem mächtigen Gummihammerschlag unterstrichen hat, stellen die angeklagten Puffottern Penny und Fiesemöppka sofort einen Misstrauensantrag.

»Von irgendeinem zweitklassigen Nischengott lasse ich mich nicht richten«, betont Penny und die Blumenampel auf ihrem Kopf wackelt noch eine Spur stärker als ohnehin schon, »das ist unter meiner Würde. Wissen Sie eigentlich, wer ich bin?«

»Absolut«, antwortet Nihil, »das steht in Ihren Akten, Frau Penny. Sehr aufschlussreich!«

Dann prügelt er seinen Richterhammer mit einer Vehemenz und Begeisterung auf den Tisch, dass es all denen, deren Möbelstück nicht darunter zu leiden hat, einfach eine Freude sein muss. Jede weniger euphorische Reaktion erscheint mir undenkbar.

Pennys Aussage ist die erste des heutigen Abends. Auch hier gibt die Schlange das Bild einer hochgradig narzisstischen Persönlichkeit ohne Skrupel oder Reflexionsfähigkeit ab.

»Allein diese Anklage ist der größte Skandal der sauerländischen Justizgeschichte!«, wettert sie schon zu Beginn ihrer Vernehmung. »Ich wollte das Siegerland befreien und ökologisch umstrukturieren. Sogar ein Bioatomkraftwerk war geplant. Mit Grasdach. Und ein konsequentes Einreiseverbot für CO^2-Sünder wie Kühe oder Leute wie meinen Cousin Gerd, die auf ihre Blähungen auch noch stolz sind.«

Meine Empörung ist noch nicht ganz ins Unermessliche gestiegen, der Weg dorthin aber schon beschritten, da klingelt Eberhards Telefon. Beziehungsweise das Telefon, das ihm der kleine Hennes vor der Verhandlung geliehen hat, um im Notfall mit der Führungsebene der Götterszene in Verbindung treten zu können. Nihils Assistent wirkt ziemlich überrascht, als er auf das Display schaut, äußert sich aber nicht. Die Gesprächsfetzen, die daraufhin an mein Ohr dringen, klingen nicht ermutigend. Und kommen einer Sensation gleich!

»Wie bitte?«, schreit Eberhard in das Handy. »Hennes Boll wird von Interpol gesucht?«

Ich schaue mir den kleinen Kater an. Seine Nase leuchtet heute noch eine Spur rosafarbener als sonst. Wenn man ihn so sieht, würde man als Letztes darauf kommen, dass gegen ihn ein internationaler Haftbefehl vorliegen soll. Ein Anruf des Schulamts oder seiner Klassenlehrerin hätte mich weniger überrascht.

Ungläubig schüttele ich mein Haupt und muss unwillkürlich an das Virus denken. Der kleine Hennes wird doch wohl nicht der Täter sein? Rein optisch könnte ich mir das kaum vorstellen. Ein harmloser wirkendes Tier ist mir noch nie begegnet. Stichwort: rosa Nase. Aber vielleicht ist genau das seine Masche? Harmlos aussehen und skrupellos handeln? »Delinquenz sieht man nicht«, hat mein Großvater immer gesagt und »Je harmloser die Optik, desto schlimmer der Charakter.« Ich habe diese Aussagen immer für sinnlose Klischees gehalten. Aber auch Klischees treffen manchmal zu. Das hat mein Großvater ebenfalls erwähnt.

Ich bin derart in meine bösen Gedanken versunken, dass ich den Fortgang des Telefonats gar nicht mitbekomme. Als es mir endlich gelungen ist, mich zumindest kurz von meinen aufkommenden düsteren Zukunftsvisionen zu lösen, wendet sich Eberhard dem Kleinen zu.

»Das war Interpol. Du hast beim ›Tag der offenen Tür‹ in ihrer Wuppertaler Zentrale deinen Rucksack und deine Zwille vergessen. Sie möchten dir beides gerne schicken und fragen, ob sie die angebrochene Forellenstickpackung wegwerfen dürfen. Die muss wohl sehr streng riechen.«

»Nö«, antwortet der Rotweiße, für mich eine Spur zu süffisant, »dazu waren die Sticks zu teuer. Sie haben ein Vermögen gekostet! Außerdem sind sie mit Sicherheit noch gut. Ich war doch erst letzten Monat in Wuppertal!« Er hebt seine Nase in die Luft. »Forellensticks müssen nach dem Öffnen der Packung noch eine Zeitlang reifen. Erst dann entfaltet sich ihr volles Aroma.« Er lächelt freundlich. »Aber vielen Dank für die Nachricht. Vor allem die Zwille habe ich vermisst. Eine handgearbeitete Vier-Sechsundreißiger mit original brasilianischem Kautschukband und Kirschkernbeutel aus südniedersächsischer Produktion. Ein Familienerbstück. Mein Urgroßvater soll damit mal einen aggressiven Mäusebussard neutralisiert haben.« Er grinst. »Aber dabei könnte es sich um auch eine Legende handeln. In meiner Familie wird immer so ein Zeug erzählt. Das Meiste entpuppt sich bei genauerem Hinschauen als unhaltbar.«

»Puuh!« Ich seufze erleichtert. »Der Kleine ist also unschuldig!«

Auf den Schreck nehme ich erstmal einen tiefen Schluck aus meiner Rhabarberschorlenflasche und handele mir direkt einen missbilligenden Blick Nihils ein. Ich zucke mit den Achseln. Ich bin katholisch. Der Schwanzlurchgötze ist für mich nicht zuständig. Ein Nischengott halt.

»Von wegen Nischengott! Vom Götzenausdruck mal ganz abgesehen! Ich, Nihil, leite diese Gerichtsverhandlung und dieses Grundstück ist in Besitz eines Tieres: der Puffotter Penny. Das bedeutet, …«, er greift seinen aktuellen Hammer, diesmal den hölzernen, und schlägt dreimal fest auf die bebende Tischplatte. »Das bedeutet, ich habe hier für die Dauer des Prozesses Hausrecht! Und Sie …«, er zeigt mit der ausgestreckten Kralle auf meinen Platz, »… Herr Wunn, Sie sind lediglich als Gast auch mit anwesend und haben sich entsprechend respektvoll zu verhalten!«

Mir wird heiß und ich spüre das Blut in meinen Kopf aufsteigen. Wie peinlich! Ich muss mich von einem mit seinen achtzig Zentimetern im Vergleich zu meinen einsdreiundsiebzigkommafünf Metern verschwindend kleinen, fast winzigen Grottenolm zurechtweisen lassen, der das auch noch darf! Er hat ja das Recht auf seiner Seite! Wie in Trance und ohne richterliche Anweisung erhebe ich mich und stutze. Diesen Gedanken habe ich doch gar nicht laut ausgesprochen. Der wird doch wohl nicht …

Nihil nickt. »Richtig. Als überirdisches Wesen kann ich selbstverständlich Gedanken lesen. Jedenfalls, wenn ich es drauf anlege. Alles will man ja nun auch wieder nicht wissen!« Er schlägt erneut auf den Tisch. »Die Verhandlung wird fortgesetzt! Der Herr mit der ›Bombe‹ kann sich setzen! Das Blut wird schon irgendwann wieder aus seinem Kopf weichen!«

Mit Pudding in den Knien falle ich auf meinen Stuhl zurück. Ich könnte im Erdboden versinken. Obwohl … Hatte sich nicht hier unter Tage das farmeigene Verlies befunden? Ich entscheide mich gegen ein Versinken, bleibe auf meinem Platz, zwinge mich zur Ruhe und versuche, mich wieder auf den Prozess zu konzentrieren.

Pennys Vernehmung ist noch nicht beendet. Sie beschreibt in groben Zügen, wie sie sich die Errichtung einer Ökodiktatur im Siegerland vorgestellt hat.

»Ich hätte als Königin der ökologisch-konstitutionellen Monarchie ›Fairsylvanien‹ verfügt, dass jeden Morgen – ich betone: jeden Morgen! – ein Zeppelin mit hundert langzeitarbeitslosen Tieren und ihren gefüllten Gießkannen startet, um so effektiv und präventiv gegen Dürreperioden vorzugehen.« Sie lächelt süffisant, ihre Blumenampel wackelt. »Das ist Ökologie in Hoch- und Reinkultur. Was soll daran schlecht sein?«

Ich schaue mir die Schlange genauer an. Ich hätte nicht gedacht, dass sich der Grad ihrer Überheblichkeit noch steigern ließe. Ein Trugschluss!

»Ich werde einmal als Umweltheldin in die Geschichte eingehen. Die erste Umweltaktivistin unter Gleichen!«

Ich bin sehr froh, dass sie keine Faust besitzt, die sie geballt nach oben strecken könnte. Diese Geste stünde jetzt an. Im Zusammenhang mit der Selbstbeweihräucherung dieser delinquent-narzisstischen Giftschlange eine Perversion ersten Ranges.

»Und die Tiere auf dem Zeppelin?«, fragt Nihil. »Wo wollen Sie die jeden Morgen herkriegen?«

»Zwangsrekrutieren natürlich!« Penny schüttelt ihr blumenampelgeschmücktes Köpfchen. »Es ist ein Skandal, dass eine intellektuell derartig eingeschränkte Schwanzlurchpfeife wie Sie, Herr Nihil, Götterstatus erlangen kann. Mich hat keiner gefragt! Niemand! Nix! Noch nie!«

»Ruhig, Penny!«, flüstert ihr der direkt daneben sitzende Fiesemöppka zu. »Bleib ruhig! Alles wird gut!«

»Das sagst du immer!«, brüllt ihm Penny ins Gesicht. »Und dann hältst du dein Versprechen wieder nicht!« Die Puffotter bricht tatsächlich in Tränen aus. Zornige Tränen. »Du nimmst mich doch gar nicht ernst!«

Sie erhebt das Haupt. Ihr Gesicht hat jetzt einen sehr trotzigen Ausdruck angenommen. Ein weniger schlangenartiges Tier würde jetzt mit dem Huf aufstampfen.

»Ich will Königin werden! Das wollte ich schon immer. Notfalls als Ökomonarchin! Und diese Viecher mit den Gießkannen würde ich zwangsverpflichten. Ist doch logisch! Und vorher wird zwangsmeditiert, damit die endlich mal wieder runterkommen, die unentspannten Arschlöcher!«

Der Kopf des Reptils hat sich hochrot verfärbt, ihre Blumenampel befindet sich in höchster Absturzgefahr.

Nihil nickt überraschend freundlich und touchiert nur ganz leise mit seinem Hammer die Tischplatte. Der Schwanzlurchgott lächelt fein.

»Aber Penny …«, sagt er mit der liebsten Stimme der Welt, fast flüsternd, »… liebste Penny. Ich fasse mal kurz zusammen, was Sie gesagt haben: Diese Tiere sollen mit einem Zeppelin fliegen. Fliegen funktioniert aber nur in der Luft. In der Luft wären sie oben. Warum sollen sie dann runterkommen? Vor dem Start sind sie ja noch unten. Sie sollen aber deiner Meinung nach rauf, um aus luftiger Höhe Blumen zu gießen. Das habe ich doch richtig verstanden, oder?«

Die Puffotter japst. »Das habe ich ganz anders gemeint. Wo ist mein Anti-Konfusionsspray? Schnell!«

Fiesemöppka holt ein Sprühfläschchen hervor. Er nimmt die Düse zwischen die Zähne und nebelt Penny großräumig ein.

Nihil schlägt mit dem Vorschlaghammer auf den Tisch. »Pause. In zehn Minuten wird die Verhandlung fortgesetzt.«

In der freien Zeit geselle ich mich zu Sammy und Monique. Die Katze hat das Handy in der Pfote, ihre Miene wirkt sorgenvoll.

»Es gibt Probleme«, sagt sie, »Horst kommt auf dem Campus überhaupt nicht klar. Das hier«, sie zeigt auf ihr Display, »brummt Tag und Nacht. Eine Beschwerde nach der anderen. Erst ist er aus der WG geflogen, dann hat er in Hörsälen übernachtet und jetzt hat ihm Professor Dösig eigenpfotig Campusverbot erteilt. Das Gelände hat er mit seinen Flaschen weiträumig übersät und Horst weigert sich, sie wegzuräumen. Er trinke lieber, hat er wohl gesagt. Das sei sein Part und anstrengend genug. Den Rest solle der Ordnungsdienst übernehmen, dessen Mitarbeiter stünden eh nur faul in der Gegend herum. ›Alte Spießer‹ hat er sie auch noch genannt. Da muss Professor Dösig wohl sehr böse geworden sein. Der alte Mann hat ihn tatsächlich am Kragen gepackt und rausgeworfen.«

»Wie traurig«, antworte ich. »Horst ist eigentlich so ein cooler Typ. Egal, was passiert: Er bleibt mein Freund. Wir müssen ihm helfen. Was ist mit dir? Kennst du eine gute Entzugsklinik, Monique?«

»Nein.« Sie schüttelt den Kopf.

»Ich schon. Die Klinik, in der ich war«, mischt sich Sammy in unser Gespräch ein, »ich könnte sie Ihnen schon empfehlen, aber dann suche ich mir selbst lieber eine andere.«

Ich beschließe, die Sache im Auge zu behalten.

Pünktlich nach zehn Minuten wird die Verhandlung fortgesetzt. Doch Penny ist müde geworden. Ihre Antworten sind kurz bis einsilbig. Die Luft ist raus. Erwähnenswert ist lediglich noch Nihils Abschlussfrage.

»Was ist mit dem Virus, Penny?« Er schlägt sachte mit seinem Hammer auf die Tischplatte. Es ist fast schon ein Streicheln.

Die Reptiliendame schüttelt leicht das Köpfchen. Ihre Blumenampel bewegt sich kaum.

»Ach, Quatsch!«, antwortet sie und es klingt resigniert. »Für solche Sachen bin ich doch schon zu alt! Ich war als Jungreptil auf der Fachunterschule. Da lernt man das Leben und nicht, wie man Viren manipuliert.«

»Danke«, sagt Nihil, »das war sehr aufschlussreich!« Dann prügelt er seinen Hammer mit Wucht auf den unter seinen Schlägen berstenden Tisch. Es ist der dritte am heutigen Tag.

Nach dem Wiederaufbau des Richtertischs wird die Verhandlung mit Fiesemöppkas Vernehmung fortgesetzt. Da sie sich einigermaßen unspektakulär gestaltet, erspare ich Ihnen weitere Details, liebe Leserinnen und Leser. Ein letztes Highlight bildet die Befragung der abtrünnigen Fliegen aus Bernd-Pascals Dunstkreis. Selten war eine Formulierung derart zutreffend.

Sie berichten von einem Versprechen Pennys gegenüber dem Hyänenmännchen.

»Wenn du immer schön brav bist, die Gefangenen zuverlässig mit Futter versorgst und über alle internen Vorgänge die Klappe hältst, wird dir nach meiner Machtergreifung halb Schweden und ein sogar noch bisschen Finnland gehören«, soll Penny gesagt haben, was Bernd-Pascal unter Eid zerknirscht zugibt.

»Naja, es soll da ja sehr schön sein. Sagt man jedenfalls. Außerdem wollte ich schon immer mal die Zentrale von IKEA besuchen«, lautet seine Erklärung, die Nihil zu einem wahren Hammergewitter bewegt. Zum Glück haben wir noch ein paar Tische in Reserve. Die Farm ist doch sehr weitläufig und großräumig möbliert.

Nihil trennt Bernd-Pascals Verfahren ab. Um ein Urteil wird sich ein reguläres Faunagericht kümmern müssen. Des Richters wörtliche Begründung: »Der Angeklagte befindet sich im Heranwachsendenalter, ist aber auf dem geistigen und seelischen Stand eines dreiwöchigen Seepferdchens mit ausgeprägter Intelligenzminderung und noch ausgeprägterem Brett vor dem Kopf stehengeblieben. Darüber hinaus wirkt er derart labil, dass man nicht umhinkommt, ihn in die Kategorie ›Psycho-Hyäne‹ einzuordnen. Um zu einem ausgewogenen Urteil gelangen zu können, reicht dieses Schnellgericht nicht ansatzweise aus. Auf jeden Fall wird ein medizinischer Gutachter hinzugezogen werden müssen.«

Die Reptilienexpertin Frau Dr. Piwiane Boll erläutert nach einer weiteren Pause die Charakterstruktur von Penny und Fiesemöppka unter Zuhilfenahme ihres selbst entwickelten, inzwischen weit verbreiteten Schemas der ›Tiefgründigen Oberflächlichkeit‹. Frau Dr. Bolls Prognose ist verheerend. Als besonders gefährlich ordnet sie die Tendenz der Angeklagten Penny Puffotter ein, unter dem Deckmäntelchen einer guten und zwingend erforderlichen Sache wie der Förderung ökologischer Aktivitäten äußerst widerwärtige Eigeninteressen, darunter ganz konkret die Installation eines diktatorischen Zwangsregimes zu verfolgen. Frau Dr. Piwiane Boll rät zur weiteren Isolation der Angeklagten, um Schaden von der Erdengesellschaft, aber auch weiteren posthumen Gesellschaftsmodellen wie dem christlichen Himmel oder dem Nirwana abzuwenden.

Der Gott Nihil verurteilt beide Reptilien zu weiteren hundert Jahren Hausarrest ohne Option auf vorgezogene Erlösung. Erst im Jahre 2120 soll ihr Fall neu aufgerollt werden.

»Zum Glück von jemand anderem«, wie er hinzufügt.

Nach der Verhandlung ist Aufräumen und Verabschiedung der externen Richter angesagt. Nihil entscheidet sich, die 50 besten Hämmer mitzunehmen und auf diese Art und Weise seinem eventuellen Nachfolger auch noch ein paar übrig zu lassen.

Als die Aufräumarbeiten am späten Abend endlich beendet sind, sinken Sammy und ich erschöpft in unsere Sessel, während Monique ein letztes Mal ihre Nachrichten überprüft.

Ich bin schon fast weggedöst, als ich ihren lauten Schrei vernehme.

»Der Campus in Hagen-Haspe ist nach dem Angriff einer ganzen Baumschule evakuiert worden. Niemand ist bereit, Horst aufzunehmen. Er ist jetzt obdachlos und bittet um unsere Hilfe.«

»Jut«, nuschele ich, »dann müssen wir morgen wohl gleich wieder weiter. Diesmal also nach Haspe.«

An mehr kann ich mich nicht erinnern. Ich muss sofort eingeschlafen sein.

17 Danger

Am nächsten Morgen werde ich sehr früh, dafür aber umso unsanfter geweckt. Sammy sitzt neben meinem Bett und hat Fellwechsel, sein Würgen ist bestimmt noch in Lüdenscheid zu hören. Ich drehe mich um und suche meine Ohrstöpsel. Vor seinem Erbrochenen ekele ich mich nur bedingt, wer öfter mit Katzen zu tun hat, kennt das. Wenn auch besser, als ihm lieb ist. Wer lässt sich schon gerne morgens vor das Bett kotzen? Ich erwarte jetzt keine erhobenen Finger oder zustimmenden Leserbriefe. Meine Frage ist rein rhetorischer Natur. Problematischer verhält sich die Sache mit den Ohrstöpseln. Ich kann sie nirgends entdecken. Eine Zeitlang zumindest. Als ich sie endlich finde, bin ich wach.

Die aufgehende Sonne blendet mich, die Grillen zirpen zu laut, Sammy kotzt vor mein Bett. Alles nichts Besonderes und doch in seiner Summe eine Katastrophe. Schlechter kann ein Tag kaum beginnen. Es sei denn, ich lebe auf dem Hasper FH-Campus und der ist gerade von Angehörigen einer Baumschule plattgemacht worden. Ich setze mich auf, reibe mir erst jetzt die Augen. Pro forma, irgendwie gehört Augenreiben zu einem halbwegs regulären Tagesbeginn dazu.

»Mach deinen Dreck weg!«, herrsche ich Sammy an, der dem mäßig angenehmen Tagesbeginn entsprechend mit »Nö«, antwortet, »nicht in dem Tonfall, Alter!«

Ich bin gar nicht alt. Ich bin 54. Langsam werde ich sauer. Ich springe aus dem Bett. Warte Bursche, ich zeige dir mal, wie fit der alte Sack noch ist! Ich hole zu einem fulminanten Fußtritt aus. Den würden auch Messi oder Ronaldo nicht besser hinbekommen. Ziel ist Sammys gar nicht so dezentes Hinterteil. Das rechte Bein hoch in der Luft, verspüre ich ein kaltes, nasses Gefühl unter dem linken. Ich schreie auf: »Igitt!«, einfach nur »Igitt!« Dann rutsche ich aus, mein Kopf küsst die Teppichkante.

Sammy grinst. »Glaubst du allen Ernstes, ich kotze nur an eine Stelle? In welcher Welt lebst du eigentlich? Ich habe Fellwechsel! Richtig Fellwechsel!«

Ich quäle mich wieder hoch. Sammy reicht mir nicht die Pfote. Das ist auch besser so. Zu seiner eigenen Sicherheit. Die Tür geht auf.

»Morgen!«, ruft eine fröhliche Weibchenstimme.

Auch das noch. Monique. Die hat mir gerade noch gefehlt!

»Der Kaffee ist fertig!«, ruft sie fast singend und überreicht mir eine Tasse mit der Aufschrift ›Weltherrschen am Morgen bringt Kummer und Sorgen‹. Ich kenne sie. Pennys Therapeut Sorglos hat sie und weitere Tassen mit ähnlichen Aufdrucken strategisch auf der Farm verteilt. ›Blitzkrieg am Mittag vertreibt Glück am dritten Tag‹, ›Eine Schlange macht noch keinen Winter‹ und ähnlicher Schwachsinn. Ich habe schon von eleganteren Manipulationen gehört. Funktioniert haben sie auch nicht. Wahrscheinlich wieder so ein theoretischer Plan aus dem Elfenbeinturmturm seines Psychologieprofessors!

Warum nicht mal was Innovatives versuchen? ›Wer zuerst kotzt, zahlt dafür‹, oder so.

Ich nehme einen Schluck aus der Penny-Manipulationstasse und schürze meine Lippen. Nicht übel. Für ein Pelztier kocht Monique ziemlich guten Kaffee.

»Woher kannst du das?«, frage ich. »Wenn ihn Sammy macht, fließt am Ende immer nur dünne Plörre aus der Tasse. Und wenn das ausnahmsweise mal nicht der Fall ist, dann kocht er ihn zu stark. Keine Ahnung, warum, aber es ist so!«

»Sammy trinkt ja auch selbst gar keinen Kaffee«, antwortet sie, »ich auch nicht. Aber ich bin ausgebildete Gastronomiefachfrau mit Auszeichnung!«

»Wow«, will ich gerade rufen, da unterbricht Sammy unser Gespräch.

»Könnt ihr euer Gelaber bitte auf später verschieben? Wir müssen nach Haspe. Der Campus ist zerstört worden. Ihr werdet euch erinnern! Außerdem hast du meine Hinterlassenschaften noch nicht bereinigt, Carsten!«

Er schwenkt ein Wischtuch. Ich schlage mir mit der flachen Hand vor die Stirn. Richtig: der Campus! Wir müssen den Grottenolm suchen. Am besten sofort! Hastig wische ich Sammys unverdaute Fellreste auf.

»Habt ihr noch irgendwas von Horst gehört?«

Monique schaut mir sehr ernst ins Gesicht. »Ja. Er hat mir eine WhatsApp-Nachricht geschickt. Er wollte gestern Nacht noch ins ›Sexxy Exxy‹.«

Das überrascht mich. Negativ natürlich. Horst ist seit Ewigkeiten nicht mehr in der Schwanzlurchdisco auf dem Gelände der Klutert-Höhle in Ennepetal gesehen worden. Das hat mir der Betreiber gesagt. Sein Besuch ist kein gutes Zeichen! Im ›Sexxy Exxy‹ in schlechte Gesellschaft zu geraten, ist ungefähr so wahrscheinlich, wie in Holland einem Fahrradfahrer zu begegnen oder von dem Frettchen Fränky Drogen angeboten zu bekommen, wenn man ihm begegnet.

Ich leere meine Tasse mit einem Schluck.

»Wir müssen los!«

»Mein Reden«, antwortet Sammy, »würdest du dann bitte noch das Tuch auswaschen? Das stinkt immer so erbärmlich, wenn noch Erbrochenes dran ist!«

Ich gehe in die inzwischen Bernd-Pascal-befreite Küche, öffne den Wasserhahn und halte den Wischlappen unter das für mich gerade gar nicht so köstliche Nass. Irgendwas läuft hier schief. Wenn ich nur wüsste, was!

Ich empfinde die Situation und ganz besonders Sammys Anspruchshaltung als respektlos bis demütigend. Gerade will ich meinem angestauten Ärger Luft machen, als Moniques Telefon erneut tönt. Sekunden später stöhnt sie auf.

»Wir müssen sofort los«, sagt sie, »die Nachricht ist von Brögelmann! Horst ist verschwunden. Er ist letzte Nacht tatsächlich im ›Sexxy Exxy‹ gesehen worden. Nach dem Genuss diverser Longdrinks und einer Flasche Kondensmilch mit Schuss ist er als letzter Gast gegangen und nicht mehr aufgetaucht. Der Wirt erinnert sich nur noch daran, dass er ins Höhleninnere geschlichen ist. Er wollte ihn sogar erst zurückhalten, aber da Horst wenige Minuten zuvor noch prophylaktisch seine Ehefrau angegraben hat, entschied er sich aus Verärgerung dagegen.«

Monique klappt ihr Handy zu. Das ist möglich, weil es sehr alt ist.

»Kommt in die Gänge!«, ruft sie. »Wir müssen Horst suchen. Ich bringe euch zum Campus. Dort wartet Brögi auf euch. Er versucht bis dahin, Genaueres herauszufinden. Horst ist wirklich in Gefahr. Letzte Woche soll eine Killerfledermaus in der Höhle gesichtet worden sein.«

»Auch das noch«, murmele ich.

»Dann nichts wie los«, fällt mir Sammy ins Wort, »gefrühstückt haben wir ja schon!«

»Bis auf mich«, will ich ergänzen, »ich habe erstmal deine Kotze weggemacht«, entscheide mich dann aber doch, meine Worte herunterzuschlucken, springe auf, schnappe mir im Vorbeigehen noch ein altes Aufbackbrötchen und verlasse kurz nach den beiden Pelztieren die Küche von Pennys Farm.

Es dauert höchstens eine Viertelstunde, bis Monique ihren Kratzbaum startklar gemacht hat, dann steige ich brav in meine Riesenkuhle, Monique lässt die Rotorblätter laufen und wir starten. Die Erde sieht von unserem Flugkratzbaum wie immer überwältigend aus, doch ich erkenne auch umgestürzte Bäume und die Ruinen zerstörter Gehöfte. Das Ausmaß der Schäden lässt mich schaudern. Wenn wir dem Auslöser für diese Angriffe nicht bald auf die Spur kommen, sind wir verloren.

Es ist absurd, aber wenn ich das jetzige Fluggefühl mit dem allerersten auf dem Transfer vom Edersee nach Attendorn vergleiche, dann ist das ein Unterschied wie Tag und Nacht, wie Yin und Yang, wie Dortmund und Schalke, wie Groß und Klein, wie heiß und kalt, wie Kölsch und Alt, ja, vielleicht sogar wie der Unterschied zwischen einem ganz bestimmten ehemaligen amerikanischen Präsidenten und irgendjemandem, der zurechnungsfähig ist. Sie werden ahnen, liebe Leser, was ich Ihnen sagen möchte: Das Gefühl ist ein anderes. Ein völlig anderes. Ich vergesse kurzfristig die schrecklichen Ereignisse der letzten Zeit. Der Wind weht durch mein Haar und ich sonne mich sogar ein bisschen, was meiner Haut schmeichelt und den Teint rosig färbt.

Wir landen nach vielleicht 30 Minuten auf dem Gelände der Fachhochschule in Haspe. Der Campus bietet ein Bild der Verwüstung. Selbst das wiederaufgebaute Caipirinha Klopstock/Koriander Trummelskopp-Denkmal ist zerstört. Mein Hochgefühl ist vergessen, die Realität hat mich wieder. Ich kämpfe mit den Tränen. Unschwer zu erkennen, dass es Sammy genauso geht.

»Wo ist eigentlich dein Schnuffeltuch?«, frage ich. »Wenn es einen Zeitpunkt gibt, sich sinnlos zu betäuben, dann jetzt! Hol es raus und pfeif dir Baldrian in die Mütze, bis es kracht! Ich könnte dich verstehen!«

Sammy atmet tief ein. Er kämpft immer noch mit den Tränen. »Nein«, sagt er, »alles gut! Ich habe mir auf unserem letzten Zwischenstopp eine Depotspritze geben lassen. Ein Muskel im Pobereich gibt in regelmäßigen Abständen Baldrian in meinen Körper ab. Ich bin geschützt. War Moniques Idee. Sieht auch besser aus. Man wirkt nicht so hektisch und fahrig.« Er lächelt traurig und zeigt mit ausgestreckter Vorderpfote auf die verlassenen Ruinen seiner ehemaligen Studienanstalt. »Auch, wenn mir solche Feinheiten gerade als sehr nebensächlich erscheinen.«

Ich streichele seinen Rücken. Das habe ich schon viel zu lange nicht mehr getan. Sammy schnurrt leise. In seltener Eintracht verharren wir eine knappe Viertelstunde auf dem, was die Baumschüler von dem Campus noch übriggelassen haben. Ist das Bild der bis auf die Grundmauern zerstörten ›Südwestfälschen Fachhochschule für Pelz- und Nagetiere‹ bereits ein Vorbote der Apokalypse? Ich zucke mit den Schultern. Gut möglich. Ich habe gerade das erleichternde Gefühl, Sammy irgendwie beruhigt zu haben, da belehrt mich der Kater eines Besseren. Er löst sich von meiner streichelnden Hand, springt auf und trommelt schluchzend auf die Grundmauern der ehemaligen Hochschulaula.

»Warum?«, schreit er in den Wald und reißt seine Stöpsel mit einer Heftigkeit aus den Ohren, dass ich zurückweiche.

»Warum nicht?«, höre ich eine leise, ruhige und doch gut verständliche Stimme.

Ich schaue mich um. Wir schauen uns um.

»Hinter euch«, sagt die Stimme. Sie klingt so klar wie ein Bach in den Bergen.

Wir drehen uns ganz um. Und stehen vor einer Kiefer.

»Komisch«, sage ich, »keiner zu sehen.«

»Doch«, antwortet die Kiefer.

»Moment«, überlege ich, »wer antwortet da? Die Kiefer? Unmöglich!« Ich schüttele den Kopf.

»Doch«, sagt sie, »ist möglich. Ich rede mit euch. Ich nehme an, du hast damit keine Probleme, Mensch! Oder täusche ich mich da?«

»Nö«, ich vollziehe die Kopfbewegung erneut, »habe ich nicht! Nicht die Bohne!«

Der Baum zeigt mit einem Ast auf Sammy. Oder ist es nur der Wind, der ihn dahin bewegt?

»Für dich ist das ja nichts Neues!«

»Woher weißt du das?«

Perplexer als Sammy in diesem Moment zu sein, geht nach meinem Ermessen eigentlich nicht.

»Das wissen alle Bäume. Wir spüren das. Deshalb haben alle Pflanzen, denen du bisher begegnet bist, nur Allgemeinplätze von sich gegeben. Vor allem die Eiben. Deine Durchlässigkeit hat hier auf dem Campus begonnen. Stimmt's?«

Sammy nickt mit entgeistertem Gesichtsausdruck. Wahrscheinlich sehe ich gerade so ähnlich aus, nur ohne Schnurrhaare.

»Hast du wirklich geglaubt, wir sind strunzdoof und labern grundsätzlich wirres Zeug?«

»Joa«, Sammy ringt sichtlich um Worte, »joa. Wenn du mich so fragst: eigentlich schon. Ich meine, ich habe es ja mit eigenen Ohren gehört. Danach kann man dann sowas schon mal glauben, finde ich.«

»Wir wollten dich loswerden! Wir brauchen keine Lauscher! Man weiß nie, ob nicht doch mal einer dabei ist, der sein Wissen gegen uns nutzt. Er wäre nicht der Erste.«

»Und was ist mit mir?«, mische ich mich ein. »Es gibt doch keinen vernünftigen Grund, warum ich dich jetzt auch hören kann! Bei Sammy ist das was anderes! Von mir aus! Aber ich …«

»Das Erwachen deiner Fähigkeit hat dramaturgische Gründe. Denn die Anlage, uns hören zu können, hat jedes Lebewesen. Es muss nur verstehen, dass auch wir gleichwertige, denkende Existenzen sind. Vielleicht nicht die mobilsten Lebewesen unter der Sonne, aber das ist für unseren Status als fühlende und denkende Wesen kein Kriterium.«

»Dramaturgische Gründe? Verstehe ich nicht!«

Der Baum bewegt süffisant seine Krone. Für meinen Geschmack eine Spur zu süffisant. Ich spreche die mit Sicherheit berechtigte Kritik an seiner Haltung nicht an. Ihr Zeitpunkt käme unpassend und das richtige Timing ist im Leben die halbe Miete. Immer.

»Ganz einfach. Ich werde euch jetzt die nötigen Informationen geben, um die Katastrophe zu beenden. Mein Vorgehen ist wohldurchdacht und mit jedem Baum hier im Wald abgesprochen. Die Situation läuft aus dem Ruder. Ein Massaker wie gestern hier an dieser Stelle war nicht vorgesehen. Das ist abstoßend!«

Ich werfe meinen Kopf wild hin und her. Was meint er? Was ist los?

»Hört mir genau zu!«, spricht die Kiefer. Sie sagt es ohne Pathos, doch die Bedeutung ihrer Worte könnten die Welt verändern. »Wir als weltweite Flora wollten euch nur einen Schuss vor den Bug versetzen. Euch aufwecken. Doch dann hat sich ein Bekloppter eingemischt und einen Virus entwickelt, das die Erde und ihre Bewohner zerstören könnte, wenn es wollte. Und es will! Diese Absicht tritt immer deutlicher ans Tageslicht. Für euch ganz wichtig: Der Bekloppte lebt in der Klutert-Höhle.« Er schweigt ein paar Sekunden. »Aber seid bitte vorsichtig. Die Existenz eurer Zivilisation, vielleicht sogar die des Universums steht auf dem Spiel! Nur bei der Milchstraße bin ich mir nicht ganz sicher. Da greifen andere Mechanismen. Andererseits sind mir die im Moment scheißegal: Passt einfach auf. Ich will euch nicht unter Druck setzen, aber ihr könnt euch keine Fehler erlauben.«

Wir nicken. Ich bin mehr als nur ergriffen. Dagegen wirkt Sammy schon zu diesem frühen Zeitpunkt ausgesprochen sachlich und konzentriert. Aber den Ernst der Sache haben wir beide verstanden. Das gilt durchaus auch für den gar nicht so eleganten psychologischen Kniff, den sowieso schon immensen Druck, der auf uns lastet, noch zu erhöhen, indem er uns das Gegenteil verspricht, aber gleichzeitig die drohenden Konsequenzen besonders drastisch beschreibt. Ich bin Dauerabonnent von ›Psychologie für Einsteiger‹. Außerdem habe ich ›Küchenpsychologie für Dummies‹ gelesen. In dieser Hinsicht kann mir keiner etwas vormachen.

Ich recke mein Kreuz und stelle mich aufrecht vor seinen Stamm. Aus dieser Position schaue ernst in seinen Wipfel.

»Mach dir keine Sorgen«, sage ich, »wir werden die Welt schon retten!«

»Alles klar«, antwortet der Baum und er sagt es nicht ohne Pathos, »denn man tau! Ich drücke euch alle verfügbaren Äste!«

18 Gefangen im Ennepe-Ruhr-Kreis

Wir nehmen die Pelztierlinie 511 nach Ennepetal. Ich habe mich entschlossen, die merkwürdigen Verhaltensweisen der mitfahrenden Kleintiere zu ignorieren. Lediglich der Puma in der Dreiersitzgruppe ganz hinten macht mir etwas Sorgen. Andererseits will ich die Welt retten, da sollte mir so eine dahergelaufene Großkatze eigentlich nichts anhaben können. Ich setze mich gerade auf, schaue angestrengt aus dem Fenster und nehme ganz bewusst keine Notiz von dem Raubtier.

Wir haben die Stadtgrenze nach Ennepetal noch nicht überquert, da tippt mir jemand von hinten auf die Schulter. Ich drehe mich um und blicke frontal in die wahrscheinlich gelbsten Raubtieraugen der Welt. Der Puma schaut zurück. Mir gefriert das Blut in den Adern. In der Wildnis Südamerikas wäre ich jetzt wahrscheinlich schon tot.

»Du hast deinen Taschenventilator fallen lassen«, sagt er mit ausgeprägtem westfälischem Zungenschlag, bückt sich so geschmeidig, wie sich nur ein Puma bücken kann, und hebt den Gegenstand auf.

»Bitte schön«, lächelt er und schleicht zurück in die letzte Reihe.

Ich wische mir den Schweiß von der Stirn. Wenn ich wirklich die Welt retten will, muss ich in puncto Coolness noch zulegen.

An der Haltestelle ›Klutert-Höhle Kleintierbahnhof‹ steigen wir aus. Sammy hat den Bus vor Aufregung bereits vorher dreimal völlig ohne Not per Knopfdruck zum Halten gebracht und ich frage mich, ob ausgerechnet wir nervösen Hemden wirklich die Richtigen sein sollen, um eine so komplexe und verantwortungsvolle Aufgabe wie die Rettung unserer Zivilisation zu bewerkstelligen.

Nach dem Aussteigen schaue ich routinemäßig auf mein Handy. Das Display zeigt eine WhatsApp-Nachricht an. Als ich den Absender erkenne, lächele ich. Sie ist von Horst.

»Bin gefangen«, lautet die knappe Nachricht, »holt mich hier raus.«

Meine Freude verwandelt sich in Bestürzung. Der ist ja sonnig! Erst sollten wir ›nur‹ die Welt retten und jetzt auch noch den Grottenolm Horst befreien? Selbstverständlich, ohne zu wissen woraus. Was kommt als Nächstes? Vielleicht der Stadt Hagen in einem Handstreich Schuldenfreiheit bescheren?

Ich sehe es schon kommen: Am Ende ist die Welt gerettet, Horst ist in Freiheit und allen geht es blendend. Nur Sammy und ich kämpfen in sparkursgeschwächten Reha-Kliniken um unsere Gesundung vom im Kampf für die Gesellschaft erworbenen Burnout-Syndrom.

Ich schaue erneut auf mein Handy und entdecke weiter unten auf dem Display eine Nachricht, die ich übersehen hatte. Auch sie ist von Horst.

»Klutert-Höhle«, steht darin, und: »›Sexxy Exxy‹.«

Das wiederum stimmt mich etwas versöhnlicher. Wir stehen direkt vor der erwähnten Klutert-Höhle. Wie praktisch! Dann könnten wir die Befreiung von Horst ganz unproblematisch in die Rettung unserer Zivilisation integrieren. ›Die Weltrettung der kurzen Wege‹ kommt mir kurz und stichwortartig in den Sinn. Ich schüttele unwillkürlich meinen Kopf. So ein Quatsch! Es geht immer noch um Leben und Tod. So einfach ist das nicht.

Ich stupse Sammy an.

»Horst schreibt etwas von der Klutert-Höhle und dem ›Sexxy Exxy‹. Ergibt es Sinn, ihn auf unserer Mission mitzusuchen? Oder wäre das zu viel auf einmal?«

Allein an meiner Frage wird mir klar, wie unsicher ich bin. An selbstbewussteren Tagen interessiert mich Sammys Meinung nicht die Bohne.

»Das ›Sexxy Exxy‹ ist gleich hinter dem Höhleneingang. Wir könnten kurz nach ihm fragen, wenn jemand in der Nähe ist, aber grundsätzlich geht die Suche nach dem Labor vor«, antwortet der baldriandepotunterstützte Sammy eine Spur zu ruhig. Seine Augen leuchten ungesund. Ich schaue ein zweites Mal hin. Wenigstens sind sie noch bernsteingelb.

Kurz darauf passieren wir den Eingang zur Klutert-Höhle. Während Sammy kerzengerade durchgeht, muss ich den Kopf einziehen. Linker Hand erkenne ich das ›Sexxy Exxy‹. Die Schwanzlurchlocation ist nicht zu übersehen. Ein kleines, rundes, in die Höhle gemeißeltes Gebäude. Rotes Neonlicht lässt die Szenerie gespenstisch erscheinen. Davor und weit über den Höhleneingangsbereich verstreut, liegen bestimmt ein Dutzend besonders bleiche Grottenolme. Ihre Alkoholfahnen geben der Höhlenluft eine ganz eigene Note. Ich ziehe mein Hemd vor die Nase. Dieser Geruchsnote hätte es, meiner Meinung nach, nicht bedurft. Zwischen den übrig gebliebenen Gästen vom Vortag erkenne ich eine deutlich dunkler pigmentierte Lurchdame. Sie ist gerade in Begriff, eine der Schnapsleichen mit einer Salve von Ohrfeigen zu wecken.

»Horsta!«, rufe ich. »Was machst du denn hier?«

»Papa suchen«, antwortet sie, »er hat mir eine Textnachricht geschickt. Er muss hier in der Gegend eingesperrt worden sein!«

»Ich weiß. Uns hat er auch benachrichtigt. Wie bist du so schnell hierhergekommen?«

»Ich war schon in Hagen. Ich habe mir Sorgen gemacht. Gestern ist der Campus evakuiert worden.«

»Ich weiß.«

Sammy nickt. »Hast du etwas in Erfahrung bringen können?«

Der Kater öffnet seinen Rucksack und holt eine Trinkflasche hervor. Dann öffnet er sie und schüttet dem trotz der Schläge weiterhin selig in Horstas Ärmchen schlafenden Olm einen Schwall Rhabarberschorle über den Schädel. Mit Erfolg. Das Tier wacht auf und schüttelt sich.

»Was soll das? Igitt, ist das klebrig!«

»Schnauze! Die Fragen stellen wir! Also, hast du Horst gesehen?«

»Wieso stellt ihr die Fragen? Seid ihr was Besseres, oder wie?«

Ich nicke. Die Frage ist durchaus berechtigt. Was für eine hohle Phrase! Sammy guckt einfach zu viele alte Krimis. Andererseits haben wir auf keinen Fall genügend Zeit, um sie jetzt an Ort und Stelle auszudiskutieren.

»Halt die Fresse, Arschloch! Hast du Horst jetzt gesehen oder nicht?«

Sammy packt den Lurch am Oberkörper und schüttelt ihn heftig. Ich grinse wortlos in mich hinein. Großartig gelöst. Alle Achtung! Sammy wächst in dieser schwierigen Situation über sich hinaus. Auch der Angesprochene wirkt beeindruckt, wenn auch weniger positiv als ich.

»Ist ja schon gut!«, ruft er und hält seine Klauen schützend vor das Gesicht. »Er war gestern hier. Irgendwann in den frühen Morgenstunden hat er begonnen zu randalieren. Daran kann ich mich noch erinnern.« Er greift sich an den Schädel. »Boah, habe ich Kopfschmerzen!«

Sammy schüttelt den Olm ein weiteres Mal. »Und dann?«

»Dann ist er rausgeflogen!«

Ich schaue Horsta an. Sie schämt sich. Das erkenne ich an ihren dunklen Augen, über die ein Schleier gezogen zu sein scheint.

»Mach dir keine Gedanken«, flüstere ich ihr zu. »Das kriegen wir alles wieder hin. Wenn du wüsstest, wie oft ich in meiner Jugend aus Kneipen und Discos geflogen bin!« Ich ringe mir ein Lächeln ab. »Und jetzt? Jetzt rette ich die Welt!«

Ich spüre Sammys strafenden Blick.

»Jedenfalls versuche ich das gerade«, verbessere ich mich und schaue den Kater an. »Und es sieht doch gerade gar nicht so schlecht aus, finde ich!«

Der alkoholisierte Schwanzlurch hat den Moment unserer Unkonzentriertheit genutzt und sich aufgesetzt, so gut es ihm möglich ist.

»War es das?« Er versucht, sich aus Sammys immer noch eisernem Griff zu befreien. Der packt wieder fester zu.

»Weißt du, wohin er dann geschlichen ist?«

»Ins Höhleninnere. Dann habe ich ihn aus den Augen verloren!«, röchelt der Lurch.

Horsta greift sanft nach Sammys Pfote. »Lass ihn! Wir wissen jetzt genug!«

»Eine Frage noch«, grätsche ich dazwischen, »hier in der Höhle muss ein Labor sein. Weißt du etwas darüber?«

Der Schwanzlurch schnappt nach Luft.

»Geradeaus im Höhleninneren ist ein Schild. Den Namen des Besitzers habe ich vergessen. Irgendwas mit Haaren. Marquardt Minipli oder so.«

Er röchelt erneut. Langsam bereitet mir seine Atmung Sorgen.

»Lass ihn los!«, sage ich.

Kaum hat Sammy seinen Griff gelockert, befreit sich das reptilienartige Tier und sprintet in einem Tempo von dannen, als hätte es die durchzechte Nacht von gestern nie gegeben.

Unser Weg führt weiter ins Höhleninnere. Alles andere hätte keinen Sinn ergeben. Nach einer knappen Viertelstunde trennen wir uns von Horsta. Sie sucht ihren Vater, wir dagegen haben immer noch unser Ziel vor Augen. Das Ziel, das kein Geringeres ist als die Rettung der Menschheit, der Fauna und unserer gemeinsamen Zivilisation. Wir wissen beide, wie groß diese Aufgabe ist, welche Erwartungen an uns hängen und dass wir zum Erfolg verdammt sind. Gleichzeitig ist uns aber auch bewusst, dass es weltweit kein weiteres Team gibt, das über ähnlich erfolgversprechende Qualifikationen verfügt. Die Qualifikationen, die unsere Mission ohne Zweifel zum Erfolg führen werden.

Sammy ist ein Kratzbaumtechniker allererster Güte, natürlich mit Diplom. Ohne Abschluss gildet nicht, wir leben schließlich in Deutschland. An die üblichen Formalitäten sollte man sich schon halten. Auch als Hoffnungsträger. Ich hingegen qualifiziere mich als Sozialarbeiter, Schriftsteller und überhaupt.

Wer uns schlagen will, muss mindestens über übernatürliche Kräfte verfügen. Viren haben noch nicht einmal vollständiges Genmaterial. Da wird dann wohl auch nicht allzu viel zu vererben sein! Schon gar kein Hirnschmalz für zumindest vereinzelte kognitive Fähigkeiten. Wahrscheinlich hat die Natur das ganz bewusst so eingerichtet, weil die nächste Generation ihr Erbe sowieso ausschlagen würde und in derartig klaren Fällen kann man den formellen Weg schon einmal abkürzen. Mit dieser Vorgehensweise gehe ich absolut konform.

Womit wir beim nächsten Punkt wären: Ich möchte nicht überheblich klingen, aber hat einer von denen jemals eine Schule von innen gesehen? Antwort: nein. Nie im Leben. In Wirklichkeit ist das Virus als solches ungebildet und einfältig, wird zum Ausgleich dafür aber chronisch überschätzt. Es hat keine realistische Chance. Nicht gegen motivierte Akademiker wie uns. Der Haken dabei: Unser Sieg ist ein Muss. Alles andere geht gar nicht. Unter diesen Umständen steigt der Druck ins Unermessliche. Unser einziger wirklicher Gegner sind wir selbst, was wiederum das Virus ins Spiel bringt und ihm neue Chancen eröffnet.

Ich wische mir den Schweiß von der Stirn. Mein lieber Herr Gesangsverein! Verkopft zu sein, ist schon ganz schön anstrengend. Ich schaue den neben mir schleichenden Sammy an. Der hat solche Probleme nicht.

»Ich muss pinkeln«, sagt er, »und wenn ich damit fertig bin, machen wir das Virus platt! Langsam wird es Zeit!«

Der Kater stellt sich aufrecht in eine Höhlenecke. Selbstverständlich nicht, ohne mit dem Kopf heftigst an einen Stalaktit zu stoßen. Sammy schreit erst auf, verrichtet sein Geschäft dann aber sicher, souverän und schnell. Ich schweige. Wir wissen beide, dass Freiluftpinkeln seit einiger Zeit verboten ist. Wir wissen aber auch, dass man den Kampf gegen das Böse mit leerer Blase einfach besser bestreiten kann. Schon von der Konzentration her. Ich werde schweigen wie ein Grab. Anzeigen kann ich ihn später immer noch. Falls er mir krummkommt, oder wenn meine Psychohygiene ein Opfer erfordert. Ein externes Opfer ist mir in diesem Fall immer lieber. Irgendwann muss ich auch mal an mich denken.

Ich habe noch nicht ganz zu Ende sinniert, da unterbricht Sammy meine Gedankengänge.

»Hier«, er zeigt mit der Pfote auf ein Schild. Es hängt an der Höhlenwand. Ein stinknormales Schild aus weißem Metall. Nicht zu groß und nicht zu klein.

»Ferfried Flockenfinkler«, entziffere ich im Halbdunkel der Höhle, »Labor für Virenforschung und genetische Eingriffe in die Natur. Öffnungszeiten: gar nicht.«

Daneben prangt eine metallene Klingel.

Ich seufze. Schade, dass dieses Labor keine Öffnungszeiten anbietet. Dann war's das wohl! Wir müssen unverrichteter Dinge abziehen und das gefährliche Virus woanders suchen. Dabei kommt mir der Name Flockenfinkler irgendwie bekannt vor, wenn auch nur so ähnlich und mit Sicherheit nicht aus positiven Gründen.

Ich habe meine Enttäuschung noch nicht ganz verwunden, da tritt Sammy vor, hebt die rechte Vorderpfote und klingelt. Ganz einfach. Ich lache innerlich. Recht hat er, dieser Freigeist! Es lebe die Anarchie! Gerade will ich ein sozialistisches Kampflied anstimmen, als mich Sammy in die Seite boxt.

»Ruhe«, flüstert er, »konzentrier dich!«

Ich atme tief ein, dann tief aus. Immer abwechselnd. Aus dem Laborinneren erreicht uns das Geräusch langsam schlurfender Schritte. Ein schwerer Schlüssel dreht sich im noch schwergängigeren Schloss. Ich vergesse vor Aufregung, überhaupt zu atmen. Die Tür öffnet sich. Ich blicke nach unten. Jetzt erinnere ich mich. Dieses Tier kenne ich von Fotos. Bei dieser Maus kann es sich nur um Fiesbert Flockenwickler handeln! Er muss bei dem ähnlich heißenden Laborbesitzer zu Besuch sein. Was für ein Zufall! Ich bücke mich und öffne meine Arme.

»Dass ich dir einmal begegne«, will ich sagen. Ich habe den Höhlenboden mit meinen Knien schon fast erreicht, da trifft mich ein heftiger Schlag, ein schrecklicher Schmerz durchfährt meinen Körper. Mir wird schwarz vor Augen.

Als ich erwache, bin ich an Armen und Beinen gefesselt. Mein Kopf fühlt sich an, als würde er in wenigen Minuten bersten. Ich schaue in gelbes Neonlicht. Geblendet kneife ich die Augen zu und wende mich zur Seite. Als ich sie vorsichtig wieder öffne, schaue ich in ein anderes Augenpaar. Diese Augenpartie kenne ich doch! Trotzdem gehört sie nicht zu Sammy.

»Hallo Carsten«, flüstert die dazugehörige Person.

Inzwischen habe ich mich an das grelle Licht gewöhnt und erkenne sie. Ich lächle, auch wenn mir in dieser Lage kaum danach ist.

»Hallo Horst! Wo bist du gewesen? Deine Tochter sucht dich!«

»Auch das noch«, stöhnt der Olm und ich bin sicher, dass sein kleiner Gefühlsausbruch nicht nur von unserer Gefangennahme herrührt, »wo ist sie? Nicht, dass die hier auch noch reinplatzt! Der Bekloppte hat schon genug Gefangene. Irgendwann ist die Höhle voll! Wenn der meiner Tochter ein Leid tut, bringe ich ihn um!«

Ich schüttele den Kopf. Abwinken geht ja nicht.

»Alles gut! Horsta ist in Sicherheit. Aber welchen Bekloppten meinst du?«

»Na Fiesbert! Hast du es immer noch nicht kapiert? Fiesbert Flockenwickler ist Ferfried Flockenfinkler!« Der Lurch spuckt verächtlich aus. »Das armseligste Pseudonym der Weltgeschichte! Ungefähr so, als würde ich mich Porst nennen. Porst von Kostojna-Laibfracht oder so!«

Ich nicke ziemlich bedröppelt. Horst hat recht. Blöder als wir kann man sich eigentlich nicht anstellen. Ich schaue mich im Raum um und bleibe an meinen eigenen Füßen hängen. Statt der eleganten Segeltuchturnschuhe trage ich jetzt braune Hausschuhe. Gut, dass wenigstens der Vorderfuß mit einem Homer-Simpson-Gesicht geschmückt ist. Das nimmt ihnen ein wenig die Spießigkeit. Wobei die Betonung ganz klar auf ›ein wenig‹ liegt. Gut, dass keine amourös relevanten Mitbürgerinnen im Raum sind. Sie würden mich völlig zu Recht verspotten. Ich könnte heulen und gleichzeitig im Höhlenboden versinken.

»Na, endlich aufgewacht?«

Das fisselige Stimmchen überschlägt sich fast.

»Ordnung muss sein. Hier trägt man Hausschuh. Gerade als Gefangener. Wir sind ja nicht bei den Hottentotten!«

Ich wäre jetzt gerne bei den Hottentotten. Sie sind bestimmt nett. Auf jeden Fall aber deutlich netter als diese piepsende Witzfigur. Und sie haben auch keinem was getan. Schon in der Kolonialzeit nicht. Ich seufze. Bevor ich weiter abschweifen kann, holt mich der Mäuserich aus meinen Gedanken zurück in die Realität.

»Ansgar«, piepst das delinquente Kleintier, »pass auf den Menschen auf. Er ist größer als wir. Benutz den Elektroschocker lieber einmal zu oft als einmal zu wenig. Wir müssen unser Labor schützen! Hä, hä, hä!«

Mir gefriert das Blut in den Adern. Ein derart irres Lachen habe ich noch nie gehört. Wenn der nicht unberechenbar ist, wer dann?

»Das Virus ist unser Kapital«, fügt die Maus noch hinzu.

Ich wende mich ab. Fiesbert sabbert. Er unterstreicht seine unangenehme Außendarstellung durch kleine, ekelhafte Speichelfäden, die aus seiner Schnauzenpartie tropfen. Ich muss würgen.

»Sieh dich vor!«, piepst der weiterhin sabbernde Nager. »Wenn du hier irgendwas falsch machst, bist du geliefert! Ansgar hat die harte Schule der Puffotter Penny durchlaufen. Der kennt keine Verwandten. Seinen Elektroschocker hast du ja schon geschmeckt, Schurke!«

Die Ratte, die inzwischen neben ihm steht, nickt. Ich schaue genauer hin. Ihr Auftreten wirkt nicht überzeugend. Ich beschließe, die Sache im Auge zu behalten. Schon die Anrede ›Schurke‹ gefällt mir nicht. Ich bin ein unbescholtener Bürger aus Hagen in Westfalen. Der Mäuserich sollte sich mal an die eigene Nase fassen. Ich bin nicht delinquent! Das hat noch nie jemand behauptet. Eher etwas trantütig, aber das ist ein anderes Thema und gerade nicht von Belang.

»Du hast das Virus entwickelt?«, mischt sich Sammy ein. »Warum?«

»Weil ihr mich alle wie Dreck behandelt habt! Alle!« Fiesberts Fistelstimme entwickelt sich rasant in Richtung nervtötendes Kreischen. »Du wolltest mich in unserer gemeinsamen Postojna-Zeit doch eigentlich auch nur fressen, Sammy! Jedenfalls, nachdem du aus dem Kerker raus warst. Da war ich gerade noch gut genug. In Freiheit hast du mich genauso verachtet wie alle anderen!« Er schnappt nach Luft. »Widerliches Katzenpack, widerliches Schwanzlurchpack!« Er schaut mich an. »Von Menschenpack ganz zu schweigen!«

Meine Herren! Ich stöhne bewusst laut. Hoffentlich hat er bald alle Spezies durch und anschließend konsequent beleidigt, dann könnten wir zu den wirklich essenziellen Dingen kommen: Warum wir überhaupt hier gefangen sind, zum Beispiel. Beziehungsweise, wie wir wieder freikämen und so weiter.

»Warum machst du das?«, fragt Sammy. »Das sind doch alles keine Gründe, unsere Zivilisation zu zerstören!«

Eine berechtigte Frage, wie ich finde, und eine Frage, auf die er hier und heute von dem Mäuserich nie im Leben eine vernünftige Antwort bekommen wird. Das hat schon vorhin nicht geklappt. Nicht bei diesem hysterischen Zwerg.

»Um mich zu rächen!«, brüllt das angesprochene Kleintier. »Um euch für die Verachtung und Abfälligkeit zu bestrafen, mit der ihr mich behandelt habt! Ich hasse euch! Alle!«

»Wann habe ich dich denn einmal abfällig behandelt?«, frage ich und zwinge mich zumindest zu äußerer Ruhe. »Wir kennen uns doch gar nicht!«

»Halt die Backen, du Mensch. Scheiß Mensch!«, kreischt Fiesbert. Seine Stimme befindet sich längst weit oberhalb des um das hohe C herum gelegenen Höhenbereichs. »Das ist mir doch egal! Kennst du einen, kennst du alle!«

Jetzt wird er aber langsam unsachlich. Gerade will ich einen dementsprechenden Satz einwerfen, als Ansgar seine rechte Vorderpfote um den aufgebrachten Mäuserich legt und ihn zur Seite nimmt. Er spricht leise und ruhig auf das hysterische Tier ein.

»So«, flüstert er in einer Lautstärke, die ich gerade noch verstehen kann, »wir setzen uns jetzt erstmal ganz ruhig hin, Herr Flockenwickler! Alles ist gut. Alles im Lot. Ganz ruhig, atmen Sie langsam und gleichmäßig. Alles ist gut. Wir haben Sie alle lieb. Sie sind geborgen, wie im Schoß Ihrer Mutter, ganz ruhig …«

Es dauert nicht lange, bis sich der Bonsaityrann entspannt, selig einschläft und ganz leise vor sich hin schnarcht. Sein weißer Minikittel rutscht hoch. Darunter kommt ein Pistolenhalfter zum Vorschein. Ein Pistolenhalfter für Kleintiere zwar, aber er ist echt. Da bin ich sicher. Ich zwinge mich zur Ruhe. Es ist Zeit, alles auf eine Karte zu setzen.

»Ansgar«, flüstere ich, »Sie können doch nicht ernsthaft wollen, dass dieses – sagen wir mal – kleinwüchsige Riesenbaby unseren schönen Planeten entvölkert?«

Ansgar schweigt.

»Bitte!«, flüstere ich. »Tun Sie es für unsere Zivilisation!! Haben Sie Kinder?«

Die Ratte wird langsam unruhig. »Zwei«, murmelt er, »sie sind noch ganz klein und leben weit weg. In Breckerfeld.«

Ich schaue ihm fest in die Augen. Ich spüre, dass ich nichts sagen muss. Das Rattenmännchen zweifelt selbst.

Das Tier erwidert meinen Blick. »Was soll ich tun?«

»Lösen Sie meine Fesseln!«

Ansgar lacht auf. »Nee. So blöd bin ich nun auch wieder nicht!« Er schüttelt den Kopf. »Sie sind zwölfmal so groß wie ich. Das ist mir zu gefährlich. Ich könnte eine Nachricht rausschmuggeln. Das ginge!«

Ich wende mich an Horst. »Könntest du vielleicht eine Nachricht an Horsta schreiben? Sie soll Hilfe holen!«

Horst nickt. Ansgar auch. »Das geht.«

Er löst Horsts Fesseln. Der bewegt seine Krallen hin und her.

»Beeil dich!«, herrscht ihn die Ratte an.

Horst nickt erneut. »Die waren nach der langen Fesselei noch so unbeweglich.«

Dann schreibt er ein paar Zeilen und gibt den Zettel zurück.

»Das ergibt keinen Sinn«, mischt sich Sammy nach langer Zeit mal wieder ins Gespräch ein. »Oder wisst ihr, wo Horsta gerade rumläuft? Gefährlich ist so eine Aktion obendrein!«

Der Schwanzlurch holt den Zettel aus der Pfote des überraschten Ansgar zurück.

»Ich schreibe ihr eine Textnachricht. Ginge das?«

Ansgar nickt. »Ja, aber beeil dich! Fiesbert ist gefährlicher, als er aussieht! Das Labor ist mit allem technischem Schnickschnack ausgerüstet … Das könnt ihr euch gar nicht vorstellen. Selbst ich weiß nicht alles. Das ist auch genau das Problem. Wir können ihn nicht einfach platt machen. Der Typ hat immer eine Überraschung parat.« Er holt drei sehr kleine Handys aus der Tasche. »Welches ist deins?«

Zwei Gedanken spuken mir durch den Kopf. Erstens: Wir müssen Zeit gewinnen! Der zweite ist eher kurios und würde mich in fast jeder anderen Situation mindestens zum Schmunzeln bringen. ›Fiesbert ist gefährlicher, als er aussieht!‹ Stimmt. Ich bin sicher, dass der durchgeknallte Mäuserich sogar hochgefährlich ist, aber rein optisch und von deren Gefährlichkeit her würde ich ihn eher in einer Liga mit Micky Maus, Bibi Blocksberg oder Rantanplan verorten, wenn nicht sogar mit Winnie Puuh und dem kleinen Nachtgespenst. In dieser Hinsicht hat er definitiv noch Luft nach oben. Echte Schurken sehen normalerweise anders aus: Frankenstein, Dracula, Dr. No oder mein ehemaliger

Physiklehrer, womit ich aber auf gar keinen Fall Herrn Nusspli meine. Der war super!

Die Nachricht ist kaum geschrieben, da dringt Fiesberts hohes Stimmchen schon wieder an mein Ohr: »Hä, Hä, Hä. Da sitzt ihr und müsst zusehen, wie ich die Welt zerstöre, ihr alten Pottsäue.« Die Maus steht auf. »Erst die Welt, dann euch! Hä, hä, hä, hä!.«

Er verlässt kurz seinen Platz und kommt mit einem Reagenzglas zurück. »Das ist es!« Er kreischt hysterisch in höchsten Tönen. Meine Ohren schmerzen. »Darf ich vorstellen: das Virus, das euch alle auslöschen wird, bevor ich mich nach Transsibirien zurückziehe, nur noch meditiere und mit meinem Schachcomputer Backgammon spiele! Sein Name ist Günni! Cool, oder?«

Wir entscheiden uns für eisiges Schweigen.

»Ich dachte, ein bodenständiger Name würde am besten zu ihm passen. Wir sind hier schließlich im Ruhrgebiet!«

Wenn die Situation nicht so gefährlich wäre, müsste ich jetzt bestimmt gähnen.

Dieser Typ ist noch verrückter, als ich dachte. Und langweiliger. Außerdem gibt es keine Schachcomputer, die Backgammon spielen können. Höchstens Mikado oder Bahnengolfmanager. Der Name taugt auch nicht. Er ist uralt, das Virus gerade erst geboren.

Fiesbert hält uns nacheinander Günnis Reagenzglas samt Kleintiermikroskop unter die Nase. Das, was ich sehe, ist abscheulich: Der Erreger entpuppt sich als Smartie-ähnliches rundes Geschöpf, das mir bereits beim Erstkontakt frech die Zunge herausstreckt und schmieriger grinst als J.R. Ewing in Höchstform. Abgestoßen wende ich mich ab. Sammy und Horst reagieren ähnlich. Wir haben das Böse gesehen. Mir wird kalt.

Obwohl hochgradig quietschend, schallt Fiesberts Stimme diabolisch wie die eines Horror-Pumuckls von den Höhlenwänden zurück. Ich zerre an meinen Fesseln. Wie gerne würde ich mir jetzt die Ohren zuhalten können!

»Wir müssen Zeit gewinnen«, denke ich, »unser Hilferuf ist unterwegs. Wir müssen Fiesbert beschäftigen.«

Ich zermartere mir das Hirn, ohne zu einem vernünftigen Ergebnis zu kommen. Hin und wieder stelle ich Fiesbert eine blöde Frage, aber diese Taktik hat so ihre Tücken und steigert die Aggressivität des Mäuserichs eher. Ich habe gerade beschlossen, vorerst zu schweigen, da kommt mir eine Idee.

»Wie wäre es mit einer Eierlauf-Challenge? Das ist doch dein Metier. Wenn wir gewinnen, lässt du uns frei, wenn du gewinnst, werden wir deine Diener.« Ich mache eine kunstvolle Pause. »Ich meine, einen Diener braucht doch ab einem gewissen gesellschaftlichen Stand eigentlich jeder. Oder sehe ich das falsch?«

Flockenwickler legt seine Pfote unter die Schnauze und verzieht das Gesicht. »Da ist was dran«, sagt er. Er reibt sich das schmale Mäusekinn. »Okay. Gebongt! Aber wir spielen nach meinen Regeln!«

»Und die wären?«

»Wenn ich gewinne, kann ich mit euch machen, was ich will! Ihr werdet meine Leibeigenen und ich der Superbestimmer! Was haltet ihr davon?«

Nicht viel, doch ich lobe seine Idee trotzdem in höchsten Tönen. Auch Sammy, Horst und sogar Ansgar stoßen in dasselbe Horn.

»Geniale Idee, Chef«, ruft die Ratte, »die kann nur von einem kommen: Fiesbert Flockenwickler, Sennestadt!«

Die Maus lacht. Das Lachen klingt geschmeichelt. »Richtig, Ansgar! Endlich mal einer, dem sich mein überragendes kreatives Potenzial erschließt.«

Ich atme tief ein. Hoffentlich hat Horsta die Nachricht schon bekommen und Hilfe gerufen! Diese Möglichkeit ist durchaus gegeben. Die jungen Leute heutzutage schalten ihre Handys ja gar nicht mehr aus. Das gilt für das Faunamilieu genauso wie für uns Menschen.

Fiesbert entscheidet sich für die Zwei-Team-Lösung. Er und Ansgar bilden Mannschaft 1, Horst und Sammy Team 2. Jeder läuft dreimal gegen die beiden aus der anderen Einheit. Zum Schluss werden die Siege zusammengezählt. Es soll ja ein bisschen spannend werden und, was uns betrifft, genügend Zeit in Anspruch nehmen. Hoffentlich kommt bald Hilfe!

»Der Mensch bleibt an seinem Platz und läuft nicht mit«, sagt Fiesbert. »Gefesselt natürlich. Alles andere ist mir zu gefährlich.«

»Ich heiße Carsten«, antworte ich.

Flockenwickler zuckt mit seinen Mäuseschultern. »Mir egal. Kennst du einen, kennst du alle. Ich glaube, das erwähnte ich bereits.«

Er dreht sich um und trippelt in die von mir aus gesehen rechte Laborecke. Dort wühlt er in ein paar mausgerecht kleinen Kleidungsstücken und fördert einen angestaubten Radiorecorder ähnlichen Ausmaßes zutage. Anschließend bückt er sich erneut, hebt ein paar CD-Hüllen auf, öffnet direkt die erste und legt sie ein.

Sekunden später ist die feucht-kühle Höhlenluft von Musik erfüllt. Musik, die nicht meine ist.

»Fro-do, wir fahr'n nach Omsk!«, brüllt der Recorder,

»pass auf, du altes Wirbeltier,

bevor ich den Verstand verlier …«

»Ach, wenn du wüsstest!«, seufze ich aus tiefstem Herzen, so tief, wie noch nie zuvor, »dass du deinen Verstand schon längst verloren hast und das wahrscheinlich nicht erst gestern.« Ich schicke einen weiteren Seufzer hinterher. »Wie so viele in diesem Land.«

Ich bin froh, als die erste Runde beginnt. Sie führt quer durch Fiesberts Labor und Sammy gewinnt gegen Ansgar, der mir das Tempo eine Spur zu auffällig verschleppt. Doch Fiesbert scheint nichts zu bemerken. Er weiß ja nicht, was ich weiß. Vor dem letzten Duell führt das Team von Fiesbert und der Ratte. Gleicht Horst aus, müssen wir in die Verlängerung. Ich drücke ihm mental die Daumen.

Der Grottenolm startet souverän. Sein Ei scheint förmlich am Löffel zu kleben. Fiesbert holt nach anfänglichen Schwierigkeiten stark auf, kurz vor dem Ziel hat er Horst fast eingeholt. Der bläst seine Lurchbacken auf. Durchhalten! Meine mentalen Daumen schmerzen schon vom vielen Drücken. Wenige Meter vor dem Ziel setzt der Olm zum Spurt an und zieht unwiderstehlich davon. Das Ei liegt so sicher auf seinem Löffel, als habe es jemand darauf festklebt. Eine technische Meisterleistung. Kurz vor dem Ziel scheint der Mäuserich geschlagen. Ich bin gerade in Begriff, laut zu jubeln, ohne meine Arme hochzuwerfen – was nicht geht, ich bin ja gefesselt –, da bleibt Fiesbert stehen, holt aus und wirft sein Ei ansatzlos zwischen die Hinterkrallen des Kontrahenten. Dieser strauchelt, stürzt und schaut sich, auf dem Boden liegend, irritiert um. Fiesbert nutzt seine Verwirrung. Er springt auf ihn zu, holt einen Elektroschocker aus der Jackentasche und rammt die Waffe in den mageren Lurchkörper.

»Nimm das, Schurke!«, ruft er »Ich habe alles mitbekommen! Alles!«

Direkt neben dem sich vor Schmerzen krümmenden Lurch stehend, hebt er seine Waffe drohend in Richtung der Ratte. »Ansgar, du Verräter! Jetzt mache ich dich fertig!«

Die Situation ist hochbrisant, auch für die komplette Menschheit, und doch entbehrt sie nicht einer gewissen Komik. Der martialisch drohende Herr mit dem Elektroknüppel ist schließlich nur wenige Zentimeter groß. Wenn Fiesbert nicht so gefährlich wäre, würde ich wahrscheinlich laut loslachen müssen. Doch dazu gibt es jetzt keinen Grund. Ich liege bewegungslos auf dem Höhlenboden und bin zum Zuschauen verurteilt.

»Komm her«, flüstere ich Ansgar zu, »binde mich los. Schnell!«

Die Ratte reagiert sofort. Noch bevor uns der Mäuserich erreichen kann, bin ich frei. Ich schnelle hoch. Als Erstes will ich dieser widerlichen Maus den Hals umdrehen. Ich habe das Tier in Gedanken schon fest am Nacken gepackt, da fährt ein unglaublicher Schmerz in meinen Rücken. Ich stöhne auf. Hexenschuss. Das hätte ich mir fast denken können. Langes Liegen auf kaltem Boden ist nichts für Leute über 50. Ich krümme mich jetzt ebenfalls vor Schmerzen. Genau wie Ansgar, der soeben Fiesberts Kleintier-Elekroprügel geschmeckt hat. Hier unten ist ganz schön was los. Der Mäuserich hat soeben seine rechte Hinterpfote auf den geschundenen Körper des abtrünnigen Kumpans gesetzt und hebt triumphierend die Pfötchen, als von draußen stark anschwellender Lärm in das Labor dringt.

19 Befreiung

Es dauert nicht lange, bis die Lärmquelle vor der Labortür haltmacht. Ich versuche, mich aufzurichten und sacke zurück. Ein Hexenschuss kommt nie zur rechten Zeit, aber dieser hier hat sich wirklich einen rekordverdächtig ungünstigen Zeitpunkt ausgesucht. Fiesbert hat von Ansgar abgelassen und irrt im Labor umher. Ich höre laute Tritte und Schläge an die Eingangstür, während Horst den Kater Sammy zu befreien versucht, aber an den Knoten seiner Fesseln scheitert.

»Hilf mir, Ansgar!«, ruft der Olm, während ich tatenlos zusehen muss, wie der delinquente Mäuserich Kurs auf das Reagenzglas mit dem Killervirus nimmt.

»Wenn es Fiesbert gelingt, mit dem Ur-Virus zu fliehen, sind wir alle verloren!«, schießt es mir in diesem Moment durch den Kopf. »Menschen, Tiere, unsere gesamte Zivilisation und – nicht zu vergessen – der übergroße Teil der Flora, der einfach nur friedlich und unbehelligt auf diesem Planeten weiterexistieren will.«

»Behalte Fiesbert im Auge!«, rufe ich Ansgar zu, worauf der mit den Worten: »Wie jetzt? Ich kann mich doch nicht zweiteilen« antwortet, was Sammy mit den Worten: »Scheißegal! Komm einfach in die Gänge!« kontert.

Ich weiß sehr wohl, dass die Zukunft unseres Planeten auf dem Spiel steht. Das muss aber auf gar keinen

Fall automatisch mit dem Verlust jedweden Anstands und dem Über-Bord-Werfen sämtlicher Manieren einhergehen, wie ich finde.

Ich bin gerade im Begriff, Sammy zur Rede zu stellen, da bohrt sich vor meinen Augen eine Axt durch die Labortür. Eine zweite folgt sogleich. Der Lärm schwillt weiter an und entpuppt sich als unverständliches Gewirr aus Jaulen, Bellen, Miauen, Kreischen und unerträglichem Fiepsen, um nur die wichtigsten Geräuschrichtungen zu erwähnen.

Mit drei, vier festen Schlägen kämpft sich der Hund Zerberus durch die Tür, wenige Augenblicke später folgt sein Kumpel Dieter. Direkt dahinter zwängen sich Sören Sorglos, Moniquedesiree Klosterkemper, Hennes Boll, Fränky, Jorinde und Joringel, Horsta, ein mir unbekannter dunkelhäutiger Olm, wahrscheinlich ihr Bruder, Ovomaltine Wellensiep, Frohgemuth Ellerbeck, die Nagetiere Brögelmann und Schumbrutzki, Pennys Geschwister, Thiago Tranfunzler, Edewecht Echsenkopf, Ernst von Aioli, Apanachi von Attendorn, Pestilenzia Pellworm, ein völlig vergeistigter, mindestens habilitierter Kater im fortgeschrittenen Seniorenalter, Bernd-Pascals abtrünniger Fliegenschwarm in voller Mannschaftsstärke sowie Faruk al Fischmann und der Flamingo in den Raum. Sie alle schlagen Flockenwicklers Labor mit der Hilfe von Hämmern, Äxten, Kleintiersensen, Mistgabeln sowie unzähliger Krallen, Klauen und Pfoten kurz und klein.

Währenddessen liege ich bewegungsunfähig auf dem kalten Höhlenboden und bin zum Zuschauen verurteilt. Mittendrin, doch nicht dabei! Ich kann es nicht fassen: Um mich herum wird Geschichte geschrieben und Herr Wunn hat einen Hexenschuss! So wie eigentlich immer. Ich stehe kurz davor, mich einer aufkommenden und absolut nachvollziehbaren depressiven Verstimmung hinzugeben, da bemerke ich, dass es dem kleinen Fiesbert schon fast gelungen ist, sich im Rücken der randalierenden Befreier zu seinem Reagenzglas durchzuschlagen.

»Pass auf, Sammy!«, rufe ich, schreie ich, brülle ich durch den Höhlenraum, dass es hallt wie ein Donnerschlag. »Hinter dir!« und zeige in Richtung Mäuserich. Dieser hat den Labortisch mit dem Ur-Virus soeben erreicht, greift sich das Reagenzglas und sprintet los. Doch da hat er die Rechnung ohne Herrn Kater gemacht! Wenn Sammy irgendetwas im Blut liegt, dann das Mäusejagen und Mäusefangen. Unterstützt von der perfekt antizipierenden Monique stürzt er dem flinken Nager hinterher. Während die versammelten Pädagogen, Therapeuten und Normalo-Tiere das Labor des Grauens im Zustand völliger Enthemmung zu Kleinholz verarbeiten, treiben die beiden Katzen den delinquenten Nager in die Enge. Vom Höhlenboden aus werde ich Zeuge, wie Sammy dem Flüchtenden zum Schein eine freie Ecke anbietet. Fiesbert versucht, die vermeintliche Lücke zu nutzen und wird im selben Moment von der lauernden Monique mit einem couragierten Pfotenschlag gestellt. Als das übliche Katze-Maus-Spiel beginnt, greife ich ein.

»Vorsicht, er hat das Glas mit dem Virus in der Pfote!«

Mein Schrei hallt mit derartiger Lautstärke durch den Höhlenraum, dass für einen Augenblick alle Aktivitäten stoppen, bevor unsere Befreier ihr Zerstörungswerk fortsetzen.

Auch Monique hält kurz inne und packt dann den Laboranten am Schlafittchen. Sekunden später ertönt das Geräusch von klirrendem Glas. Vor meinen Augen zerspringt das wichtigste Reagenzglas der Welt in tausend Teile. Der in unmittelbarer Nähe zu den Katzen postierte Grottenolm Horst schnappt sich einen freiliegenden Hammer, nimmt Maß und schlägt dann zielgerichtet zu.

»Flatsch!«

Ein weiteres durchdringendes Geräusch ertönt und das Virus ist Geschichte. Einen Moment später stößt der kleine Hennes hinzu, greift sich den an die Höhlenwand gelehnten Hochleistungsstaubsauger und hält dessen Düse in die Höhe.

In diesem Moment beginnt ein Schauspiel der Marke ›Unvergesslicher Meilenstein der Weltgeschichte‹. Über eine Stunde steht Hennes Boll aus Gelsenkirchen-Feldmark breitbeinig und hochkonzentriert zentral im Labor des Nagetierbösewichts Fiesbert Flockenwickler und saugt die Erde in Freiheit. Durch das Loch in der zerstörten Labortür zieht sein Staubsauger eine dunkle Wolke, bestehend aus sämtlichen Viren unseres Planeten, in hohem Bogen mit ein. Ich sehe meine Hand vor Augen kaum. Der kleine Rot-Weiße gerät mehrfach ob der Stärke des einströmenden Soges ins Wanken und hält sich doch mit aller Kraft und unbeugsamem Willen auf den Hinterpfoten. Als der gewaltige Strom abebbt und wenig später gänzlich versiegt, ertönt tosender Beifall der Umstehenden, die längst von aktiven Zerstörern zu staunenden Zuschauern mutiert sind. Sichtlich erschöpft und selbst in diesem Zustand noch erstaunlich konzentriert, öffnet der Kleine die Filterklappe, nimmt die Tüte heraus und wirft sie mit einer letzten Pfotenbewegung in die Tonne mit der Aufschrift ›Sondermüll‹.

»Meine Arbeit müssen jetzt andere vollenden«, stöhnt das tapfere Pelztier noch und sinkt Sekunden später ausgepumpt zu Boden. Worte für die Ewigkeit! Wir alle stehen noch sprachlos staunend um den Helden des Tages herum, als Frau Doktor Piwiane Boll den Raum betritt.

»Was ist denn hier los? Ihr seid ja schon fertig!« Sie schüttelt den Kopf: »Ich dachte, unser Befreiungstermin wäre ›cum tempore‹ gewesen!«

Während die Herren Sorglos und Ellerbeck den aufgebrachten und wild vor sich hin pöbelnden Fiesbert Flockenwickler fesseln, vor den teilweise hungrigen Befreiern in Sicherheit bringen und in einer größeren Tieren schwer zugänglichen Höhlennische festsetzen, beschäftigt Pennys Geschwister eine ganz andere Frage.

»Warum frisst du ihn nicht einfach?«, wendet sich Renny – es könnte aber auch Henny oder Jenny sein – an die Eheberaterin Pestilenzia Pellworm. »Verfahrt ihr mit euren Männchen nicht auch so?«

Ich werde das Gesicht der Gottesanbeterin nie vergessen, als sie sagt: »Ich weiß, aber ich halte diese Praxis weder für zeitgemäß noch imagefördernd für meine Spezies. Mit meinem neuen Partner lebe ich ganz bewusst in ›Wilder Ehe‹, und unterlaufe damit aus Protest sämtliche gesellschaftlichen Konventionen. Zu diesen Konventionen gehört auch der Männchenfresszwang nach dem Sex.«

Pestilenzia lächelt und wirkt von einem Moment auf den anderen glücklich, zufrieden und ausgeglichen. Ich beneide sie. Ein Tier hat seinen Weg gefunden.

»Ich habe schon meinem letzten Mann das Leben geschenkt, indem ich unsere Ehe wegen angeblicher Untauglichkeit seinerseits habe annullieren lassen. Allgemeine Untauglichkeit ist zwar in unserer Kultur ebenfalls eine Straftat, wird aber nicht mit der Todesstrafe geahndet. Er lebt noch und ist zurzeit noch inhaftiert, plant aber, nach seiner Entlassung eine männliche Blattlaus zu ehelichen. Das ist ungefährlicher.«

Weil ich nun so gar nicht weiß, was ich jetzt noch sagen soll, lasse ich mir von Sammy und Monique auf die Beine helfen, klatsche in die Hände und sage etwas wie: »Na, wenn das mal kein gutes Schlusswort ist«, und wanke mit schmerzverzerrtem Gesicht aus der Höhle. Dort stoße ich auf Faruks fliegenden Teppich und den noch einmal technisch verbesserten Flugkratzbaum von Monique und Sammy.

»Wie seid ihr eigentlich alle so schnell hierhergekommen?«, frage ich das Wiesel. »Das war Rettung in höchster Not!«

»Ganz einfach: Monique, der Flamingo und ich haben einen Flug-Shuttle-Service eingerichtet. Logistisch ist das für mich kein Problem. Du darfst mein Unternehmen gerne weiterempfehlen!«

Wochen später sitze ich vor dem Fernseher im heimischen Wohnzimmer. Ich zappe ein wenig und bleibe auf dem Kanal von ›Pelztier-TV‹ hängen. Dort läuft gerade die Sendung ›Tiere von heute‹. Ich traue meinen Augen nicht. Das sind doch Monique, Sammy und der distinguierte Kater aus Fiesberts Labor! Exakt der Kater, der sich während der Kluterthöhlen-Befreiungsaktion Fiesberts Reagenzgassammlung des Mäuserichs vorgenommen und wie im Rausch, nur mit einem kleinen Nothämmerchen bewaffnet, vollständig vernichtet hatte.

›Prof. Dr. Dr. Dankwart Dösig‹ ist auf dem Bildschirm eingeblendet.

»Das Modell: ›The Flying Kratzbaum‹ von Moniquedesiree Klosterkemper und Sammy Kater wird die Welt verändern«, sagt er und dann noch, wie stolz er ist, dass Sammy einmal sein Student gewesen sei, aber auch, dass das Projekt ohne Moniquedesirees Kreativität und praktische Begabung zum Scheitern verurteilt gewesen wäre. Während das Katzenpärchen mit strahlenden Augen danebensteht, als hätte man ihnen soeben den Kratzbaumtechnik-Nobelpreis überreicht, endet Dösigs Beitrag mit den Worten: »Die Geschichte des deutschen Kratzbaums muss ab heute neu geschrieben werden. ›The Flying Kratzbaum‹ ist ein Meilenstein der faunischen Mobilitätsgeschichte, quasi der Campingvan für das Pelztier von heute.«

Ich schalte um.

»Meine Herren, der trägt aber dick auf!«, brumme ich. Den Erfolg gönne ich meinen Freunden natürlich trotzdem.

Doch Sammys Anblick hat mich auf eine Idee gebracht. Die Zeit, in der ich mit Drogen experimentiert habe, ist schon sehr lange her. Viel zu lange, wie ich finde. Ich glaube, dass jetzt der richtige Zeitpunkt für eine Auffrischung meiner Erfahrungen gekommen ist. Sofort muss ich an Baldrian denken, ob ich will oder nicht. Seine Wirkung auf Sammy ist phänomenal gewesen, ohne diese Substanz wäre er auf unserer Mission von der ersten Sekunde an aufgeschmissen gewesen und ich dadurch automatisch mit. Ich kratze meine Stirn. Hatte der Kater nicht ein Fläschchen bei mir vergessen? Ich meine, mich an etwas in dieser Richtung zu erinnern. Also schalte ich das Gerät aus, stapfe in Richtung Badezimmer, öffne den dort angebrachten Hängeschrank und krame in meinen Körperpflegeutensilien.

Nach gar nicht so langer Suche fördere ich ein halbvolles, braunes Fläschchen zutage und leere es ohne groß zu fackeln auf Ex. So jung habe ich mich schon lange nicht mehr gefühlt! Danach kehre ich ins Wohnzimmer zurück und schalte das Radio ein.

»Dreamin‘«, singt Blondie, »dreaming is free.«

Recht hat sie. Ich schaue aus dem Fenster in den Abendhimmel. Träumen ist frei. Langsam atme ich ein und aus.

Ich bin ganz entspannt und ruhig, als ich eine freundliche Stimme vernehme. »Hallo, Carsten!«

Die habe ich doch schon mal gehört! Nur wo? Ich bin gerade in Begriff, mir den Kopf zu zermartern, da werde ich aufgeklärt.

»Ich bin's, der Gerri«, sagt die Stimme. »Wie geht es dir? Alles im Lot?«

Ich nicke. »Klar. Schlechten Menschen geht es immer gut! Und mir im Großen und Ganzen auch einigermaßen.«

»Das freut mich. Ich wollte dir danken. Du warst mir eine große Hilfe. Sammy brauchte dringend Unterstützung, alleine wäre er mit der Aufgabe überfordert gewesen.« Gerri lacht. »Du weißt ja: Weltrettung ist kein Zuckerschlecken! War es noch nie!«

»Auch wieder wahr!« Gewohnheitsmäßig drücke ich die rechte Faust in mein lädiertes Kreuz und drücke es durch.

»Nicht allein wegen dem Hexenschuss«, antwortet Gerri, »so etwas kommt bei älteren Herren schon mal vor. Aber der kleine Hennes war von vornherein laut Götterratsbeschluss zum Weltretter auserkoren worden. Er hat eine große Zukunft vor sich. Ihr beiden, also Sammy und du, habt über Piwi und Familie Kater den Kontakt hergestellt. Damit war der Grundstein für seinen Erfolg gelegt.« Er räuspert sich. »Könntest du vielleicht noch etwas für mich tun?«

»Na klar. Für dich doch immer!«

Ich könnte Gerri nie im Leben einen Wunsch abschlagen. Niemals. Unsere Begegnung in Hannover und die darauffolgenden Ereignisse haben mir den Glauben an das Gute wiedergegeben. Es gibt also doch noch Idealisten auf diesem Planeten und es gibt Situationen, in denen wir alle über uns hinauswachsen können. Selbst Leute wie Ansgar und Pennys Geschwister, die sich in dieser Hinsicht bisher bestimmt nicht mit Ruhm bekleckert hatten, aber jetzt zum richtigen Zeitpunkt richtig reagiert haben.

»Pass bitte ein bisschen auf Piwi auf«, sagt Gerri und seine Katzenstimme klingt so liebevoll wie eine Katzenstimme nur klingen kann. »Ich habe Sammy und Monique um dasselbe gebeten. Sie braucht euch! Piwi ist liebenswürdig wie kein zweites Wesen auf eurer Erde, aber auch ein bisschen tüdelig. Das kann in dieser Kombination zum Problem werden. Trotz allerhöchster Intelligenz.«

Ich lächle. »Na klar! Kein Thema. Das mache ich gerne.« Ich denke an ihre große, weit über den Tod hinausgehende Liebe. Mir wird warm ums Herz.

»Weißt du, wie man bei uns hier oben die derzeitige intellektuelle Hauptströmung auf der Erde nennt?«

Ich schüttele den Kopf.

»Tiefgründige Oberflächlichkeit«, seine Stimme nimmt einen leicht belustigen Tonfall an. »Hast du schon einmal darüber nachgedacht, ob man in einer Orangerie auch Pampelmusen fressen darf?«

»Nein. Ist das wichtig?«

»Natürlich nicht! In Wirklichkeit ist diese Frage absoluter Schwachsinn. Sie ist höchstens sinnvoll, um überhaupt mal etwas zu denken, wenn man es sonst schon nicht groß tut. Gesellschaftlich ist diese Frage völlig irrelevant. Viel wichtiger ist das, was dir dein

Herz sagt. Höre auf dein Bauchgefühl und handele mit Liebe, Carsten! Die Fähigkeit dazu hast du. Trau dich, sie auch einzusetzen. Und wenn du nachdenkst, dann bleibe bitte, bitte auf keinen Fall nur an der Oberfläche, sonst kannst du das Denken im Grunde auch gleich ganz lassen!« Gerris Stimme klingt trotz der Ernsthaftigkeit des Gesagten leicht belustigt. »Ich weiß, dass das starker Tobak ist! Behalte meine Worte im Hinterkopf. Ihre ganze Bedeutung wird sich dir noch erschließen.«

Ich reibe meinen Bart. »Weißt du, was ich total schade finde?«

»Nein.«

»Ich finde es traurig, dass in diesem Buch keine einzige Liebesgeschichte vorkommt.«

»Das stimmt nicht!« Gerris Stimme klingt mehr als nur überzeugt.

»Wie meinst du das?«, frage ich.

Er lacht. »Erstmal haben sich Hennes und Jorinde schon in der Mitte des Buches gefunden, aber so richtig spektakulär finde ich die zweite Liebesgeschichte. Erinnerst du dich noch an Konstanze, die attraktive Schmeißfliege aus Bernd-Pascals Fliegenschwarmformation? Sie ist immer in der zweiten Reihe geflogen. Mittig. Hatte recht breite Fühler.«

Ich schüttele den Kopf. »Ich glaube nicht.«

»Ist auch nicht so wichtig! Auf jeden Fall ist sie seit dem Tag der Laborstürmung mit Jörg, Sammys Stammfloh, fest liiert.«

»Ach«, antworte ich, »das freut mich! An Jörg kann ich mich gut erinnern. Ich weiß noch, wie einsam er sich oft fühlte, so ganz alleine in Sammys großem Fell.«

Einen Augenblick später klirrt es in unmittelbarer Nähe meines Sofas. Gerris lichtumwobene Katzenpfote reicht mir eine Bierflasche. Überrascht nehme ich sie an und schaue auf das Etikett.

»Washberry Pils.«

»Auf unsere Freundschaft!«, ruft Gerri. »Prost!«

»Prost«, antworte ich und leere auch sie in einem Zug. »Und auf Konstanze und Jörg! Möge ihre Liebe ewig halten!«

Als ich wieder aufwache, ist es taghell. Ein lautes Klirren hat mich geweckt. Ich hebe den Kopf. Vor meinem Sofa hat sich Horst aufgebaut, mein neuer Hauslurch und Mitbewohner. Er hält zwei braune Flaschen in die Höhe.

»Wo hast du die denn her?«, fragt er. »Ich wusste gar nicht, dass man in Hagen auch ›Washberry Pils‹ kaufen kann! Darf ich die umtauschen?«

»Na klar«, antworte ich, »aber lass dir nicht so viel Zeit. Deine Kinder haben sich für heute Nachmittag angesagt. Sie haben Getrocknete-Beeren-Kuchen gebacken und es gibt Heilpflanzenerde mit Schuss! Sie rechnen fest mit dir. Enttäusch sie nicht!«

Ganz herzlichen Dank an:

Manuela Boll für emotionale Unterstützung, Verständnis und außergewöhnlich schmackhafte Linsensuppe

Christa Wunn für ganz besondere Verbesserung der Rahmenbedingungen

Oliver Uschmann für Akquise, Expertise und Stärkung meiner Motivation durch radikale Akzeptanz und Vertrauen in meine Fähigkeiten

Nuri Ortak für die freundschaftliche Bereitstellung seiner außergewöhnlichen germanistischen und schriftstellerischen Fähigkeiten

Sammy Kater, Piwi, Gerri und Hennes Boll für herausragend interpretierte Rollen als Pelztiere, lebende Inspirationsquellen und Protagonisten in Personalunion

Der Autor

Carsten Wunn ist Schriftsteller, Tierflüsterer und magischer Realist. Wer in seine Romane und Erzählungen abtaucht, erlebt das fabelhafte Universum einer tierischen Parallelgesellschaft. Aus Niedersachsen stammend, ist der gelernte Sozialarbeiter, Satiriker und Spaziergänger seit langem im Ruhrgebiet verwurzelt. Häufig teilt er sich die Bühne mit seinem Freund und Förderer Oliver Uschmann (Hartmut und ich) für das gemeinsame Programm namens Von Olmen, Katern und Männern. Sein fabelhafter Humor führte ihn bereits zu Auftritten bei „Eins Live Klubbing“ oder Bochum TOTAL. 2022 forderte er in einem Video eine „Schwanzlurchquote für die deutsche Literatur.“

Bibliografie

Kniesel und ich. Frankfurt: Fischer Tb 2008.
Unter Olmen. Mossautal: U-Books 2020.
„Einst im Museum“. In: Am Erker 85. Münster 2023.

Netz & Social Media

https://www.knieselswelt.com
https://www.instagram.com/carstenwunn
https://www.facebook.com/carsten.wunn
https://www.youtube.com/@pelztier-tv2729

Inhalt